이나리 류

illustration

카토 이츠와

세이브 & INN 로드가 되는 여관 ③

~레벨을 초월한 전생자가 여관에서 새내기 모험자 육성을 시작한다네요~

엔

엔의 눈매가 날카로워졌다.

이 공간을 불태우는 불꽃은 그녀 그 자체였다.

건물을 집요하게 사르며 때때로 폭발하는 듯한 소리가 들려왔다.

그 붉은 불빛은 그녀의 분노와 괴로움을 구현한 것만 같았다.

오타

「엔, 오타는 너를 막아.」

목차

INN

세이브&로드가 되는 **여관** 3

~레벨을 초월한 전생자가 여관에서 새내기 모험자 육성을 시작한다네요~

이나리 류

illustration **카토 이츠와**

기억이 남아 있을 때 옛이야기를 기록하고자 합니다.
미리 말해 두자면 이것은 실패담입니다.
크나큰 노력과 괴로운 결단 끝에 아무것도 지키지 못했던 이야
기입니다.

옛날 옛적 어느 마을에.
'섬광의 잿빛 여우단' 이라는 클랜이 있었습니다.

6장

요미의 회고록 작성

서문.

기억이 남아 있을 때 옛이야기를 기록하고자 합니다.

미리 말해 두자면 이것은 실패담입니다.

크나큰 노력과 괴로운 결단 끝에 아무것도 지키지 못했던 이야기입니다.

제가 이 이야기를 누군가에게 털어놓는 일은 없겠지요.

그러나 사실 누군가에게 털어놓고 싶어서 참을 수 없기도 합니다.

마침, 알렉이 신제품 종이를 주며 사용 후기를 전해 달라는 요청을 했습니다.

그래서 그 사람이 만든 종이에 그 사람에 관한 이야기를 적어 볼 생각입니다.

그 사람은 제 남편이자 오빠와도 같은 사람——알렉산더입니다.

생각해 보면 여관에서 수행하는 손님들 사이에서 괴물 취급을 받는 일이 많은 사람입니다.

실제로 지금 그 사람은 여러 면에서 괴물 같기는 해요. 그래서 문득 부질없는 생각이 들기도 하지요.

만약 그가 처음부터 괴물이었더라면, 어쩌면 다른 미래가 있었을지 모른다고요.

여관을 경영하지 않고 범죄자 따위가 되었을지도 모르고.

제 아버지와 두 사람의 어머니가 아직 곁에 있을지도 모릅니다.

지금부터 과거 이야기를 적겠다고 마음먹은 건 그러한 부질없는 '만약'에 대해, 제 안에서 마침표를 찍기 위해서이기도 합니다.

서문이 지나치게 길어지는 것도 좋지 않을 테니 본론으로 들어가고 싶지만 이야기를 시작하는 게 생각보다 어려운 일이라 어떻게 적어야 할지 고민이 되네요.

그래서 제가 잘 알고 있는 서두를 흉내 내 보고자 합니다.

옛날 옛적 어느 마을에 '섬광의 잿빛 여우단'이라는 클랜이 있었습니다.

○

그 계절을 생각하면 가장 먼저 혹독했던 겨울이 떠오릅니다.

추운 건 싫어요.

당시 저는 '섬광의 잿빛 여우단'이라는 클랜에서 단원의 옷가지 세탁이나 식사 준비를 도맡아 했습니다.

클랜이라는 집합체는 단장이나 단원, 설립 과정에 따라 성격이 다양해요.

제가 철이 들 무렵에 있었던 '섬광의 잿빛 여우단'은 카라반에 가까운 집합체였습니다.

보기에 따라서는 거점에서 거점을 오가는 공동생활체였다고 할 수 있겠네요.

퀘스트만을 위해 모인 단체가 아니라, 좀 더 깊은, 가족과도 같은 인연을 가진 집단이었다고 생각해요.

무엇보다도 그 클랜은 모험을 위해 모였던 게 아니었으니까요.

'섬광의 잿빛 여우단'은 범죄자나 범죄자 비슷한 사람들의 집단이었거든요.

고아. 도주한 노예, 집이 없는 사람. 그리고 무엇보다도—— 범죄자.

올바르게 살 수 없는 사람들이 서로에게 기대어 살아가는 장소였어요.

따지고 보면 클랜의 중심인물부터가 범죄자였어요.

클랜 마스터. 암살자인 '잿빛'.

부마스터. 도적인 '여우'.

그리고 특별한 역할은 없었지만 의견을 조율하는 위치에 '섬광'이라는 인물이 있었어요.

그 세 사람이 클랜 멤버에게는 아버지와 어머니, 언니였지요.

그 외에는 모두가 아들이자 딸, 형제와 자매였어요.

저는 클랜 중심인물의 친자녀였지만 다른 아이들과 비교해서 특별히 좋은 대우를 받은 적은 없다고 생각해요. 빨래와 요리 같은 잡일을 종종 하고는 했어요.

덕분에 추운 계절에 물이 얼마나 차가웠는지 선명하게 기억하고 있어요. 물 먹은 빨래가 얼마나 무거운지도, 작은 몸을 힘껏 뻗어서 시트를 말리던 일도, 빨랫줄이 끊어져서 다시 빨래를 했던 일도 기억해요. ……아마도, 그런 기억밖에 없는 날은 평온했던 거겠죠.

하지만 지금 생각해 보면 상황은 언제나 수면 아래에서 움직이는 법이었어요.

저도 이해할 수 있을 만큼 상황이 급변하기 시작한 건 아마도 그 사람이 입단했을 무렵이라고 생각해요.

"어이, 새로운 단원을 주워 왔다!"

'잿빛'의 걸걸한 목소리가 생각나네요.

지금 떠올려 보면 제 아버지는 내 기억이 잘못됐나 싶을 정도로 얼굴과 목소리가 어울리지 않는 사람이었어요.

'잿빛'은 마족이었어요.

백발 머리카락에 순백의 피부. 오른쪽 눈은 붉고 왼쪽 눈에는 안대를 하고 있었지요.

용모는 중성적이고 무척 젊어 보였지요.

언제나 몸에 두르고 있던 은색 모피 망토도, 실용적인 방어구였겠지만 그가 입고 있으면 마을에서 유행하는 패션처럼 보이기도 했지요.

어린 마음에 아버지가 멋있다는 사실이 무척 자랑스러웠지요. 입만 안 열면 최고의 아버지라며, 실례되는 생각을 했던 기억이 있어요.

당시에 '섬광의 잿빛 여우단'이 보금자리로 삼았던 곳은 커다란 술집이 있던 자리였지요.

지방 도시에서도 한층 외곽에 위치한, 지붕도 없는 2층짜리 건물이었어요.

일이 없는 멤버는 항상 그곳에 모여서 시시콜콜 대화를 나누었

지요.

　상세한 내부 풍경은 잘 기억나지 않지만 난잡하게 늘어선 테이블과 근처에 방치된 목재, 중앙 테이블에 걸터앉아 있던 '잿빛'의 모습이 분명하게 떠올라요.

　"이거 말이지. 어이, 꼬맹아 일어나라. 언제까지 잘 생각이야."

　아버지는 주워 온 소년을 난폭하게 다루었습니다.

　잘 살펴보면 소년은 허름하기 짝이 없었어요. 그렇지만 피가 흐른 흔적도 없고, 옷은 찢어져 있지만 상처도 보이지 않았고 피부가 들여다보이는 곳에 매를 맞은 흔적도 보이지 않았어요.

　냉정하게 생각해 보면 기분 나쁜 소년―― 그의 첫 마디가 지금도 귀에 선명하게 남아있어요.

　"자, 잔 적 없어! 잠깐 자리를 비웠을 뿐이야!"

　영문을 알 수 없었지만 그 순간, 저는 내심 그를 '이상한 애'라고 분류했던 걸 분명하게 기억해요.

　좋은 의미로든 나쁜 의미로든 신경이 쓰인다거나 하지는 않았어요. '섬광의 잿빛 여우단'은, 기본적으로 오는 사람을 막지 않는 클랜이었기 때문에 이상한 사람이 오는 건 별달리 드문 일도 아니었거든요. 저 사람도 그런 부류구나. 그렇게 기이할 정도로 냉정한 생각이 들 뿐이었지요.

　지금 생각해 보면 당시의 저는 정말이지 아이답지 않은 아이였던 거예요.

　해탈했다고 해야 할지, 애늙은이라고 해야 할지. 이렇다 할 애교도 없고 무언가에 감동하지도 못하고 무례했지요.

조금 변명해 보자면 아마도 아버지인 '잿빛' 탓이겠지요.

아버지는 언제나 즐거워 보이고 경박하고 어린아이 같은 사람이었거든요. 그런 아버지의 모습을 보면서 내가 정신 똑바로 차려야겠다고 생각했던 걸지도 모르겠어요.

"하하핫! 유쾌한 꼬맹이로구나! 자, 자기소개를 해 봐라."

"자, 자기소개……?"

"이름이 없나?"

"있긴 있지만…… 음, 상황이, 잘…….."

"좋다, 좋아. 이 아저씨가 해설해 주마. 너는 이 몸을 죽이려고 들었지. 이 몸은 네 녀석에게 반격을 했다. 그렇지만 네 녀석은 웬일인지 살아 있다. 그래서 데리고 와 클랜 멤버로 삼기로 마음먹었다. 이상이다. 질문은?"

"질문하라고 해도…… 신경 쓰이는 부분이 너무 많아서……. 일단은, 당신은 왜 자기를 죽이려고 했던 나를 클랜 멤버로 삼으려고 하는 거야?!"

"오, 그런 사소한 걸 신경 쓰는 나이인가?"

"사소하지 않아!"

"괜찮아, 괜찮아! 우리는 서로를 죽이려고 했던 사이잖아? 네 녀석은 뱃속까지 다 보여 준 사이 아니냐! 몸속을 봤으니 이제 부모 자식이나 마찬가지지!"

평소와 다름없는 막무가내였습니다.

완전히 할 말을 잃어버린 소년의 미묘한 표정을 지금도 잘 기억하고 있어요.

얼마 전에 앞에서 재현했더니 '그런 얼굴은 아니었어.'라고 하는 거예요. ······분명 그런 얼굴이었는데. 한심하기도 하고 어쩔 줄을 모르는 그런 얼굴이었어요.

어쨌든 '잿빛'을 앞에 두고 할 말을 잃으면 그걸로 끝입니다.

교섭······과는 좀 다를지 모르지만 일단 그렇게 되면 뒷일은 모두 '잿빛'이 원하는 대로 흘러가고 말지요.

"그렇게 됐으니 네 녀석은 이제 단원이다. 자, 단원이야. 단원으로 결정. 얼른 자기소개를 좀 하자. 안 그러면 네 녀석의 이름은 이 몸이 마음대로 붙일 테니까."

"······"

"그렇지······ 네 녀석은 죽여도 무슨 까닭인지 죽지 않으니까 '죽지 않는군'은 어떠냐?"

"······알렉산더."

"큰 소리로."

"알렉산더라고! 내 이름은 알렉산더다!"

"하하핫! 그렇게 됐으니 알렉산더 군은 우리 클랜에 입단했다! 알렉이든 알렉스든 좋을 대로 불러 줘라!"

"······제길, 왜 이런 곳에."

진심으로 억울해하던 알렉의 얼굴을 지금도 선명하게 기억하고 있습니다.

다시 생각할 때마다 웃음이 나올 것 같아요. 너무나도 솔직한 얼굴이었으니까요.

어쨌든 아버지는 알렉을 '섬광의 잿빛 여우단'에 입단시켰어요.

곧장 평소의 의식이 시작되었지요.

아버지는 주변에 있던 멤버에게 술을 부탁해서 잔을 높게 들었습니다.

그리고 평소처럼 호령했지요.

"새로운 가족을 위해서 건배!"

그리고 단숨에 술잔을 비웁니다.

주변에 있던 클랜 멤버들도 같은 행동을 했어요.

그렇게 새로운 멤버가 더해진 '섬광의 잿빛 여우단'의 날이 밝았지요.

약 두 달 뒤, 끝을 맞이할 때까지의 매일은 저에게 깊은 추억이 되었지요.

○

"내가 깨달은 게 있는데, 혹시 네 녀석은 이 몸을 죽이려는 건가?"

어느 날, '잿빛'이 방금 막 깨달았다는 듯이 말했어요.

평소처럼 주점에서 점심을 먹던 중이었지요.

알렉은 '잿빛'을 해치우려다가 반격을 당해서 네 발로 엎드린 채 그를 등에 얹고 있었어요. ——말하자면 의자가 된 참이었습니다.

이런 식으로 '알렉이 잿빛을 습격'하는 장면은 보기 드문 일도 아니었어요. 아버지는 매번 반격하면서도 조금도 위험하다고 생각한 적은 없었던 모양이에요.

그렇지만 알렉은 약을 올린다고 생각했던 것 같아요.

"처음부터 줄곧 당신을 해치우겠다고 했잖아!"

"하하핫. 뭐야, 그랬냐. 그런 건 빨리 말해야지. 그랬으면 내 나름대로 대응을 했을 텐데. 이런, 미안하군. 놀랄 만큼 약해서 그만 노는 줄로만 알았지."

"날붙이를 휘두르면서 노는 사람이 어디에 있어! 애초에 매번 죽이겠다고 하고 있잖아!?"

"그렇지! 그러니 노는 줄로만 알았지."

"왜 그렇게 되는 건데!"

"그거야 네 녀석이 죽이겠다고 말하니 그렇지. 정말로 죽이고 싶은 상대한테 그런 말을 할 리가 없잖아. 말보다 먼저 실제로 죽이면 그만이고. 죽인다고 일부러 말하는 건 '나는 당신을 죽이지 않겠다'라고 선언하는 거나 마찬가지 아니겠냐?"

"……."

"그리고 너는 왜 이 몸을 죽이려고 하는 거야? 일이냐?"

"……이유는, 몇 가지 있어. 이름난 악당을 물리쳐서 세상을 좋게 만든다거나. 그래서 유명한 암살자인 당신을 시작으로 해서……."

"네가 하는 개그는 어디에 웃어야 할지 영 모르겠는데."

"개그가 아니야! 나는 마왕을 물리쳐야 하는데, 그런데 이 세계에는 마왕 같은 건 없으니까, 그래서……."

"흠. 네 나름대로 이유는 있구나. 괜찮아? 약은 아직 남았고?"

"나는 제정신이야!"

"으음……. 제정신이란 말이지. 제정신이라면 더더욱 슬픈 일이구먼. 그도 그럴 게 너, 이 몸한테 손가락 하나 대지 못하고 의자가 되어 있잖냐. 그래도 이 몸을 죽일 생각인가? 어, 정말로? 이 아저씨는 슬퍼서 눈물이 나올 것만 같구나. 그런 슬픈 이야기는 그만두자. 나이 탓인지 눈물이 많아져서 말이지."

"동정할 거면 내 위에서 내려와!"

"좋아, 알았다. 이 몸이 네 녀석을 단련시켜 주마."

"……뭐?"

"음. 좋은 생각이야. 이 몸은 누군가에게 '잿빛'을 계승시켜야 하는데, 하필이면 암살자잖아? 수행한다고 해도 '죽기 직전까지 궁지에 몬다. 죽을 만큼 필사적으로 만들고, 죽으면 다음 사람.' 같은 식이니까."

"……."

"이 몸이 '잿빛'을 계승할 때도 같은 수행을 했던 동료가 툭하면 죽어 갔지. 여덟 명이 있었는데 이 몸밖에 남지 않았어. 너무 많이 죽은 거 아냐? 웃기는 일이지."

"……우, 웃기지 않아!"

"그런 점에서 너라면 안심이지. 어차피 죽어도 죽지 않을 테니까. 좋아, 결정했다. 이 몸은 앞으로 네 녀석을 '잿빛'으로 만들고자 수행에 돌입합니다!"

"자, 자, 잠깐 기다려! 기다려 봐! 나는 당신을 죽이려 하고 있다고?! 그런 나한테 수행을 해 줬다가 내가 강해지면 당신은 죽을 텐데?!"

"하하핫. 그런 부분은 염려할 필요가 없지. 어차피 암살자 수행의 마지막은 스승을 죽이는 거니까."

"……."

"가장 많이 죽는 건 수행 때고, 그다음으로 많이 죽는 게 마지막 수행으로 스승을 죽일 때지. 그런 점에서 네 녀석은 수행 중에 죽여도 죽지 않을 테고 수행을 마치고 정 때문에 칼날이 무뎌질 일도 없지. ……없겠지? 없을 거야~."

"……그, 그건 당연, 당연하지."

"그렇게 됐으니 네 녀석에게 수행을 시키겠다. 노려라, 차기 '잿빛'! 정말 잘됐네, 잘됐어. 이대로라면 내 자식을 '잿빛'으로 만들어야 할 판이었거든. 넌 내게 구세주나 마찬가지라고. 머리 숙여 감사하마! 진짜라니까! ──어떤 부모든 자기 자식을 죽을지도 모르는 꼴로 만들고 싶지는 않으니까."

"……."

"너는 내 아이를 구해준 셈이야. 자랑스러워해도 좋아. ……아, 그리고 보니 아직 이 몸의 아이를 소개하지 않았군. 요미, 내 엉덩이에 깔려 있는 이놈한테 인사를 해 주거라."

"그전에 비켜!"

'잿빛'은 움직이지 않았어요.

아버지가 즐거워하던 얼굴이 지금도 눈앞에 떠올라요. ──그래요, 아버지는 알렉의 습격을 즐기는 모습이 역력했어요.

'잿빛'에게 정면으로 도전하는 사람은 없었기에 아버지에게 알렉 같은 단원은 신선하고 즐거웠던 거겠죠.

범죄자 클랜──. 그러한 집단을 '힘 있는 자가 정점에 서, 언제나 무력에 따른 투쟁이 이어지는 난폭하고 퇴폐적인 조직'이라 생각하는 사람이 있을지도 몰라요.

　실제로 그런 범죄자 클랜도 있을지도 모르지만 '섬광의 잿빛 여우단'은 달랐어요.

　약자 집합체──라고 말할 수 있을까요. 굶주리거나 범죄가 아닌 선택지가 없었던 사람을 '잿빛'을 중심으로 한 멤버들이 보호하는 조직이라는 색이 강했던 거죠.

　'잿빛'은 절대적이고, 누구도 그에게 반항할 수 없었고── 결과적으로 아버지를 상대할 만한 놀이 상대가 없었던 거예요.

　알렉은 놀이 상대라기보다는 장난감이라는 느낌이었지만…….

　어찌 되었든── 저는 인사하라는 아버지의 말을 따랐어요.

　"……요미입니다. 처음 뵙겠습니다."

　지금 생각해 보면 이건 무척 얄궂게 들리는 인사였을지도 모르겠네요.

　알렉이 '섬광의 잿빛 여우단'에 들어온 지 벌써 며칠이 흐른 뒤였으니까요.

　그런데 처음 뵙겠다니 '지금까지 네 존재를 인식조차 못 했습니다'라고 들릴 수도 있지 않을까요. ……실제로도 거의 인식하지 못했다는 게 민망한 구석이에요.

　변명이 될지 모르지만 당시의 저는 정말로 단 하나를 제외하면 다른 모든 데에 흥미가 없었어요.

　당시의 알렉은 제 말을 듣고 무척 불쾌해했던 걸 기억해요.

그래도 아직 어린아이였던 걸 상대로 화를 내는 건 어른스럽지 못하다고 생각했겠지요. 그는 눈을 험악하게 뜨면서도 제게 반응하지 않았어요.

"……그래서 아저씨가 말하는 수행은 뭘 하는 건데?"

"온갖 대상을 죽이는 방법을 가르쳐 줄 테니 전부 배우도록 해."

"……구체적으로는?"

"첫 번째, 이 몸이 시범을 보인다. 두 번째, 네가 흉내를 낸다. 이상."

"뭐?! 아니지, 그건, 아니잖아! 지나치게 건너뛴 거 아냐?! 슬쩍 보고 할 수 있으면 누가 고생을 하겠냐고!"

"그것도 그렇군. 그러니 할 수 있을 때까지 반복한다. 아, 기본적으로 이 몸이 죽이는 건 살아 있는 생물이니까 죽이지 못하면 반격도 당해."

"나도 알아! 그래서 무리라고 했잖아!"

"일단은 야생 동물, 다음은 던전 몬스터, 마지막으로 이 몸이라는 순서로 점점 난도를 높일 거야. 죽이지 못하면 네가 죽게 된다. 덤으로, 이 몸이 죽이라고 말한 대상을 죽일 때까지는 밥도 안 주고 잠도 안 재울 거야."

"……아무리 생각해도 무리잖아."

"괜찮아, 괜찮아. 여덟 명 중에 하나는 살아남을 정도의 수행이니까. 너는 어떻게 봐도 죽는 일곱 명 쪽이지만 되살아나잖아? 아, 아니면 횟수 제한이 있거나 '죽인 줄 알았어? 안됐지만 환영이야.' 같은 건가? ——어쨌든 하게 되겠지만."

"……."

"그러니 말이야. 네가 죽어도 살아 있는 데에 무슨 종류나 장치가 있다면 얼른 털어놓는 게 현명해. 이 몸은 자비가 없으니까. 방법이나 원인을 설명해 주면 고려해서 가차 없이 해 줄게."

"……."

"힘들면 도망쳐도 괜찮아. 그것밖에 안 되는 녀석이었다고 생각할 테니까."

"……좋아. 할게."

"어? 도망치게?"

"하겠다고 했잖아! 알아 둬, 나한테 수행을 시켰다는 걸 후회하게 될 거야. 당장 내일이라도 당신을 죽여 줄 테니까."

"오, 나도 사랑한다."

"무슨 소리야!"

"아니, 말했잖아. 죽이겠다는 말을 일부러 하는 건 상대를 절대로 죽이지 않겠다는 결의를 표현하는 거나 다름없다고. 사랑한다는 말도 마찬가지고."

"……."

"진심으로 죽일 생각이라면 죽이겠다는 말은 하지 마. 말없이 죽이는 거야. 너는 아무래도 이상이나 목적만 고상하고 결의나 각오가 모자란 것 같아. 뭐, 가장 모자란 건 실력이겠다만."

"……젠장."

"실력을 올려 줄게. 두 달이면 되겠지. 반대로 말해서 두 달이 넘어가게 되면 네 정신이 버틸 수가 없을 거다. 막다른 길에 몰리게 되겠지. 내가 옛날에 그랬던 것처럼 말이야."

"해 주겠어."

"좋아. 근성이 좋아. 네가 날 어떻게 생각하는지는 모르겠지만 나는 너 같은 건방진 애는 무척 좋아하거든. '죽이고' 싶을 만큼."

"……기분 나쁜 소리는 그만둬."

"하하핫! 좋아! 벌써 하나는 배운 것 같군."

'잿빛'은 즐거워 보였습니다.

제 기억 속 아버지는 언제나 경박하게 빙글빙글 미소를 띠고 있지만── 그래도 이 시기의 아버지는 제가 아는 한 가장 즐거워 보였습니다.

그날을 경계로 아버지와 알렉은 둘이 함께 어딘가로 나갔고 얼마간 돌아오지 않았습니다.

제가 그들을 다시 보게 된 건 일주일 정도가 흐른 뒤였어요.

○

"요미! 아빠는 널 보고 싶었단다! 보고 싶었어!"

오랜만에 돌아온 아버지는 평소와 똑같은 주점으로 돌아오자마자 양팔을 벌리며 저를 안으려 들었습니다.

아버지는 키가 컸지요. 그래서 팔을 벌린 채 다가오는 모습은, 당시의 제 눈에는 몬스터나 다름없는 열기와 박력이 느껴져서 차마 안길 수가 없었어요.

……시간이 흐른 뒤 생각하면 포옹 정도는 해 줘도 좋았을 텐데

싶기도 해요.

실제로, 당시에는 팔을 피한 다음 '오랜만이기도 하니 호응해 줄까.' 하는 생각을 했던 것도 같아요. 저도 딸로서 아버지와의 거리감을 생각할 나이대였던 거예요.

하지만 아버지의 등 뒤에 있던 알렉의 모습을 발견한 순간 산더미 같은 생각이 곧장 날아가고 말았어요.

알렉의 모습은 그 어떤 풍경에도 무관심했던 저조차 충격을 받을 만큼 크게 변모해 있었어요.

옷은 너덜너덜하고 손발은 흙과 피로 물들어 있었지요. 눈빛은 기이할 만큼 날카로웠고 주변을 빈틈없이 경계하고 있었어요. 뺨은 검게 물들었고 몸은 뼈가 도드라져 있었어요. ──누가 봐도 한계에 다다른 상태였어요.

현재 저희 여관을 방문하는 손님도 이따금 그것과 비슷한 상황에 빠지는 경우가 있습니다. 하지만 아무리 그래도 그때만큼 심각한 상황이 된 사람은 본 적이 없어요.

그것만으로도 지금의 알렉이 진행하는 수행보다도 무척 터무니없는 수행을 견뎠으리라는 걸 알 수 있었지요.

알렉은 '잿빛'의 수행 내용을 자세히 털어놓지는 않았어요.

그렇지만 지금 알렉이 손님에게 하는 수행을 본인은 할 만하다고 표현하는 건 이 당시 '잿빛'이 그에게 했던 수행 때문일 거라고 저는 확신할 수 있어요.

당시의 저도 알렉을 발견하고 결코 무관심할 수는 없었어요.

'잿빛'을 추궁하고 나섰지요.

하지만 '잿빛'의 대답은 성의가 없었지요.

"아, 그렇지, 그렇지. 알렉은 쉬어야 하니 좀 돌봐 줘. 밥 주고 좀 재우면 나아지겠지."

아무리 보아도 그런 정도로 마무리될 상태로는 안 보였어요.

그렇지만 아버지는 곧장 자리를 뜨고 말았죠.

지금 생각해 보면 '여우'나 '섬광', 혹은 다른 여성을 만나러 갔던 거예요.

……아니, 이것도 방금 떠오른 생각이지만 귀찮은 일을 떠넘겼다는 생각이 드네요. 부모님에게 특별 취급을 받은 적은 없었지만, 제가 손쉽게 심부름을 부탁할 수 있는 상대라고 인식하긴 했던 것 같아요.

기뻐할 일인지, 슬퍼할 일인지.

어느 쪽이든 간에──저는 알렉의 식사를 준비하게 되었습니다.

우선순위가 더 높은 일이 없었다거나 하는 등의 이유도 있지만, 가장 컸던 건 당시부터 제가 요리를 좋아했기 때문이었죠.

더 정확하게 말하자면 요리를 좋아한다기보다는 싸고 많이, 가능한 맛있는 밥을 만드는 작업──알렉 풍으로 말하자면 그런 '게임'을 좋아했던 걸지도 몰라요.

그래서 저는 간단하게 만들 수 있는 먹거리를 준비했어요.

알렉에게 주려고 했던 건 샌드위치였습니다. 테이블에 늘어놓고 제공했던 느낌도 들지만──그는 손도 대려고 하지 않았어요.

지금 생각해 보면 그건 '잿빛'의 수행 때문이었어요.

아버지는 수행 중에 식사와 수면을 금지하고, 몰래 하려 들면 어떤 페널티를 주었던 거죠.

그 페널티 내용을 저는 지금까지도 모르지만 결국엔 음식에 손을 뻗으려다가 포기하는—— 그런 과정을 반복하고 있었어요.

그런 알렉을 앞에 두고 무뚝뚝하고 귀염성 없었던 어린 제가 했던 행동은—— '깔고 앉아서 입에 쑤셔 박는다'였습니다.

지금 생각해 보면 지나쳤다는 생각이 들기도 합니다.

더군다나 토해내면 때려서 기절시키고 먼저 잠을 자게 해야겠다는 생각을 했던 것 같기도 하고.

다행히 그런 폭력적인 수단에 나서기 전에 일이 마무리되었어요.

그는 샌드위치를 씹어 삼키고—— 제게 깔린 채로 울었습니다.

별안간 울음을 터트린 통에 저도 무척이나 어쩔 줄 몰라 했던 기억이 있어요.

"……나, 약하구나."

아마도 혼잣말이었겠지요.

그러나 저는 그의 말에 반응하고 말았어요.

위로해 줄 생각이었다면 다행이었겠지만…….

"약해. 나보다도, 약해."

"꽤 혹독한 수행을 받았는데 아직도 멀었어. 이런 아이보다도 약하다니…… 역시 사람은 그렇게 쉽게 변하지 않는구나. 전생에서 글러 먹은 녀석은 다시 태어나도 글러 먹은 거야."

"?"

"……나는 다른 세계에서 살다 이곳에서 다시 태어났어. 이전 인생에 대한 기억을 가진 채, 전생에서는 없었던 능력을 갖고……. 그런데도 이렇게 약하다니."

"……."

"평범하게 살아갈 수조차 없어. 그래서 신이 내게 준 사명에 따라 나쁜 녀석을 무찌르려고 했는데, 그 '나쁜 녀석'에게 단련을 받고…… 그래도 여전히 손도 댈 수 없어. 나, 좀 이상할지도 몰라. 이렇게 살아가는 데에 재능이 없는 녀석이 또 있을까."

"드물지도 않아. '섬광의 잿빛 여우단'은 그런 게 산더미니까."

돌이켜 생각해 보면 알렉에게 연달아 비수를 꽂아 댔던 섬세하지 못한 자신을 걷어차고 싶을 정도예요.

그러나──.

그는 제 비수를, 긍정적인 의미로 해석했지요.

"……그래. 그렇게 이상할 건 아니구나. 난 답이 없을 정도로 글러 먹은 존재가 아닐지도 몰라."

"정말 이상한 건 '잿빛'이나 '여우'지. 우리 아빠랑 엄마는 다 이상해."

"그 '여우'라는 게 너희 엄마야?"

"그래. 엄마 중 한 사람."

"……뭐, 그럴 수도 있겠지."

"?"

"아니. 대수롭지 않은 일이야."

"그보다 밥."

"솔직히 말하면 배는 고플 텐데 식욕이 없다고 해야 할지, 몸이 아직 음식을 받아들일 상태가 아니라는 느낌이……."

"내가 만들었는데. 일부러 한 사람 몫만 만들었는데."

"……알았어, 좋아. 먹을게. 노력할게. 그래도 이럴 때는 죽이나 우동이 더 좋았겠다는 게 솔직한 심정이라……."

"우동?"

"……우동은 이 세계에 없구나. 죽은…… 그러고 보니 콩죽이 있구나."

"우동."

"아, 우동 말이지. 내 세계, 아니, 나라에서는 대중적인 음식인데…… 쫀득하고 두꺼운 파스타? 말하자면 면류야. 밀가루와 소금, 물로 만드는 것 같은데, 자세한 방법까지는 인터넷으로 알아봐야……."

"그건 밥이 먹고 싶지 않을 때도 먹을 수 있어?"

"그렇지. 면만 있으면 좀 힘들지만 보통은 국물이 있으니까…… 아, 그래도 이 세계에서는 가다랑어 육수가 없을 테니…… 비슷한 맛을 가진 다른 건 있겠지만."

"알려 줘."

"뭘?"

"방법, 알려 줘."

"……애초에 재료를 구할 수 있을지도 잘 모르는걸. 그리고 어디까지나 가정형인데……."

"관심이 있어……. 만드는 법, 알려 줘."

"……알았어. 넌 남자애인데도 요리에 관심이 많은 게 기특하네."

"······?"

"아, 이런 것도 편견인가? 네가 요리 얘기에 크게 관심을 보이는 게 의외라는 뜻이야. 무표정하고 무슨 생각을 하는지 알 수 없는 아이로 보였거든."

"요리와 빨래는 내 몫이니까."

"그렇구나. 자기에게 주어진 역할을 열심히 할 수 있는 건 장점이지."

"그래?"

"그렇지. 그런데 레시피를 알려 주기 전에 부탁 하나만 해도 될까?"

"?"

"내 위에서 내려와. 너희 부자는 사람 위에 앉는 게 취미야?"

여전히 알렉을 깔고 앉아 있었습니다.

요리 얘기가 나오면 다양한 것들을 신경 쓰지 않게 돼요. ──사실 이때 알렉은 제 성별을 착각했지만 정정하지도 않았지요.

아무리 어리더라도 여자아이답게 입고 있긴 했는데.

나중에 알렉에게 물으니 '다른 세계니까 이렇게 귀여운 아이가 남자애일 가능성도 있다고 생각했어. 다른 건 제쳐두고 말투가 남자애 같았고.' 라고 변명하더군요.

여자입니다.

그래도 다른 종족의 성별 같은 건 알아보기 어려울 수가 있다는 건 알고 있어요. 저도 남녀 모두 외모가 아름다운 마족이나 엘프는 잘못 볼 때도 있거든요.

인간인 알렉의 입장에서 보자면 수인 아이를 구별하기 어려울 수도 있을지 모르겠네요.

어쨌든 저는 선선히 알렉의 위에서 내려왔습니다.

모르는 요리 레시피를 위해서라면 어지간한 일은 했어요. 다른 일에 흥미가 없는 대신, 흥미가 있는 일에 대해서는 무척 열심히 돌진하는 경향이 있었거든요.

"그럼 우동 만드는 법을 알려 줄 텐데…… 억지로 재현하려고 들지 않아도 괜찮아. 밀가루를 빼면 이 세계에서는 찾기도 어렵고 애초에 내 기억이 어렴풋하기도 하고."

"필요한 재료는 '잿빛' 한테 가져다 달라고 시키면 돼."

"…… '잿빛'이라는 건 너희 아버지 맞지?"

"그래."

"시키겠다는 것도 대단하지만 아버지를 '잿빛'이라고 부르는 것도 대단한데. 아무리 생각해도 코드네임 아냐? 아, 아니면 본명을 알 수 없도록 평소부터 그렇게 부르는 거야? 암살자라서?"

"……?"

"왜 고개를 갸웃해?"

"'잿빛'은 '잿빛'이 이름 아니야?"

"아니…… 그런가? 이 세계의 일부에서는 그런 상식이 있을지 모르지만 나는 잘 모르겠는데."

"……."

"어쨌든 마음에 담아 두지 마. 아무래도 내가 실수를 한 모양이야. 그보다는 우동 만드는 법 말인데."

"응."

그때 들었던 레시피는 따로 적어 두었어요.

거듭 개량을 거쳐── 알렉은 전생에 요리를 자주 하지는 않았는지 당시 알려 준 레시피는 중요한 공정이나 재료가 빠져 있거나 잘못된 부분도 많았어요. 그걸 그가 본래 있던 세계와 같은 맛으로 완성하기까지 손이 많이 갔지요.

어쨌든, 당시의 저는 몰랐던 요리를 배우는 경험을 통해서 드디어 알렉이라는 인물을 인식했던 거예요.

'그 외 기타 등등'에서 '알렉산더'로 승격된 느낌이지요. ──무척 무례한 아이였어요.

"……이게 우동의 레시피야. 일본풍 육수는 무리겠지만 콩소메우동 같은 건 이 세계에서도 재현할 수 있을 것 같은데. ……그리고 내 요리 지식을 맹신하지 말고. 틀린 부분이 많을 거고."

"그건 알아."

"……뭐, 이렇게 애매한 지식이라도 상관없으면 한가할 때 알려 줄게."

"기쁘다."

"그럼 기쁜 얼굴을 해……. 무표정하게 그런 말을 해도……."

"'잿빛'이 자주 웃지 말라고 했어."

"왜? 어린아이를 괴롭힐 것 같은 아저씨는 아니었는데."

"웃으면 유괴될 거래. 내가 귀여우니까."

"……네 스테이터스라면 일반적인 유괴범은 격퇴할 수 있을 테니 괜찮아."

"스테이터스?"

"내 세계의 말이야. 한 사람의 강함이라고 해야 하려나? 나는 상대를 보는 것만으로도 그 사람이 어떤 능력을 어느 정도로 가졌는지 알 수 있거든."

"그럼 왜 '잿빛'한테 도전했어? 알렉은 '잿빛'보다 확실하게 약한데."

"……운좋게 해치울 수 있을지도 모른다고 생각해서……. 그리고 완곡한 의미의 자살 시도였을지도."

"?"

"이 세계에서도 글러 먹은 난 갈 곳도 일할 곳도 없었으니까, 이쪽에서 태어났을 때 신에게 받은 사명을 이뤄 볼 생각으로 도전했을 뿐이야. 일단은 죽는 게 무서워서 세이브하고 도전했지만."

"세이브?"

"……어차피 '잿빛'한테도 털어놓게 됐으니 상관없나."

알렉의 체념 섞인 표정이 인상적이었어요.

그는 당시, 처음으로 저에게 '세이브 포인트'를 보여 주었어요.

두둥실 떠오른, 희미하게 빛나는 구체.

그, 표현하기 어려운 환상적인 아름다움에 저는 강렬한 흥미를 품게 되었죠.

"여기에 대고 '세이브한다'고 선언하면 죽어도 다시 시작할 수 있어. 실제로 세이브 리셋을 이용해서 던전 공략도 시험해 봤는데…… 안 되겠어. 너무 약한 탓에 몇 번을 해 봐도 안 되는 건 안 돼. 그래서 궁지에 몰린 참에 마지막 수단으로 용사 흉내라도 해 볼까 싶어서…… 네 아버지를…… 죽이려고, 했던 거야."

"……."

"……그 아저씨한테도, 가족이 있었구나. 네 어머니도 몇 명이나 있고 또 네가 있고."

"응."

"있잖아, 만약 내가 네 아버지를 죽인다면 너는 어떨 것 같아?"

그의 질문에 대답하지 못했어요. 생각해 본 적도 없는 일이었으니까요.

아버지가 죽는다는 건 저에게 비현실적인 가정이었어요. 어쨌든 당시의 저에게 아버지는 무적의 생물이었으니까요. 아버지가 죽는다면 모든 생물이 살아 있지 못하리라 생각할 만큼 절대적인 존재였거든요.

모험가 레벨로 환산하면 80 정도였다고, 지금의 알렉이 말했어요. 평균이 30 언저리인 세상에서 그 정도라면 역시 객관적으로 봐도 '강하다'고 할 수 있겠지요.

어쨌든 저는 침묵을 지킬 수밖에 없었지만 알렉이 제 침묵을 해석해 주었지요.

"……대답하기 힘든 질문이었구나."

"……."

"어린애한테 물을 만한 게 아니었어. 뭐라고 해야 할지. ……그러니까, 나는 '잿빛'한테 원한이 있거나 그런 건 아니야. 물론 혹독한 훈련을 겪고 죽여 버리겠다고 거듭 생각했지만, 그…… 말로 표현하기는 좀 어렵지만 어쨌든 괜찮아."

"뭐가?"

"……너와 비교하면 아직 약하지만 그래도 '잿빛'의 수행으로 강해지고 있다는 실감은 있어. 역시 RPG의 즐거움은 이런 거지. 레벨을 올린 덕분에 이전에 고전했던 몬스터가 잡몹이 되는 상쾌함?"

"?"

"아, 저기, 어쨌든 괜찮아. 나는 '잿빛'을 죽이지 않을 거야. 설령 죽일 만큼 강해지더라도 네 아버지를 빼앗거나 하지 않을 테니 마음 놓으라는 의미였어."

그의 말을 듣고도 저는 여전히 '잿빛'이 살해당하는 광경을 상상할 수 없었어요.

저에게 아버지는 어쨌든 대단했거든요. 누구도 해치울 수 없을 만큼 강한 몬스터를 혼자서 잡기도 하고 그것 말고도 '누구도 할 수 없었던 일'을 수없이 해냈으니까요.

하지만 알렉은 알고 있었어요. ──강함은 언젠가 따라잡을 수 있게 된다는 걸.

그것은 그가 경험을 수치로 확인할 수 있기에 체득하게 된 발상이었을 거예요.

평범한 사람은 '강한 몬스터를 한 마리 무찌른 경험'과 '약한 몬스터를 수없이 해치운 경험'을 동일시할 수 없어요. 그러나 알렉은 가능했어요.

그것은 '경험치'라는 개념을 인식할 수 있기 때문이지요. 그래서 그는 수행을 통해서 언젠가 자신이 '잿빛'을 따라잡을 수 있다는 걸 의심하지 않았고──.

실제로 금방 따라잡게 되었어요.

그러나 그 전에 '잿빛'의 변덕 하나, 아니, 몇 가지 때문에 파란이 그를 휩쓸었죠.

알렉이 '잿빛' 밑에서 수행을 시작하고 얼마 지나지 않은 어느 날——.

'여우'가 일을 마치고 본거지인 주점터로 돌아온 것입니다.

○

"결정했다. 널 괴물로 만들겠다. 땅땅."

주점터에서 점심을 먹을 때였어요.

모두 합해서 2주일가량 알렉에게 수행을 시킨 후, '잿빛'은 또 느닷없이 그런 말을 했어요.

같은 테이블에 있던 사람은 알렉과 저뿐이었지요.

주변에 있는 클랜 멤버는 좀 떨어진 곳에서 우리를 지켜볼 따름이었어요.

같은 테이블에 세 명밖에 없는 데에는 이유가 있어요.

오해를 무릅쓰고 말하자면 '잿빛'과 알렉이 유난히 괴물인 탓이었어요.

알렉은 그 시점에서 벌써 '잿빛'의 수행에 익숙해진 느낌이었지요.

던전 공략은 몇 번을 해도 성공하지 못한 모양이지만 '잿빛'의 수행에는 무척 빠르게 순응하는 것처럼 보였거든요.

나중에 그에게 물어보니 '그 전에는 필사적이지 않았어.' 라는 거예요.

지금 그가 여관에서 진행하는 수행에서 필사적이어야 할 것을 중요하게 생각하는 데에는 이런 이유가 있을지도 모르겠네요.

어쨌든 그 당시 알렉은 두각을 드러내기 시작했어요. 진즉에 괴물이라고 부를 만한 영역에 한 걸음 들어선 느낌이었지요.

그런데도 한층 괴물로 만들겠다. ── '잿빛'의 그 말에 저는 고개를 갸웃했어요.

한편, 알렉은 익숙한 듯 보였지요.

이상한 말을 한다는 듯이 웃으면서 여유로운 태도로 질문했어요.

"괴물로 만들겠다고? 수행이 또 힘들어지는 거야?"

"당연히 점점 난도를 높이겠지만 그게 전부가 아니야. 네 성장 속도가 내 예상을 뛰어넘고 있고 아무리 난도를 높여도 하루에 쉰 번 정도 죽으면 적응하잖아?"

"요령을 좀 알게 됐으니까. 죽을 각오로 덤비면 그만큼 스킬 습득도 빠르고 능력치도 잘 올라. 내가 살아 있는 인간이 아니라 게임 캐릭터라고 생각하면 쉬운 일이지."

"하하핫. 넌 정말 유쾌하구나. 키스해 줄까?"

"죽인다."

"오오! 너는 참을 수 없이 날 좋아하는 모양이야. 그래서 말인데 이건 무척 괴로운 이야기지만 이 몸이 사실은 완벽하지가 않거든."

"알고 있어. 야한 이야기도 하고 가벼운 데다 바보고……."

"그렇지 않아. 완벽하지 않다는 건 다시 말해서 스승으로서 불

완전하다는 거야."

"무슨 말이야?"

"난 생물을 죽이는 방법밖에 몰라."

"……."

"하지만 죽인다는 수단을 취하지 않고 해결할 수 있다면 그렇게 하는 게 더 좋아. 평범한 녀석이야 뭐, 죽이는 법만 해도 평생에 걸쳐 갈고 닦아야겠지만 천재 스승인 내가 목숨을 쌓아 놓고 쓸 수 있는 너를 키운다면 시간은 널널하지."

"천재지만 완벽하지는 않다고……."

"하핫. 천재라는 건 한 분야에 집중하기 마련이니까. 그래서 말인데 네게 다른 스승 두 명을 붙일 생각이야."

"좋아. 당신한테 맡길게. 그래서 당신 말고 다른 스승은 나한테 뭘 가르치는데?"

"도둑질과 교섭이지."

"……도둑질은 뭐, 이 클랜이니 그렇지 싶은데 교섭은 뭐야?"

"교섭이라는 건 아, 저기, 그거지. 다른 사람이 속내를 훤히 털어놓게 만드는 방법이야."

"아니, 교섭이라는 단어의 의미가 아니라."

"알렉, 잘 알아 둬. 이 몸은 천재이고 멋진, 이상적인 성인 남자야."

"해석은 개인 주관에 따르겠지."

"……모든 사람의 눈에 멋진 이 몸에게도 무서운 게 있어. 그건 아이의 눈물과 화난 여자다."

"아, 그래서?"

"이 몸은 여자를 화나게 하고 싶지 않아."

"……본론을 말해 봐."

"하핫. 그러니까 말이지. 네가 새로 소개받은 스승은 두 사람 다 여자야. 그런데 교섭 방법 스승이 살짝 화가 나면 오랫동안 무섭거든. 그러니까 이 몸은 그 녀석이 하는 걸 '교섭'이라고 표현할 수밖에 없어. 그것 말고 다른 표현을 하면 그 녀석한테 설교를 듣게 되거든."

"당신 정도의 나이에도 설교가 무서워?"

"설교 말고 다른 표현을 쓸 수가 없어."

"……다시 말해서 설교가 아니다?"

"아니, 설교야. 하지만 설교라고 표현할 수밖에 없지."

"……아, 그래. 뭔지 잘 모르겠지만 알았어. 그래서? 그 새로운 두 스승은 언제 소개해 줄 건데?"

"한 사람은 바로 뒤에 있으니 지금 소개할게. ——네 바로 뒤에 있어."

그때 알렉이 지었던 표정을, 저는 여전히 기억해요.

그것은 지금, 우리 여관에 머무르는 손님이 등 뒤에 있는 알렉의 존재를 깨달았을 때와 같은, 무척이나 놀란 얼굴이었어요.

저도 당시엔 그 사람이 등장할 때마다 무척 깜짝 놀랐으니 심정은 이해해요.

그 사람은 저와 같은 여우 수인이었어요.

털의 색도 저와 같은 금색이었어요.

키가 크고 글래머러스한 체형에, 언제나 검고 몸에 딱 달라붙는 옷을 입고 있었어요.

아마도, 제 세 명의 부모 중에서 어린아이 시절 제게 가장 큰 영향을 준 사람이라고 생각해요.

기척도 없이, 소리도 내지 않고 무표정으로 선 그 사람이 알렉을 지긋이 바라보고 있었어요.

이때, 알렉은 내심 무척 두려웠던 모양이에요.

느닷없이 등 뒤에 사람이 서 있어서 그러려나 했지만, 알렉은 '굉장한 미인이어서 깜짝 놀랐어. 여성과는 대화를 나눈 적이 거의 없었으니까.' 라고 하더라고요.

한편, 저는 그녀를 잘 알고 있었어요.

때문에 알렉도 깜짝 놀랐지만 그녀도 알렉의 존재에 무척 두려움을 느꼈을 거라는 사실을 알 수 있었지요. ──그녀는 낯가림이 있고 말수가 적고 요령이 없었으니까요.

그래서 침묵을 지키는 그녀를 대신해 '잿빛' 이 알렉에게 그녀를 소개했던 순간을 기억해요.

"이 녀석은 '여우' 다."

"……외모 그대로네. 당신과는 다르게."

"이 몸은 이름을 계승했으니까. 이 몸이 이름을 붙였다면 '순백' 이 되려나? 아니, 아무리 그래도 '잿빛' 도 제법 마음에 들었거든. 낮이랑 밤 사이, 빛과 그림자 사이 같아서 멋있지 않아? 이 몸이라면 어떤 이름을 대더라도 멋있겠지만."

"……그래서, 이 사람이 누군데?"

"말했잖아, '여우'라고."

"이름은 알았어. 뭘 가르쳐 줄, 어떤 사람인데?"

"이 녀석은 도둑질 스승이다. 그리고 요미의 어머니일지도 모르지."

"……일지도 몰라?"

"이 녀석이랑 또 다른 스승 중 한 명이 요미의 어머니지만 친모는 어느 쪽인지 가르쳐 주지 않았거든. 어느 날 둘 다 자취를 감춰서. 그래서 1년 뒤에 돌아왔나 싶었더니 아기를 데리고 왔고."

"……애초에 요미는 정말로 네 아이야?"

"'섬광'은 몰라도 이 애는 거짓말을 할 성격이 아니거든. 그리고 설령 거짓말이라도 받아들이는 게 남자 아니겠어?"

"아니, 여성 한 명만을 소중히 하는 게 남자지……. 요미의 친어머니가 어느 쪽인지 모른다는 건 어느 쪽도 짚이는 구석이 있다는 뜻 아냐? 그래서 널 골탕 먹이려고 누가 낳은 아이인지 모르게 한 거 아니고?"

"바보 자식, 아기는 밭에서 나는 거야. 그리고 이 몸은 땅을 탐구하는 사람이지. 씨를 뿌려서 좋은 작물을 기르는 게 내 역할이야. 이해했나?"

"알 리가 있겠어? 어른의 지저분한 사정을 동화적인 표현으로 미화하지 마. 당신은 진짜 그냥 죽는 게 낫지 않을까……."

"하핫. 네 발언은 유쾌하고 신선해서 항상 놀라워. 그런 고로 '여우', 이 녀석한테 도적으로서의 마음가짐을 박아 넣어 줘, 부탁한다."

'잿빛'의 말에도 '여우'는 반응을 보이지 않았어요.

무표정한 사람이었지만 갑작스러운 상황에 혼란스러웠던 거라 생각해요.

그때, 도움을 요청하는 것 같았던 '여우'의 시선이 선명하게 떠올라요.

저는 일상 대화에서 '잿빛'이나 '섬광'의 편을 거의 들지 않았지만 '여우'만큼은 종종 편을 들어주기도 했어요.

하지만 저도 그리 말을 잘하는 편은 아니었어요.

"이 사람은 알렉."

제가 내려 줄 수 있는 동아줄은 그게 전부였어요.

하지만 '여우'는 고개를 끄덕였어요. ……사실은 여러모로 생각하는 구석이 많았겠지만 결심을 굳힌 것 같았어요.

"……알렉. 나는 '여우'라고 해. 일단 이 클랜의 창설 멤버 중 한 명이지."

"아, 응……. 어쩐지 제대로 된……. 자, 잘 부탁해요……."

"별안간 스승이 되라는 말을 듣고 놀랐지만, 결국 넌 도둑을 지망하는 신규 입단자라고 이해하면 될까? 보통은 느닷없이 도둑이 되고 싶다고 해도 거절하겠지만 '잿빛'의 소개라면……."

"아니, 그런 게 아니라요…… 어쩐지 분위기를 타서 '잿빛' 아저씨 후계자가 되었는데 모자란 구석이 있으니까 다른 두 스승을 추가하겠다고."

"……."

"'여우' 씨?"

"……상황을 모르겠으니 나중에 '잿빛'을 추궁해 볼게. 어쨌든…… 수행을 하는 건 좋아. 다만, 내 수행은 엄격해. 목숨을 잃게 될지도 몰라. 그건 괜찮아?"

"목숨은 얼마든지 잃어도 되니 상관없어요."

"……무슨 뜻이지?"

"세이브하고 로드라는 능력이 있어서……."

"……'잿빛', 나중에 설명해."

그때 '잿빛'이 지었던 무척 성가시게 여기는 듯한 표정에, 무척 화가 났던 기억이 나요.

당사자도 아닌 제가 이렇게까지 화가 날 정도의 표정은 오히려 감탄이 나올 정도였어요. 그런 반응을 하니 여전히 존경받지 못한다는 생각마저 들었지요.

반대로 '여우'의 반응은 어른스러웠어요.

단순하게 '잿빛'과 오랜 인연이기 때문에 상대를 대하는 방법이 익숙했던 걸지도 몰라요.

부드럽게 '잿빛'에게 말을 붙여서 정보를 끌어내는 기술은 지금 알렉이 좀처럼 물러나려고 하지 않을 때 써먹을 때도 있을 정도예요.

"……'잿빛'. 당신의 명령이라면 나는 따르겠어. 하지만 사정은 설명해 줄 수 있잖아?"

"음……. 아니, 그, 뭐냐. 이 몸의 살법(殺法)과 네 은신술에 '섬광'의 교섭술이 있으면 누가 들어도 두려워할 괴물이 탄생할 것 같지 않아?"

"……하고 싶어 하는 이유는 잘 모르겠지만 하고 싶은 일은 이해했어. 그걸로 됐어."

"그래, 그래! 이해가 빨라서 다행이야!"

"그런데 '섬광'을 스승으로 삼는 건 반대야. 정신이 못 버틸 거야."

"이 녀석이라면 괜찮아. 그렇지, 알렉?"

"맞아. '잿빛' 아저씨의 수행을 극복했으니까. 이제 와서 그보다 무서운 건 없어."

당시의 알렉이 아무리 '섬광'을 몰랐다고는 했지만 경솔했지요.

그러나 '잿빛'보다도 괴로운 수행은 있을 리 없다. ──그의 판단이 손가락질할 만한 방심은 아니라고 생각해요. 사람의 상상력에는 한계가 있는 법이니까요.

결국 알렉은 잠깐의 경솔함 덕분에 새로운 두 명의 스승을 얻게 되었어요.

……시간이 지난 뒤에 냉정하게 당시를 더듬어 보면 제 부모들은 세 사람 모두 사람을 기르는 데에 재주가 없었어요.

'잿빛'에게는 상식이 없었지요.

'섬광'에게는 자애가 없었어요.

그리고 '여우'한테는 적당함이 없었어요.

당시의 저는 그 사실을 알렉에게 알려 주었어야 했던 거예요.

그러나 그런 후회는 무척 때늦은 일이고 알렉이 수행을 받게 된 과거는 변하지 않겠지요.

○

　'여우'의 수행은 제가 있는 자리에서도 진행되었어요.

　행위 자체가 무척 단순했거든요.

　발소리를 내지 않고 걷는다.

　그것이 '여우'가 알렉에게 했던 첫 수행이었어요.

　말로 하면 단순하고 간단한 것 같지만 나중에 알렉에게 물으니 아무래도 이 수행을 하는 동안 가장 정신이 아득해졌다고 해요.

　심정은 헤아릴 수 있어요. ——이 수행에는 '끝'이 없기 때문이에요.

　주점터에서 '여우'와 알렉이 나눈 대화가 생각나네요.

　"알겠어? 내 수행은 행동할 때 소리를 내지 않는 방법, 그 어떤 순간에도 기척을 지우는 방법, 사람의 시선에 들어가더라도 의식에 들어가지 않는 방법. 이렇게 세 가지다. 이 셋을 호흡하듯 당연히 할 수 있게 된다면 어디에 숨어들어도 들키지 않지."

　"말을 들어 보면 그럴싸하지만 정말 그렇게 할 수 있다면 고생은 안 하지 싶은데……."

　"할 수 있게 되어야겠어. 일단은 발소리를 지우는 수행부터. 기척은 눈 감아 주겠어. 일단은 발소리를 죽이고 걸어 봐."

　"그거면 돼?"

　"그래."

　"언제 시작하는데?"

　"지금부터."

"오늘은 줄곧 그 훈련만 해?"

"아니."

"……? 정해진 걸음 수를 발소리 없이 걸으면 되는 거야?"

"아니."

"그럼, 언제 끝나는데?"

의아함이 가득하던 알렉의 얼굴이 기억나네요.

그리고 다음 순간 '여우'가 아무렇지도 않게 말한, 불합리하기 짝이 없는 말을 저는 똑똑하게 기억하고 있어요.

"계속."

"……계속, 계속이라고?"

"계속이라고 했을 텐데. 오늘도, 내일도, 모레도, 그 다음 날도, 밥을 먹을 때도, 쉴 때도, 몸을 씻을 때도, 그 어떤 때라도, 계속이다."

"……아니, 그건 무리잖아."

"괜찮아. 발소리를 내면 내가 지적하지."

"뭐가 괜찮아……. 전혀 괜찮지 않은데……."

"의식하지 않고도 발소리를 없앨 수 있어야 해. 그렇게만 되면 다음엔 기척을 지우는 수행으로 넘어가지."

"기척을 지우는 수행을 할 때까지 계속 발소리를 죽이라는……."

"아니지."

"……아니라고?"

"발소리를 내는데 기척을 지울 수 있을 리가 없잖아."

"당신의 말은 틀린 구석이 없지만 그래서 어쩌라는 건데."

"평범하게 생활하면서도 발소리를 내지 않을 수 있게 되면, 다음에는 발소리를 지우면서 기척을 죽이는 거야. 평범한 사람은 그렇게 되기까지 3년이 걸리지. 말하자면 기초 훈련이다."

"기초에 3년이라니 대단하잖아……. 아니, 평범한 건가?"

"평범해. 그리고 마지막으로 기술적으로 사람의 의식에 들어가지 않을 방법을 가르치마. 이건 하려고 생각할 때 할 수 있게 되면 돼. 평소에 자연스럽게 기술을 쓰다 보면 다른 사람한테 인식되지 않게 될 테니까."

"그건 그렇지만……."

"그래. 그건 그런 거야. 그러니 해 봐."

"정말이지 당신들 수행은 말이 안 되는 것밖에 없어……."

당시 알렉의 동작에는 큰 의미가 없었다고 생각해요.

어깨를 으쓱이면서 발을 반쯤 벌린다.

아마도 어떤 의도를 가진 행동은 아니었겠지요.

그런데 '여우'가 무표정을 유지한 채 했던 말을 저는 기억하고 있어요.

"알렉."

"왜요?"

"발소리."

"……네?"

"지금, 움직일 때 소리가 났다. 그래서 나는 지적했다."

"……어, 걸은 것도 아니고 무의식중에 발을 움직였을 뿐인데."

"그래? 그래도 발소리가 났다. 숨어 들어간 곳에서 발소리를 들켰을 때 '아니, 이건 별 의도가 없는 동작이니까 못 들은 걸로 해 줘.' 라고 변명할 수는 없어. 그러니 무의식으로 나온 동작이라도 나는 지적한다."

"……."

"또, 발소리."

"……아니, 저기."

"발소리."

"……."

"수행을 시작하면 나는 줄곧 네 곁에서 지적할 거다. 내 모습이 보이지 않더라도 항상 예의주시하고 있다고 생각하도록 해. 이래 봬도 난 인내심이 있는 편이지. 그러니 알렉이 발소리를 내지 않고 걸을 수 있게 될 때까지 줄곧 지적하겠어."

"……."

"발소리가 날 때마다 '발소리' 라고 주의를 주도록 하지. 자, 또 무의식중에 반걸음 물러났지? 발소리가 났다. 무의식중에 하는 동작에 주의하도록 해."

"무의식중인데 어떻게 주의를 하란 거야."

"살아 있는 내내 자신의 동작을 주시하면 돼."

"……."

"또 반걸음 물러났군. 발소리가 났다. 조심하도록."

"발소리를 내지 않는 방법 같은 건……."

"반대로 생각해 봐."

"뭘."

"발소리를 내지 않는 방법은 확실히 내가 잘 알겠지. 하지만 발소리를 내는 방법은 알렉이 더 잘 알 거야. 자연스럽게 발소리를 내고 있으니까."

"그, 그거야 그렇……나?"

"그렇지. 그러니 알렉이 잘 알고 있는 '발소리를 내는 방법'을 하나씩 하지 않으면 돼. 간단하지?"

"……."

"다른 사람의 지식을 얻는 것보다는 스스로 생각해서 실행하는 게 몸에 익히기 쉽지. 더군다나 사고방식은 사람에 따라 다른 법이야. 그래서 나는 '교육'은 하지 않아. 할 수 있을 때까지 하게 한다. 그것뿐이지."

"……."

"또 반걸음 물러났군. 발소리가 났어. 조금은 소리에 신경을 써 봐. 아무리 그래도 지나치게 발소리가 많이 나는군."

"나는 전생과 지금 생을 통틀어서 '발소리가 많이 난다'는 말은 처음 들어 봤어. 당신들 수행은 대단하네……. 뭔가, 저기, 뭔가…… 응?"

"발소리."

"대화 정도는 좀 해 주시죠."

"상관없지만 나는 대화를 좋아하지 않아. 아, 그렇지만 네게 한 가지 묻고 싶은 건 있어."

"뭔가요?"

"내가 없는 동안 요미와 무슨 일이 있었지?"

뜻밖의 질문이었어요.

알렉이 의아한 얼굴을 했던 게 인상 깊었죠.

"무슨 일? 아무 일도 없었는데…… 아, 요리 레시피 같은 걸 가르쳐 준 걸 말하는 건가?"

"그렇군, 발소리."

"지금 내가 움직였어!?"

"움직였다. 침착하지 못한 남자로군, 넌."

"사람은 무의식중에 이렇게나 많이 움직이는구나……."

"그런데 요미와는 무슨 일이 있었지?"

"아까 말한 대로 요리 레시피를."

"발소리."

"이야기를 좀 들어 봐요!"

"듣고 싶지만 네가 발소리를 내고 있어서 들을 수가 없군. 왜 그러지? 거동이 수상하다고 해야 할지, 침착하지 못해. 침착함을 유지하는 게 그렇게나 어려운 일은 아닐 텐데."

"하나부터 열까지 옳은 말만 해대니 태클을 걸래야 걸 수가 없네."

"태클을 걸어?"

"아, 이쪽 세계에는 없는 표현이구나, 무슨 뜻이냐면."

"발소리."

"……도무지 말을 할 수가 없네!"

"말을 할 수 없다는 건 동의해. 그건 모두 네가 발소리를 내는 탓이지. 방금 전에 막 침착하라고 말했을 텐데, 왜 그렇게 침착하지 못하지?"

"침착하고 싶어서 할 수 있으면 고생할 일이 없다고 생각합니다."

"아니, 침착하려는 기색이 없어. 일단은 온몸에 힘을 주고, 그래도 안 되면 호흡을 멈추고 잠시 자신을 지면에 우뚝 선 한 그루의 막대기라고 생각해 봐. 걷지 않으면 발소리가 나지 않아. 이건 상식이다."

"상식이기는 하지만 당신이 그런 말을 하면 무척 반박하고 싶어지는데."

"그런데 요미와 무슨 일이 있었는지 듣고 싶은데."

"……그러니까 내가 있던 세계의 레시피를 가르쳐 준 게 다예요."

"내가 있던 세계?"

"……다른 세계의 기억을 갖고 다시 태어났거든요."

"그렇군. 침착하지 못한 데에는 그런 이유가 있었어."

"어떤 이유인데?"

"환각 작용과 의존성이 있는 식물이 있지. 이 클랜에서는 그리 드문 일도 아니야. 갱생을 위한 수행도 해야겠군."

"당신도 그렇고 '잿빛' 도 그렇고 날 이상한 사람처럼 말하지 마!"

"하지만 네 말은 이상하군. 다른 세계? 동화나 혹은 전승인가? 세상이 혼란할 때 다른 세계에서 나타나는 구세주 운운하는 이야기는 들은 적이 있지만. 그런 이야기는 '섬광' 이 훤하지."

"그런 구세주, 아니면 용사가 나 같아."

"그렇군. 그건 그렇고 발——."

"발소리 말씀이십니까! 죄송합니다!"

"그래. 그런데 사과할 필요는 없어. 그보다는 성과를 보여 봐."

"노력하……."

"너와 대화를 나누는 건 정말 어렵군……."

"제가 잘못했나요……."

"발소리만 내지 않으면 이야기 정도는 할 수 있을 텐데."

"당신과의 대화는 난도가 굉장하네요."

"일단 그건 접어 두고. 내가 보기에 요미가 이상하게 널 따르는 것처럼 보인다만. 그래서 신경이 좀 쓰여. 이 아이는 나처럼 낯가림이 심하니까."

"낯가림이 있나……? 이 녀석, 나랑 처음 말을 나눴을 때 마운트 포지션이었는데……. 낯가림이 있는 아이가 느닷없이 마운트를 해……?"

"낯가림과 마운트가 무슨 상관이지?"

"아니, 상관은 있을 텐데 말로 설명하기는 어렵네……."

알렉의, 복잡해 보이는 얼굴이 인상 깊게 남아있어요.

지금 여관 손님이 알렉과 대화를 할 때도 비슷한 얼굴이에요.

"그런데…… 흠, 묻고 싶은 게 있는데 너, 아이를 좋아하나?"

"뭐? 좋은지 싫은지 둘 중 하나를 고른다면 좋아하는 편……? 솔직히 말하자면 어느 쪽이든 상관없다고 해야 할지, 아이마다 다르죠. 건방진 꼬마는 좋아하지 않아요."

"요미는 좋아하나?"

"선택지가 둘이라면 뭐, 좋아할지도. 말수도 적고 무표정에 애교가 없지만 시끄럽지 않고. 그리고 요리에 열을 올리는 모습을 보고 있으면 흐뭇하기도 하고."

"그렇군."

"그건 무슨 의도의 질문이죠?"

"방금 걸로 네 위험도를 측정했다."

"내 위험도?"

"그렇다. 만약 '아이를 좋아하는가?' 라는 질문에 '좋아한다. 보고 있으면 흥분한다.' 라고 망설임 없이 대답했다면 지금 당장 이 자리에서 죽일 생각이었지."

"그렇게 중요한 질문을 했던 거야?!"

"나는 부모 중 한 명으로서 요미를 이상한 남자에게서 지켜야만 해."

"아니, 아무리 그래도 너무 걱정이 많잖아……."

"하지만 세상에는 어린아이가 아니면 흥분하지 않는 변태도 있지. 나도 옛날 그런 녀석에게 엮인 뒤에 줄곧 남자 행세를 하며 살았지."

"당신 말투는 그것 때문이구나."

"그렇지. 지금은 버릇이 되었을 뿐이지만. 그런 경위로, 네가 요미에게 묘한 행동을 하지 않을지 불안했다."

"아니, 뭐. 부모로서 걱정하는 건 무척 지당한 일이지만 아무리 그래도 사서 걱정을 하는 게 아닌가 싶은 마음이 드는데. 애초에 나도 요미도 남자고……."

"응?"

"왜 그래요?"

"아니, 잘된 일이니 상관없겠어. 그보다 알렉, 발소리."

"뭐가 잘된 일인지 가르쳐 줘 봐요. 신경 쓰이잖아."

"그보다 진지하게 수행에 임해. 조금 방심하면 금방 침착함을 잃는군. 이곳을 헌병 대대장의 저택이라고 생각해. 섣불리 발소리를 내면 곧장 경비병이 달려올 거고 포박되면 곧장 살해될 거다."

"내 평생 그런 위험 지대에 갈 일은 없을 텐데요."

"평생 없을지 몰라도 수행은 실제보다 엄격해야 의미가 있지. 실전에서 긴장이나 생각지 못한 사태 때문에 충분한 능력을 발휘할 수 없을 때가 많아. 수행에서 가혹한 상황에 적응한다면 대부분의 일은 여유롭게 대응할 수 있게 되는 거지."

"하나부터 열까지 옳은 말이네요! 맞는 말이기는 한데!"

"맞는 말이라면 문제없겠군."

"……."

"실전이라 생각하고 해 봐. 나는 줄곧 네 발소리를 듣고 있어. 어떤 때라도, 네가 발소리를 내면 곧장 '발소리'라고 지적할 발소리."

"말을 마친 다음에 해도 되잖아요?! 거의 어미처럼 들리는데!?"

"내가 말을 마칠 수 있게 해 줘. 너는 좀 전부터 반걸음씩 내게서 멀어지고 있군, 이유가 뭐지? 아니, 멀어지는 건 상관없지만 발소리를 지워 줘."

"대체 어떻게 지우라는 건데!"

"좀 더 필사적으로 발소리를 지우려고 노력해 봐. 대화는 그 다음 일이지. 그런데 '잿빛'의 수행 발소리 시간 아닌가?"

"용건을 말하는 중에 지적을 섞다니! 그만 흘려들을 뻔했잖아요! 아, 그나저나 그렇구나. 아저씨의 수행이 면제되는 건 아니었구나."

"그렇군. 스승이 늘어난다는 건 수행이 늘어난다는 뜻이지. 분명히 말해 두겠는데 내 수행은 그렇다 치고 '잿빛'과 '섬광'한테까지 수행을 받겠다는 건 제정신이 아니야."

"아니, 지금 시점에서 '잿빛'의 수행보다는 당신 수행이 머리가 이상해질 것 같은데. 벌써부터 당신 말 중에 '발소리'라는 환청이 들리기 시작했다고요."

"좋은 경향이야. 그렇게 발소리가 나올 때마다 내 목소리를 환청으로 들어 줘."

"악의 조직한테 인체 개조를 당한 히어로는 이런 기분이었을지도 모르겠네."

"그런데, 오늘 수행 내용은? 그 사람은 나한테 아무 말도 해 주지 않으니까."

"음, 분명…… 밖에서 만나자고 했는데. 오늘은 던전 마스터한테 도전하는 날이라고. 던전 레벨은 30이라고 했던 것 같은데, 어떻게 될지는 잘 모르겠어."

"그렇군. 그럼 나도 따라가도록 하지."

"왜요?"

"얼마간 널 따라다니면서 지적하겠다고 말했을 텐데?"

"네?"

그때 알렉의 얼굴도 인상 깊게 남아있어요.

이 녀석은 대체 무슨 소리를 하는 거지? 싶은 얼굴이었지요.

분명, 알렉은 내심 '잿빛'의 수행 중에 '여우'의 수행은 중단될 거라고 생각했던 거예요.

그러나 저는 '여우'의 성격을 알고 있었어요. ——그녀가 '내내 한다'고 말한다면 그것은 정말 '내내'인 거예요.

때문에 당시에 저와 '여우'는 알렉의 반응에 고개를 갸웃했어요.

"……정말, 무슨 말을 하는 건지. 알겠어? 어떤 때라도 발소리를 지우는 걸 유념해. 그건 밥을 먹을 때든 휴식을 취할 때든 목욕을 하는 중이든 잠을 자는 중이든 상관없어."

"아무리 그래도 잠잘 때는 좀 봐줘요."

"그리고 '잿빛'의 수행 중에도 발소리를 지우는 수행은 계속한다."

"……아니, 저기, 오늘, 저, 던전 마스터한테, 도전한다는데요. 던전 마스터, 뭔지 알아요? 굉장히 강하다던데."

"그래."

"평소처럼 싸워도 어려운 상대한테 발소리를 주의하면서 싸워서 이길 수 있겠어요?"

"그래도 너는 네 입으로 얼마든지 죽을 수 있다고 말했잖아."

"……."

"얼마든지 죽을 수 없는 아이도 수행을 해. 그러니 넌 괜찮아. 잘은 모르겠지만 '잿빛'이 괜찮다고 했으니 만약 안 되더라도 괜찮은 거겠지."

"당신들, 내 목숨을 지나치게 가볍게 다루는 거 아냐?"

"목숨에 경중은 없어. 모두가 동등한 무게지. 그리고 나도 '잿빛'도, 다른 멤버도 목숨을 걸고 살아 왔어. 너도 목숨을 걸고 살아야 해. 다른 건 하나도 없어."

"그 얘기가 아니잖아!"

"너는 평소에 목숨을 걸고 살지 않아?"

"아니, 뭐. 요즘에는 꽤 목숨을 걸면서 살고 있기는 한데……."

"그렇구나. 그럼 다르지 않네."

"……."

"가 볼까?"

"사후 세계로요?"

"너도 보기와는 다르게 신앙심이 있구나. 사후 세계? 종교가들이 종종 말하는 '모든 게 평등해지는 영혼의 고향' 말인가?"

"아, 아니. 이 세계의 종교는 솔직히 잘 모르는데요."

"그래? 그럼, 갈 수 있겠지?"

"'그럼'이라니, 대체. 그 말은 어디에서 연결되는 건지, 연결 지점이 완전히 행방불명인데."

"알렉. 나는 이래 봬도 성급하다."

"당신 좀 전에 '인내심이 있다'고 했잖아요!"

"인내심이 있을 때도 있지만 지금은 성급할 때다."

"그건 그냥 기분파잖아!"

"가 볼까. '잿빛'이 기다려. 그 사람은 오래 기다리게 하면 어딘가로 가 버리지."

"……좋아요. 결심이 섰어요. 가요."

"알렉."

"왜요."

"발소리."

"각오를 세운 순간에 넘어질 것 같은 말은 그만둬요!"

옆에서 바라보기에 알렉과 '여우'의 대화가 무척 즐거웠던 게 기억에 남아있어요. 특히──'여우'가 처음 보는 남성에게 마음을 여는 것 같아서, 당시의 저는 어쩐 일인가 생각하기도 했어요.

알렉 본인은 '감당이 안 됐다니까. 지금도 발소리를 지적하는 환청이 들려.'라고 웃으며 말하곤 해요. 그래도 옆에서 바라보는 두 사람은 무척 즐거워 보였지요.

그렇게 알렉은 '잿빛'과 '여우'의 수행을 받게 되었어요.

덧붙이자면, 알렉은 후에 이어지는 일주일을 '죽는 게 나은 매일'이라고 술회했지요.

○

'잿빛'에 더해서 '여우'의 수행까지 시작된 지 며칠이 지났어요.

당시 알렉의 성장세는 감탄이 절로 나올 정도였다고, 저는 '여우'를 통해서 남몰래 들을 수 있었지요. ……저도 모르게 흥이 나서 평소보다 무리했다는 말도 들었어요.

현재, 알렉의 수행이 자비가 없게 보이는 건 당시 '여우'나 '잿빛'이 했던 터무니없는 수행이 알렉의 안에서 기준으로 자리 잡은 탓이라는 생각이 자꾸만 들어요.

알렉의 스승은 터무니없는 수행밖에 모르는 사람들이었어요.

여러모로 시험해 본 결과 발소리를 내면 죽을 법한 상황에서 수행하는 게 가장 익히기 쉽다는 걸 발견하게 되면서, 그 시점부터 알렉에게 주어지는 수행은 사망을 전제로 하게 되었지요.

기억을 더듬어 보면 지금까지의 수행이 사망을 전제로 했던 게 아니라는 사실에 가장 놀랐던 것 같아요.

생각해 보면 저와 아버지, 어머니들은 이른바 천재였던 걸지도 몰라요. 그들의 기준은 범인에게는 지나치게 높았던 게 아닐까, 지금은 그런 생각이 드네요.

알렉은 결국 다른 멤버들 사이에서도 유명해졌어요.

처음에는 '잿빛'에게 직접 수행을 지도받는 행운아라고 질투가 담긴 시선으로 보던 사람이 많았어요.

시간이 흐를수록 어떤 기묘한 의식으로 움직이는 시체가 아닐까 하는 의심을 사게 되었죠.

그 후에도 몇 가지 괴담과도 같은 화제를 지나쳐 끝내 '섬광의 잿빛 여우단'에서 알렉의 위치는 '클랜 마스터의 후계자'가 되어 있었어요.

그것은 물론 '잿빛' 일행의 수행을 통해서 알렉이 강해졌기 때문이에요.

그러나 알렉은 강함을 독점하려 들지 않았어요. 주변 사람들에게도 '세이브&로드'를 활용한 수행을 권유했지요.

그러나 하나같이 겁이 나서 나서지 못했어요. ……얘기를 듣는 것만으로도 모골이 송연해지는 수행이 산더미였으니 주변 반응도 당연했지요.

더군다나 수행하지 않고도 어떻게든 호구지책은 마련할 수 있었어요.

먹고 사는 데에 지장이 없는데 무리해서까지 강해질 필요는 없다. —— '섬광의 잿빛 여우단' 에는 그런 사고방식이 일반적이었지요. 꼭 그건 우리 클랜만이 아니라 어디에서나 일반적인 사고방식이라고 생각해요.

어쨌든 알렉은 사람들 사이에서 존경과 경외의 시선을 받는 존재가 되어가고 있었어요.

그 결과, 어째서인지 저와 함께 하는 시간이 늘었지요.

이것은 '잿빛' 이나 '여우' 도 마찬가지겠지만, 어느 정도 존경을 받는 입장에 있는 사람은 사람들에게서 멀어지기 쉬운 법이에요.

입단하고 한 달이 막 지나는 시점에서 모두가 '알렉 씨' 라며 '씨' 를 붙여 부르는 것만 봐도 어쩔 수 없는 거리감이 생긴 것 같아요.

다른 사람들이 거리를 두는 알렉과 저는, 종종 단둘이서 주점터의 주방에 머물렀어요.

그렇다곤 해도 우리가 긴 대화를 나눌 때는 알렉이 있었던 세계의 요리를 가르쳐 줄 때 정도였지만요.

"저기, 요미, 그러고 보니 말인데 내 또 다른 스승, '섬광' 이었나? 그 녀석은 어디로 간 거야?"

그건 아마도 고기 감자조림 만드는 법을 배울 때였어요.

당시의 저는 간장이라는 것이 어떤 맛일지 상상하기 어려워서 여러모로 시험을 해 보다 '이건 스튜잖아.' 라며 투덜거리는 걸 들은 기억이 있어요.

당시 '섬광' 의 행방은 저도 대답할 수 없었지요.

일부러 대답하지 않은 게 아니라 저는 지금도 당시 '섬광' 이 어떤 활동을 했는지 잘 모르는걸요.

'잿빛' 이 암살로 돈벌이를 하는 건 알았어요.

'여우' 는 도둑이었지요.

그렇지만 '섬광' 의 구체적인 활동은 저도 캄캄했어요.

이 클랜의 창설 멤버이니 어떤 분야에서 유명한 범죄였겠지요. 그렇지만 구체적으로 어떠한 행위를 했는지는 모르는——'섬광' 은 그런 존재였어요.

생각해 보면 저와 그녀는 그리 대화를 나눈 기억이 없어요.

항상 어딘가 서먹했고 좀처럼 클랜 본거지에도 머무르지 않았지요.

그래서 알렉의 질문에 대답할 수 없어서 고민에 빠졌던 기억이 있어요.

알렉은 제가 당황한 걸 알아챈 것 같았어요:

당시, 무표정이었던 제 감정을 어떻게 읽었는지는 여전히 신기하기만 해요.

"미안해. 모를 수도 있지."

"……응."

"그럼 '섬광' 은 어떤 녀석이야? 어디에 있는지가 아니라 인품이라거나 종족 같은 거. 네 어머니 후보 중 한 명이라고 하니 여성이라는 건 알겠는데."

"……."

"그것도 대답하기 어려운 질문일까?"

"……여우 수인일 거야."

"일 거라니? 종족이 애매해? 혹시 혼혈이야? 이 세계에서 혼혈은 본 적이 없지만……."

"아마도, 여우 수인. 내 엄마니까."

"……직접 보는 게 빠르겠네."

"그럴 거야. 그런데 알렉."

"왜."

"들어 줘."

당시에 저는 높은 곳에 있는 물건을 꺼내고 싶을 때 알렉에게 들어 달라고 말하곤 했어요.

지금이니 고백하지만 저는 그에게 안기는 걸 좋아했던 것 같아요.

눈높이가 높아지고, 단단한 팔에 안겨 있는 감각이 마음에 들었던 거겠죠.

"자. 뭐 꺼내고 싶은데?"

"냄비."

"……내가 꺼내는 게 빠를 것 같은데."

"안 돼."

"네 물건에 다른 사람 손이 닿는 게 싫어? 너도 장인이니까."

"장인."

"그래, 장인. 장래에는 요리사가 될 거잖아?"

"암살자."

"……그건 내가 이어받기로 했잖아. 아니면 암살자가 되고 싶었어?"

"딱히."

"넌 되고 싶은 거나 하고 싶은 일 없어? 나중에 크면 사자가 되고 싶다거나."

"사자?"

"아니, 동물인데. 애들은 그런 '말이 안 되잖아!' 싶은 걸 아무렇지도 않게 목표로 하는 이미지가 있잖아. 개념을 목표로 하는 애들도 옛날에는 굉장히 많았고. 그리고 한때 '신'을 장래 희망으로 적는 애들이 있다는 뉴스도 봤었는데. ……어쨌든 애들한테는 꿈이 있어야 해."

"알렉은 뭐가 되고 싶어?"

"나? 나는…… 딱히 없네."

"자기도 없으면서 다른 사람한테는 꿈을 가지라고 하는 건 이상해."

"아…… 저기, 지당하신 말씀입니다."

"나는 이대로도 좋아. 앞으로도 '섬광의 잿빛 여우단'에서 요리하고 싶어."

"……이 공간이, 네 꿈이구나."

"꿈이 아냐. 현실."

"……."

"'잿빛'은 한심하니까 내가 정신 똑바로 차려야 해."

"넌 어린애답지 않네…… . 키는 이렇게 작은데."

"…… 꺼냈어. 이제 내려 줘."

"그래."

"천천히."

"그래, 그래."

특별할 것 없는 일상적인 대화였지만 당시에 나눈 말은 지금도 제 기억에 강하게 남아 있어요.

그것은 직후에 벌어졌던 어떤 사건 때문일지도 몰라요.

저와 알렉이 요리하고 있자 누군가 주방에 들어왔지요.

딱히 드문 일도 아니었기 때문에 평소라면 흘끔 보고 요리를 했을 거예요.

하지만 그 사람은 눈에 띄는 용모를 하고 있었어요.

은색의 털을 가진 여우 수인이었지요.

외모로 파악되는 연령은 한참 어린아이였어요. 그 시절에도, 지금도.

본 적도 없는, 로브 같은 물건을 걸치고 있었지요. ——알렉이 말하길 '일본식 옷' 과 비슷하다고 해요.

그리고 무엇보다도 그 사람한테는 9개의 꼬리가 있었어요.

그런 사람이 시야에 들어온다면 누구든 돌아볼 수밖에 없겠지요. ——눈에 띌 수밖에요.

하지만 그녀는 어떤 시선에도 항상 대범하다고 해야 할지, 주변 전부를 내려다보는 듯 신비로운 미소를 머금고 있었어요.

"'잿빛' 이 말했던 알렉산더라는 게 네 녀석인가?"

그 건방지면서도 고풍스러웠던 어투는 지금도 기억해요.

평범한 사람이었다면 입을 열 때마다 폭소를 부를 것 같았지만 그 사람은 묘하게 이미지와 맞아떨어진다고 해야 할지, 그 사람에게는 자연스러운 어투처럼 보였지요.

저는 바로 곁에 선 알렉의 얼굴이 굳어지는 걸 깨달았어요.

그때 표정에는 살의라고 해야 할지, 어떤 날카롭고 오싹한 감정이 엿보여서 저는 반사적으로 알렉에게서 거리를 두었지요.

"……당신이 '섬광'인가?"

"무슨 까닭이지? 묘한 눈을 하고 있어. 내가 바로 '섬광'이다만, 무슨 문제라도 있느냐?"

"아니, 뭐라고 하면 좋을지……."

"흠? 뭔가 연유가 있는 모양이지. 말해 보거라."

"내 어머니도 아홉 개의 꼬리를 가진 여우 수인이거든."

"호오라."

"그런데 그 녀석이 나를 버리고 나간 게 벌써 10년도 더 됐어. 당신이 내 친모라면 아무리 그래도 전혀 변하지 않았는데. 한순간 어머니인가 생각했지만, 역시 상식적으로 봐서 다른 사람이겠지."

"하지만 네 녀석, 알렉산더가 맞느냐?"

"맞아."

"그렇다면 내 아들일지도 모르지. 아들과 제자에게는 반드시 알렉산더라는 이름을 붙이거든. ……잠시 기다리거라."

'섬광'은 넓은 소매에서 어떤 물건을 꺼냈습니다.

한 권의, 작은 책이었어요.

"인간, 남자……. 흠. 덧붙여서 아버지의 이름은 기억하느냐?"

"……필립스. 종족은 인간이고, 귀족이다. 10년도 전에 죽었다."

"그렇구나, 그렇구나. 흐음…… 좋아."

"왜 그러지?"

"……내 아들아! 그리웠느니라!"

'섬광'은 느닷없이 알렉산더를 품에 안았어요.

그 과장된 연극 같은, 겉도는 느낌의 행동은 지금도 제 기억에 강한 위화감으로 남아 있어요.

어쨌건 두 사람은 모자가 맞는 것 같았지요.

재회를 바랐는지는 지금도 불확실하지만요.

○

"가식 같아!"

알렉은 '섬광'을 발로 차서 쓰러트렸어요.

저는 어딘가 연극 같은 그 광경을 말없이 지켜볼 수밖에 없었지요.

"왜 그러지? 나를 찾아서 이 범죄자 클랜까지 오지 않았더냐."

"찾은 적 없어! 까맣게 잊었다고!"

"흥, 시시하구나. 아, 됐다. 부끄러운 것이냐? 줄곧 어머니를 만나고 싶었던 것이겠지? 자, 마음껏 어리광을 피우거라."

"아니야! 그보다 당신은 어째서 그렇게 이전과 똑같이 생긴 거야……?"

"글쎄다. 나는 네가 아기일 시절에 외모를 숨기고 있었을 텐데 어찌하여 너는 내 모습을 알고 있는 게지? 아기 시절의 기억 같은 건 보통 기억하지 못할 터인데."

"나는…… 나는 좀 특수해. 이전 세계의 기억이 남아 있고…… 그보다 '잿빛'이 나에 대한 걸 설명하지 않았어?"

"'잿빛'이 설명 같은 걸 할 리가 있느냐. 그 남자는 좋은 의미로 도 나쁜 의미로도 게으름뱅이인 적당주의자가 아니냐. 그릇이 큰 건 좋지만 커도 너무 크다고 해야 할지. ……그런데 넌 지금 무척 신경 쓰이는 말을 했군."

"……?"

"이전 세계라고 했겠다?"

"……했는데."

"오호라, 너는 성공작이었던 게로구나."

"성공작?"

"아니, 아니다. 어미는 널 만나고 싶었다는 이야기이니라. 그런 데 필립스는 죽은 것이냐? 10년도 전에? 인간의 수명으로는 한창 때라고 생각했건만."

"병으로 죽었어. 이 세계에서 부르는 병명은 모르지만. 아무튼 하루아침에."

"그렇군. ……그 남자는 살아남는 데에는 재주가 있어서 평범 하기는 해도 지루하지 않은 녀석이라고 생각했건만. 천운은 없었 던 모양이야."

"……옛 남편이 죽었다는데 할 말이 그거야? 좀 다른 말은 없어?"

"유감스럽지만 옛 남편은 아니지. 나는 일 때문에 저택에 출입했고 그 남자한테는 다른 아내가 있었으니까."

"……혹시 정체를 감춘 이유가 그거 때문이야?"

"음, 글쎄. 그래도 상태를 보아하니 필립스의 정처는 내가 사라진 뒤에 곧장 숨을 거두었다는 느낌이 드는구나. 허, 그 집안이 돌아가는 꼴은 뭐 하나 예상대로 들어맞는 게 없구나."

"……아무튼, 아버지는 내가 아직 어린 시절에 죽었고 그 후로 집은 몰락했어. 몰락이 아니라 찬탈당했던 걸지도 모르지만 나는 권력 분쟁은 잘 모르니까. 적어도 집에서 쫓겨난 뒤부터 최근까지 일하지 않아도 살 수 있을 정도의 돈은 갖고 있었지."

"오호라. 그래서 그 돈을 다 쓰고 먹고 살길이 궁해서 범죄자가 되었다?"

"아니…… 범죄자가 된 적은 없어. 오히려 범죄자를 무찌르러 왔는데……. 유명한 암살자가 있다는 말을 듣고 그런 극악무도한 인간은 퇴치해야 한다는 생각에……."

"하하핫. '잿빛'을 죽이러 왔다고! 이런, 이런. 내 아들이지만 너는 정말 바보로구나."

"시끄러워."

"그런데 알렉산더."

"뭐야."

"너는 '이전 세계'를 알고 있겠구나."

그때, '섬광'의 분위기가 변했던 걸 기억해요.

얼굴 생김새나 말투는 그대로였지만 공기 같은 무언가가 팽팽하게 당겨지는 듯한 감각이 느껴졌어요.

그러나 알렉은 그런 변화를 조금도 느끼지 못한 것 같았어요.

남성한테는 알기 어려운 변화였을까요.

"그래, '이전 세계'는 기억하고 있어. 그곳에서 20년인가 30년을 살았던 기억이 있지. 이미 죽어 버린 인생이지만……."

"그 얘기를 나 말고 누구에게 했지?"

"딱히 숨긴 적이 없어서, 클랜 멤버들은 대충 알고 있을 것 같은데? 그리고 '잿빛'이랑 '여우'한테는 머리가 이상한 녀석 취급을 받았지."

"그것도 그렇겠군. ……흠. 그렇구나. 네가 이른바 용사란 말이지."

"어렴풋하지만 신한테 그런 말을 들었던 것 같아."

"용사의 전승…… 500년 전, 던전에서 넘쳐나는 몬스터를 격퇴하고 인간의 국가를 건설했던 영웅도 다른 세계의 지식을 갖고 있었지. ……그렇다면 너는 '그걸' 갖고 있을 텐데."

"'그거'?"

"'치트 스킬'이라는……."

낯선 말이었어요.

만약 알렉이 한 말이었다면 그렇게까지 인상 깊지는 않았을 거예요.

그렇지만 '섬광'처럼 이 세계의 사람이 사용하기에는 부자연스러운 인상이 남는 말이었어요.

"그보다 '잿빛' 아저씨는 설명하는 수고를 너무 아끼잖아……."

지금까지 수행하는 중에도 아무렇지도 않게 써먹고 있고 클랜 안에서는 이제 여러모로 소문이 나돌 정도인걸. 왜 나한테 수행을 시킬 예정이라는 당신이 모르는지가 더 의문인데."

"……그런 상황이로군. 하지만 난 지금 막 돌아온 참이지. 그리고 '잿빛'은 그런 양반이고. 그러니 얼른 내게 설명해 보거라."

"'치트 스킬' 말이지. 뭐, 어디에서나 세이브를 할 수 있는 건 게임적인 측면으로 볼 때 제법 사기적일지도? 나한테 이 능력을 부여한 신은 그런 표현을 했던 거도 같은데."

"호오라, 신은 어떻게 말했지? 목소리는? 어떤 얼굴을 하고 있더냐?"

"……음, 그렇게 물어도 신하고 대화를 한 부분은 기억이 어렴풋해서 받았던 능력이랑 '용사'라는 사명밖에 안 남아 있어. 얼굴 같은 걸 물어도 곤란한데."

"인상은 어땠지?"

"무척 불쾌한 상대였다는 인상만 남아 있는데."

"흠……. 인상은 주관적일지도 모르지. 그래서 어떠한 '치트 스킬'을 받았지?"

"'세이브&로드'. 정확하게 말하면 '세이브 포인트 생성 능력'이라고 말할 수 있겠네. 간단하게 설명하자면, 세이브만 할 수 있다면 죽어도 되살아나."

"……그렇구나. '잿빛'과 '여우'가 소란을 피울 만해. 그 녀석들이 온 힘을 다해서 가르쳐도 부서지지 않는 장난감은 무척 귀중하겠지."

" '잿빛'은 항상 소란스럽고 '여우'는 소란스럽게 보이지 않았는데."

"하하핫. 너는 다른 사람의 마음을 읽는 기술이 한참 멀었구나. ……일단 그런 부분은 이 내가 가르쳐 줘야겠어."

" '잿빛'은 당신한테 교섭을 배우라고 말했어."

"그렇지. 그런데…… 오호, 제법 이야기 진행이 빠르구나."

"……무슨 뜻이야?"

"너는 자신을 버린 어머니를 보고도 아무 생각도 들지 않더냐? 뒤늦게 스승이랍시고 나타난 어미에게 불만은 없는 것이야?"

"사정이 있었겠지. 그리고 지금은 내 능력치를 올리고 스킬을 익히는 데 더 흥미가 있어. 솔직히 과거의 이야기는 아무래도 좋아."

"오호라. 그렇군……."

그때 '섬광'의 얼굴에 떠오른 표정은 결코 어머니가 아이를 바라보는 얼굴이 아니라는 느낌이었어요. ……지금도 명확히 설명할 수는 없지만요.

지금 생각하면 그건 연인을 바라보는 듯한, 알렉의 말을 통해서 그 너머의 좋아하는 사람을 바라보고 있는 듯한, 그런 얼굴이 아니었을까 싶네요.

"넌 부서져 있구나."

'섬광'의 목소리는 무척 기쁜 것처럼 들렸어요.

반대로 알렉은 꺼림칙한 얼굴을 했지요.

"부서져 있다니 무슨 뜻인데? 사람한테 쓸 표현이 아니잖아."

"아니지. 큰 칭찬이 아니냐. 그렇군. 가치관의 차이야. 일찍이 인간의 국가를 건립했던 영웅도 주변에서 보면 기인이었지. 물론, 경험이 성격에 영향을 끼치는 법이지만 옛 용사는 근본부터 어딘가 이상했어. 네게도 같은 분위기가 느껴지는구나."

"……당신 좀 전부터 그 '영웅'을 본 것처럼 말하는데. '용사'는 500년 전 사람이잖아?"

"흥미가 있었지. 연구한 것이야. 대외적으로 난 '역사 연구가'거든."

"이 세계에도 그런 직업이 있다고?"

"그건 모르겠구나. 제멋대로 자청하고 있을 뿐이지. ……그보다도 교섭 수행에 관한 이야기를 해 볼까."

"좋아."

"내 수행에서는 주로 사람의 마음을 읽는 기술을 가르칠 거야."

"뭔가 처음으로 제대로 된 수행처럼 들리는데."

"네 운이 나빴던 게지. 처음이 '잿빛'이고 그리고는 '여우'아니냐? 그 둘은 이 클랜 안에서도 유별난 변태, 기인이지. 처음부터 상식적인 내가 수행을 지도했으면 좋았을 것을."

"상식적……? 말투가 그런데……?"

"가정 교육이 잘된 게지. ……음, 다른 사람의 심중이라는 데에는 여러 가지가 있지 않느냐?"

"뭐, 그렇지."

"그래서 먼저 너는 다른 사람의 아픔을 알았으면 좋겠구나."

"정말 상식적이네……."

"그래서 하나 묻겠는데 네 '세이브&로드'는 어떠한 능력이지?

만약 죽었을 때 상처 같은 건 어떻게 되는 것이냐?"

"상처는 나아. 체력이 모두 회복한 상태에서 부활해. 아, 그래도 이미 몇 년 전에 팔을 잃은 사람한테 세이브를 요청한다거나 한 적은 없지만……. 세이브하기 직전에 입은 상처가 낫는 건 벌써 확인했는데."

"그럼 손가락이 없는 상태로…… '세이브한다'? 그렇게 된다면 손가락이 돋아나는 것이냐?"

"오싹하다고 해야 할지, 흉흉한 예시인데…… 세이브 직전에 잃어버린 부위라면 돋아날 거야. 잃어버리기 전에 세이브할 수 있다면 가장 확실하긴 해."

"그렇군. 그 말을 들으니 마음이 놓이는구나."

"안심했다니 다행이지만 교섭술이라며? 왜 죽거나 손가락이 없는 상황 이야기를 꺼내는 거야?"

"그건 죽거나 손가락을 잃어버리게 될 테니 그런 것이다."

"교섭이지?"

"흠. 교섭이구나."

"그럼 왜 죽는데? 왜 손가락이 사라지는데? 교섭은 말로 상대한테 양보를 얻어 내는 거 아니야?"

"너는 큰 착각을 한 모양이구나. 아니, 목적을 꿰뚫는 눈이 없다고 할 수 있겠지."

"무슨 뜻이야?"

"'교섭'이라 하는 것은 '상대에게 내 말을 듣게 하는 방법'인 것이다. 교섭할 때는 확실하게 내게 어떤 요구가 있거나 상대에게 바라는 요구가 있겠지?"

"그렇겠지."

"다시 말해서 교섭이라는 것은 상대가 내 요구를 따르게 하거나 상대의 요구를 들어주지 않는 승부가 아니겠느냐?"

"이상해, 이상해, 이상하잖아."

"아니, 이상할 것 없다. 그래서 교섭으로 상대보다 우위에 서기 위해서 뭘 해야 좋을지 이해하겠느냐?"

"모르겠는데요."

"물리적, 혹은 정신적으로 상대를 지배하는 것이다."

"……."

"물리적인 지배에도 종류가 있겠지. 무력으로 협박한다, 군대를 동원한다, 그리고 금전도 힘이 될 때가 있겠지. 그러나 그러한 단순한 힘은 '잿빛'의 수행을 통해 익히는 것이 좋다. 나는 야만적인 건 싫어하느니라."

"저기, 지배가 아니라 좀 더 부드럽게 상대를 용인하면서 타협점을 찾는 게 교섭일 텐데요."

"뭐라? 수행 아니냐. 왜 타협을 전제로 수행하지? 수행은 앞으로 닥칠 실전에 앞서 승리를 위해 단련하는 것이지. 그러나 실전에서는 예상하지 못한 강적도 나타나기 마련이니라. 그러한 상대를 마주쳤을 때, 처음으로 타협점을 찾는 게 좋을 것이다."

"……."

"처음부터 무승부를 목표로 한 수행을 누가 하겠느냐. 시시하구나, 죽어라."

"엄청 자연스럽게 죽으라고 말하지 마! 야만적인 건 싫다면서?!"

"야만적인 건 싫어하느니라. 죽고 죽이거나 때리고 맞거나 하는 게 질색인 것이지."

"그럼 죽으라는 말은 하지 말라고!"

"하지만 일방적인 살육이나 일방적인 폭력은 싫어하지 않느니라. 승부가 아니라면 야만적일 것도 없지 않겠느냐. 오히려 압도적 우위에서 상대를 학대하는 건 고귀한 인물의 소양인 것이지. 우아하지 않느냐."

"……."

"그런고로 내가 가르칠 것은 '상대보다 정신적으로 우위에 서는 방법'이니라."

"논리가 이상해."

"상대를 위협하기 위해서는 상대에게 부여하는 고통의 정도를 기억해 둘 필요가 있느니라. 교섭은 상대를 죽이는 게 목적이 아니기 때문이지. 죽을 것 같지만 죽지는 않는, 아슬아슬한 상태를 기억하도록 하는 게 내 수행인 것이다."

"논리를 이해하고 싶지가 않은데."

"상대의 아픔을 안다면 상대를 가장 고통스럽게 할 방법으로 교섭할 수 있지 않겠느냐. 바로 그런 것이다."

"아무리 들어도 고문이잖아!"

"이 녀석, 그건 금구이니라. 내 '교섭'을 두 번 다시 '고문'이라고 말해선 아니 되느니라."

"아니, 아무리 그래도……! 이상하잖아! 이상하단 말이야!"

"애송이 녀석, 가르쳐 주는 걸 기억하도록 하거라. '교섭'은 마지막엔 나도, 상대도 웃으면서 끝나는 것이다. 다시 말해서 양쪽 모두 살아있다는 의미이지. 하지만 고문은 상대의 목숨을 빼앗고 끝나는 법이니라. 반드시 상대는 죽게 되는 것이지."

"아니, 당신이랑 교섭한 상대는 절대로 웃지 못해."

"웃지 못한다? 이해할 수 없는 말을 하는구나. 내가 '웃어'라고 말한다면 웃는 게 교섭 상대의 의무이니라."

"웃을 수 있을 리가 없잖아!"

"명심하거라, 알렉산더. 교섭은 고문의 상위 기술이니라."

"결국 자기 입으로 말했어!"

"내 교섭을, 말랑한 고문 따위와 동급으로 두지 말거라. 두드러기가 올라오는 것 같구나."

"……."

"덧붙여서 교섭과 병행할 작법과 산술 수행을 함께 하겠다. '잿빛'이 전투, '여우'가 은밀, 내가 일상생활에서 도움이 되는 이런저런 걸 가르쳐서 너를 괴물로 만들려는 계획인 모양이더구나."

"……."

"어미에게 맡기거라. 네 가치관을 바꿔 주겠느니라."

"싫어, 절대로 싫어……."

"우선은 수긍하는 방법부터 가르칠 필요가 있겠구나. 자, 어미와 아들로서 10년을 넘는 공백에 무슨 일이 있었는지 털어놓아 보거라."

'섬광'은 알렉의 팔을 당겼어요.

알렉은 그때 제게서 눈을 떼지 않았지요.

아마도 도움을 요청하고 있었겠지요.

하지만 제가 할 수 있는 일은 아무것도 없었어요.

다만, 돌아오면 다정하게 대해 주자고 마음먹었을 뿐이지요.

○

계절은 점점 따스해졌어요.

세 스승에게 지도를 받는 알렉의 수행도 점점 본격적이 되었지요.

알렉은 '잿빛'의 전투 기술, '여우'의 은신술, '섬광'의 교섭이라고 부르기에는 무리가 좀 있는 기술 등을 빠른 속도로 흡수했어요.

'죽을 수 있다'는 건 인간의 한계를 뛰어넘는 목숨을 건 수행에서 진정한 힘을 발휘했던 모양이에요.

당시의 일을 그에게 묻자 '지금은 웃을 수 있지만 그때는 정말 힘들었어.'라고 즐겁게 말했어요.

지금이라면 웃을 수 있다는 건 정말일까요?

이렇게 회상하면서 드는 생각이지만 아무래도 웃을 수 있는 이야기로 끝나지 않는 영역 같은 느낌이 드는걸요.

그래도 본인이 웃을 수 있다고 한다면 이건 웃을 수 있는 이야기겠지요.

그러고 보니 당시의 클랜 멤버가 궁금해했던 적이 있어요.

'알렉은 왜 괴로운 수행을 하는 걸까?' 라고 말이지요.

그저 살아가고자 한다면 '잿빛' 정도의 강함도, '여우' 정도의 은밀성도, '섬광' 만큼의 교섭이라고 해야 할지 껄끄러운 느낌의 기술도 필요하지 않아요.

그래도 알렉은 모든 걸 흡수하려고 노력했어요.

알렉은 '레벨은 최고치까지, 스킬은 할 수 있는 만큼 습득하지 않으면 아깝잖아.' 라고, 평소처럼 의미를 알 수 없는 이유를 늘어놓았어요.

그런 말은 크게 신경 쓰지 않더라도 의문은 남아요.

'잿빛' 의 의도는 무엇이었을까요.

왜 알렉에게 과도할 만큼 수행을 시켰던 걸까———. 알렉을 괴물로 만들겠다는 건 무슨 뜻이었을까.

알렉이 '섬광' 의 수행으로 어딘가로 떠난 동안 '잿빛' 과 '여우' 에게 부탁을 할 기회가 있었어요.

점심 주점터였고, 그날은 어쩐지 클랜 멤버가 많았던 것 같아요.

당시, 어느 정도 알렉에게 동정을 품게 된 저는 지나치게 무리를 시키지 않았으면 한다고 아버지와 어머니에게 부탁했지요.

"무리시키지 말라고? 하핫! 요미, 너 알렉에게 반한 게로구나?"

무슨 말이든 곧잘 연애 문제로 연결 지으려는 아버지의 버릇은 달갑지 않았어요.

실제로 그때 반했느냐 묻는다면 꼭 그렇지는 않았던 것 같은———아니, 어떨까요? 저는 이젠 잘 모르겠어요.

어쨌든 아버지의 발언에 기분이 나빠졌던 기억이 있어요.

상황을 무마하려는 듯이 '여우'가 입을 열면서 어머니를 향한 호감도가 올랐지요.

"'잿빛', 그 이야기는 나도 자세히 묻고 싶어."

"그렇겠지. 딸의 연애 이야기니까."

"아니야. 알렉에게 무리를 시키는 이유야."

"아니, 아니. 이 몸은 딱히 무리를 시킨 적이 없다고? 무리를 시 킨 건 오히려 너잖아? 알렉이 이 몸의 수행 중에 종종 '아, 방금 발 소리라고 하지 않았어?' 라고 묻는데, 그거 완전 네 탓이지?"

"……그렇게 말한다면 나한테도 할 말은 있어. 알렉이 내 수행 중에 '등 뒤에 서지 말아 줘. 언제 덮칠까 불안해서 집중이 안 돼.' 라고 하는 건 '잿빛' 때문이라고 생각해."

"아니, 아니, 아니지. 저번 수행 중에 '어쩐지 시야 끝에 사람 그 림자가 보이는 느낌이 들어서 여우인가 싶었는데 착각인가 봐.' 라면서 있지도 않은 환각을 본 건 너 때문이잖아?"

"…… '이번 수행에는 협력한다고? 거짓말. 협력하는 척하다가 기습해서 날 죽일 생각이지? 다 알아.' 라며 의심을 품는 탓에 좀 처럼 수행을 할 수 없었던 건 '잿빛' 때문이라고 생각해."

"……."

"……."

"하하핫! 다시 말해서 우리 둘 다 무리를 시켰다는 뜻이로군!"

"……그래. 나는 그렇지 않았다는 생각은 접어 두는 게 좋겠어."

"반대로 너는 왜 알렉한테 무리를 시켰지?"

"처음에는 그럴 생각이 아니었어."

"그렇겠지, '발소리' 맞지? 그건 항상 하고 있으니……. 알고 있나? 우리 클랜 멤버 중 일부에서는 '발소리' 라는 말이 금구가 되었다고."

" '잿빛' 과 퀘스트에 가고 싶어 하지 않는 멤버가 더 많아. '잿빛' 은 자기 기준으로 탐색 루트를 결정하니까 던전 안에서 험한 꼴을 당한다더군."

"뭐야, 조용한 건 '섬광' 한테 수행을 받은 녀석뿐인가."

"…… '섬광' 의 수행을 받았던 사람이 조용한 건 문제가 없어서가 아니라 입을 여는 것도 꺼림칙하기 때문이라고 생각해."

"다시 말해서 알렉만이 아니라 수행을 받으려는 멤버는 언제나 무리를 하게 된다는 뜻이 되겠군."

"그래도 보통은 도중에 끝나거나 끝내게 돼. 마지막까지 계속하게 되는 건 알렉뿐이야."

"……이런, 이런. 오늘 추궁은 제법 깊게 들어오는군."

"우리가 지나치게 놀았어."

"……잠깐, 잠깐, 이 몸은 진지해."

"그렇지 않아. ……수행을 시켜서 알렉이 강해진 다음에 어떤 일이 벌어지는지는 조금도 생각하지 않았어. 그저, 알렉이 점점 강해지는 모습을 보면서 기쁘게 생각했을 뿐이지."

"……흠."

"다시 말해서 알렉의 성장 속도가 예상 이상이라서 이 정도면 앞으로 며칠 안에 수행이 끝난다. ……수행의 끝이라는 건……."

"이 몸을 죽이는 것……이지."

'잿빛'은 웃고 있었어요.

생각해 보면 웃고 있지 않은 아버지의 얼굴을 본 적이 없었던 것 같아요.

경박하게도, 무사태평하게도, 때때로 기쁜 듯 보이기도 했지만, 어쨌든 아버지는 언제나 미소를 머금고 있었어요.

대조적으로 항상 무표정인 '여우'가 딱딱한 얼굴을 했던 기억이 나요.

미묘한 변화이기는 했지만 너무나도 흔들림 없는 아버지를 보고 동요했겠지요.

"……살해당할 생각, 이야?"

"그런데? 처음부터 말했잖아?"

"……나는 당신의 '죽음'을 상상할 수 없었어. 이번에도 농담이라고, 알렉이 거기까지 갈 리가 없다고 생각했고……."

"어어엉? 알렉이 실제로 이 몸을 죽일 수 있을 것 같으니 불안해진 거야?"

"……그래."

"틀렸어. 그 녀석은 이제 죽일 수 있을 것 같은 게 아니라 죽일 수 있을 거야."

"……."

"이 몸의 수행을 기준으로 보면 애초에 끝난 거나 다름없지. 그래도 여전히 스승과 제자의 마지막 승부를 하지 않은 건…… 뭐, 이 몸한테도 예상 밖의 성장 속도였기 때문이지. 죽을 수 있다는 강함이 어떤 결과를 불러들일지는 천재인 이 몸조차 알 수 없었단 말이지.”

“응……. 평범한 인간은 죽으면 그걸로 끝. 그래도 ‘죽을 정도의 수행’을 한다면 처음부터 제자를 버리게 될 수 있다는 결심으로, 완성도를 올릴 계획으로 하게 되니까…….”

“그래. 그러니까 ‘죽을 정도의 수행’을 해서 살아남은 녀석은 거물이지. 대신 살아남기 위해서는 많은 게 필요해. 극한 상태 속에서 부서지지 않는 강한 마음, 배운 것을 곧장 체득하는 학습 능력. 체력과 튼튼함, 무엇보다도 천운.”

“……알렉에게는 그중 어느 것도 없어.”

“그렇지. 그 녀석만큼 완성도가 떨어지는 녀석도 없을 거야. 하지만 수행을 뛰어넘었지. 지독한 자기 객관화로 정신적인 약점을 보완했어. 학습 능력, 체력, 튼튼함, 천운을 전부 ‘세이브’로 극복했지. 하하핫! 재밌어! 그런 물건이 있을 줄이야!”

“지독한 자기 객관화라…….”

“그 녀석 말에 따르면 ‘스테이터스 시점’이라더군. 자기 부감(俯瞰). ……여기가 아닌 세계에서 익힌 기술이라고 하더군. 우리 식으로 말하면 ‘천안(天眼)’이라고 하려나?”

“……재능으로 따진다면 ‘그것’이 알렉의 가장 큰 재능.”

“정말이지, 터무니없는 제자야. 보통 죽음을 각오한 수행이라면 좀 더 이렇게, 인간으로서 강하거나 궁지에 몰릴 필요가 있잖아? 예를 들면, 자기가 누군지도 모르고 ‘잿빛’ 말고는 이름조차 없었던 이 몸처럼 말이지.”

“……나도, 그래. 이름을 원했던 건 아니지만 도둑 기술을 익히지 못하면 살아남을 수 없었으니까."

"하아. 우리 같은 건 이제 시대에 뒤떨어진 퇴물일지 모르지. 필사적으로 살아남아 동포의 목숨을 짊어지고, 그래도 여전히 실패하면서 꾸역꾸역 살아가고 있는 게 말이야. ……그래서 이제 슬슬 시대를 바꿔 볼 참이야."

"……그래서 살해당하겠다는 거야?"

"그래. 뭐, 그 전에 여러모로 준비가 필요해서, 아직 시간이 필요하다 싶기는 하지……."

"준비?"

"아니, '섬광의 잿빛 여우단'을 제대로 된 모험가 클랜으로 만들어야겠다 싶어서. 여러모로."

"……무슨 뜻이야?"

"도망 노예나 먹고 살길이 없는 도둑처럼 갱생 안 되는 범죄자를 마구잡이로 받아들였지만, 다 큰 어른들만 있는 건 아니지. 아이들도 늘었어. 아이들의 미래를 만드는 건 선배의 일이잖아?"

"……그래서 무슨 뜻인데?"

"하핫! 신경 쓰지 마."

"……뭘 할지는 맡길게. 하지만 그것 때문에 당신이 목숨을 잃게 된다면 난 협력할 수 없어."

"어이, 어이. 알렉이 이 몸을 죽일 때 어쩔 생각이야."

"……죽을 필요는 없어. '잿빛'을 계승시키고 새로운 이름으로, 새로운 인생을 시작하면 되는 이야기야. 그러면 나도 함께, 새로운 인생을 시작할 테니까."

"……흠."

그때, 아버지의 얼굴을 스친 약한 표정이, 기이할 만큼 인상 깊게 남았어요.

이제 와 드는 생각이지만 '여우'의 발언은, 이때 아버지에게 무척 잔혹했어요.

분명 아버지는 고민했을 거예요.

그래도 아버지는 곧장 미소를 머금었지요.

돌이켜 생각하면 어떻게 그렇게 강할 수 있을까 싶을 정도예요.

"너는 진심으로 이 몸에게 반해 있으니 말이지."

"……이럴 때 농담은 좋아하지 않아. 딸 앞이기도 하고."

"하핫! 부부 사이가 좋은 건 아이한테도 좋은 일이잖아? ……그래서, 결국 요미는 너와 '섬광' 중에 누가 낳았지?"

"……그건 비밀."

"대체 왜 그러는데! 가~르~쳐~ 줘~."

"……나와 '섬광' 사이에 협정이 있으니까. 아이가 있다는 걸 안 시점에서 우리는 사이좋게 지내기로 했어. 그래서 요미는 두 사람의 아이. 내가 낳은 아이이기도 하고 '섬광'이 낳은 아이이기도 해."

"……저기, 너 지금 '두 사람의 아이'라고 말하지 않았어? 아무렇지도 않게 이 몸을 배제하는 건 그만뒀으면 좋겠는데."

"애초에 몇 명이나 되는 여성과 동시에 사귀는 게 나빠."

"알렉도 그런 말을 했지만 말이지. 참아 주라. 교육에 나쁘잖아. 남자의 정욕을 그렇게 부정하기나 하고……."

"……'잿빛'의 사고방식이 훨씬 교육에 나빠."

"어이, 남자들! 이 클랜에 이 몸의 편은 없는 거냐!"

"……할 말이 궁하면 금세 주변을 끌어들이는 건 그만둬."

"하핫. 안심해. 너와 '섬광'이 두려워서 그 누구도 이 몸의 편이 되지 않을 테니까. ……좀 울어도 되냐?"

"아이 앞에서는 안 돼."

"알았다. 나중에 네 가슴에서 울지."

그 후로도 어떤 대화가 이어졌던 것 같아요. 그래도 당시의 저는 '또 시작이다.' 정도의 생각으로, 곧장 귀담아듣지 않았어요.

지금 생각하면 부모님의 사이가 좋다는 건 멋진 일이지만 당시에는 그리 달가운 기분은 아니었지요. ……아마도 홀로 남겨진 것 같은 기분에 서러웠던 걸지도 몰라요.

제가 토라진 걸 포함해서 행복한 시간이었다고 생각해요.

이전에도 살짝 언급했지만 '섬광의 잿빛 여우단'은 대부분이 범죄자로 이루어진 클랜답지 않은, 여유로운 분위기가 있었던 것 같아요.

그래서 실제로 모험가 외의 일을 하는 멤버는 제외하더라도, 적어도 저 같은 아이들은 이 클랜의 불건전함을 잊는 경향이 있었어요.

지금 생각하면 '잿빛' 나름의 배려였겠지요.

……그래서 저희는 분명, 마음의 준비가 부족했다고 생각해요.

대화를 나누는 중에 알렉이 돌아왔어요.

허둥지둥 돌아온 알렉을 보고 저는 앉아 있던 의자에서 몸을 일으켰지요.

이 시절 저는 완전히 그를 따랐어요. 그가 돌아오면 마중을 나가는 정도의 관계였지요.

그래도 주점터의 무너져 가는 문을 완전히 파괴할 기세로 들어온 알렉은 저에게 눈길도 주지 않고 곧장 '잿빛'과 '여우'의 곁으로 향했어요.

무척이나 무서운 얼굴이었다고 기억해요.

그리고 그는 표정보다도 무서운 진실을 털어놓았지요.

"'섬광'이 헌병에 끌려갔어."

그의 보고는 무척 간결했어요. 아마도 알렉도 혼란했던 탓이었겠죠.

저는 그의 말을 듣고 멍할 뿐이었어요.

그래도 '잿빛'이나 '여우'는 언젠가 이렇게 되리라는 걸 알고 있었을 거예요.

침착한 아버지의 슬픈 듯한, 그리고 입가가 뒤틀린 표정. 그리고 그의 말을 저는 지금도 잊을 수가 없어요.

"……아, 마침내 이때가 왔군."

아버지는 웃고 있었어요.

그리고 안대를 하지 않은 눈은 아버지의 손을 향하고 있었어요.

꼭 지금껏 손안에 뭔가를 쥐고 있었던 것처럼.

그 무언가를, 잃어버린 것처럼 한참이나 바라보고 있었지요.

○

'섬광의 잿빛 여우단' 은 전에 없는 혼란에 빠졌어요.

클랜 중심인물이 체포된 거예요.

구출해야 한다는 의견도 있었어요.

반대로 '섬광' 은 포기하고 근거지를 바꿔 도망쳐야 한다는 의견도 있었어요.

'잿빛' 은 클랜 멤버의 언쟁을 한동안 눈을 감고 들었지요. 의견을 물어도 침묵을 지킬 뿐 대답하지 않았어요.

알렉은 상세한 사정을 묻자 거듭거듭 같은 말을 했어요.

헌병 집단을 스쳐 지났다.

느닷없이 포위되었다.

아무래도 헌병 일행은 '섬광' 개인이 아니라 '섬광의 잿빛 여우단' 의 구성원을 노린 듯했다.

대응할 틈도 없이 '섬광' 이 체포되었다.

구출하려고 했지만 막아선 그녀가 '잿빛' 에게 이 사실을 전하라고 말했다.

그래서 추격자를 따돌리면서 이곳으로 돌아왔다.

이상이 알렉이 털어놓은 간결한 개요였어요.

'여우' 는 무슨 생각을 했을까요? 잘 모르겠어요.

더듬어 보면 평소와 같은 무표정이었다고 기억해요.

그래도 딸이니까 평소에는 그녀의 감정 변화 같은 걸 알 수 있었지만, 그때 '여우' 가 어떠한 심정이었는지는 저도 알 수 없었어요.

얼마간 대화 같기도 하고 언쟁 같기도 한, 고성이 오가는 토론이 이어졌어요.

클랜은 '구출파'와 '도주파'로 나뉘었지요.

대화는 어느덧 싸움으로 번질 참이었어요.

조금만 늦었으면 클랜 멤버 사이에서 싸움이 벌어질 참이었던 그때, 드디어 '잿빛'이 눈을 떴어요.

"'섬광'을 되찾으러 간다."

그것이 '잿빛'의 결단이었어요.

탈환론을 주장했던 클랜 멤버들은 환호했어요.

반대로 도망론을 주장했던 클랜 멤버 사이에서 불만의 목소리가 터져 나왔어요.

하지만 정면에서 '잿빛'의 의견에 반대하는 사람은 없었어요.

이렇게 '섬광' 구출 작전이 입안되었던 거예요.

'잿빛'은 클랜 멤버들에게 지시를 내렸어요.

그중에서도 가장 중요한, '섬광'의 위치를 찾는 역할을 맡은 게 '여우'였어요.

이때 '여우'는 조금도 감정을 드러내지 않았어요. 말없이 아버지의 제안에 고개를 끄덕일 뿐이었지요.

그리고 아버지는 알렉에게 귓속말을 했어요.

어떤 말을 했는지는 알 수 없지만 알렉은 놀란 모습이었어요.

그리고 조용히, 강하게 고개를 끄덕였지요.

"……알았어, 반드시 해내겠어."

어떤 임무를 부여받았다는 걸 알 수 있었어요.

어떤 일을 부탁받았는지 나중에 알렉에게 물었지만 그는 잊어버린 모양이에요.

그저 쓴웃음과 함께 '지금 생각하면 무의미한 일을 강요당했을 뿐이야.'라고 말했어요.

'잿빛'은 클랜에서도 손에 꼽히는 실력자들에게만 임무를 부여하고 어딘가로 떠났어요.

중요한 이야기를 나눌 때 '잿빛'이 일부러 의견을 밝히지 않는 건 클랜에서도 일상이었어요. 그래서 누구도 크게 신경 쓰지 않았지요.

하지만 이제 와 생각해 보면 자신의 아내가 헌병에게 체포되고, 그녀를 되찾으려 할 때 평소와 다를 바 없는 태도를 보이는 건 부자연스럽지 않나요?

어쨌든 '여우'가 정보를 입수한 뒤에 의논하자는 이야기로 회의는 정리되었어요.

확정된 정보가 아직 없어 그날 작전 회의는 회의라기보다는 결의 집회 같은 분위기였어요. 모두 의욕을 키우면서 '섬광'을 무사히 구출하고 싶다고 기원하는, 그런 회합이었지요.

이야기를 진행하고자 클랜 멤버는 '잿빛'을 찾았어요.

그러나 아버지는 그 자리에 없었어요. 홀연히 어딘가로 사라진 채 돌아오지 않았지요.

그래서 회의가 끝났는데도 묘하게 찜찜한 느낌이 남았던 기억이 있어요.

아버지가 뭔가를 하려고 한다.

이 시점에서 그 사실을 깨달았다면 좀 다른 결말이 있었을지도 몰라요.

하지만 설령 그 시점에서 아버지에게 어떤 꿍꿍이가 있다는 걸 알았더라도 그걸 추궁할 수는 없었을 거예요.

왜냐하면 아버지가 제멋대로 행동할 때는 언제나 '섬광의 잿빛 여우단'을 위해서였으니까요.

언제나 그랬어요. 그래서 그때도 그럴 거라고 모두 생각했던 거예요.

──치명적인 착각은 분명, 그런 추측에 숨어있었던 거죠.

아버지의 행동은 언제나 '섬광의 잿빛 여우단'을 위한 일이었다는 건 착각이었어요.

아버지는 언제나 클랜이 아니라 클랜 멤버를 생각하고 있었죠.

그 작은 차이가 얼마나 컸는지 알게 되기까지 약간의 시간이 필요했어요.

이때 저희는 '잿빛' 말고는 모두 '섬광'의 탈환에 열을 올리고 있었거든요.

그래서 아버지의 진심을 안 건, 눈앞의 목표가 사라진 뒤── 지방 영주의 마을에서 '섬광'이 공개 처형된 뒤였어요.

○

생각해 보면 알렉은 벌써 성검을 갖고 있었어요.

아무래도 제가 모르는 곳에서 '섬광'에게 받았던 모양이에요.

성검이라는 건 언제나 그가 갖고 있는, 짧지만 도저히 나이프로는 보이지 않는 투박한 검이에요.

아무래도 '섬광'의 수집품 중 하나였는지, 수행 중에 넘겨받았다고 했거든요.

다시 말해서 '섬광'은 성검을 건넨 뒤 붙잡혔던 거예요. ……돌이켜 생각하면 다방면에서 '준비 만전'이었다는 생각이 들어요.

'섬광'의 처형은 모두가 어안이 벙벙할 정도로 빠르게 이루어졌어요.

체포된 당일에 이루어졌다고 기억해요.

공개 처형이라는 건 보통, 범죄자를 본보기로 삼아 나쁜 짓을 하면 이렇게 된다는 사실을 사람들에게 보여 주는 행위이지요.

그러니까 보통 때는 판결이 나고 체포된 뒤 처형 날짜를 널리 알리고 민중을 모을 준비를 끝낸 뒤에야 처형이 이루어지는 법이거든요.

아무리 빠르더라도, 체포된 날에 처형이 이루어질 수는 없었어요.

그래서 '섬광'의 처형은 구경꾼으로 나온 민중의 숫자가 적었다고 해요.

저는 직접 보지 못했어요.

'섬광'이 죽는 모습을 본 건 '잿빛'과 그 측근, 알렉, 그리고 '여우'와 그 도적단 몇몇이었다고 생각해요.

처형을 보러 갔던 사람들은 억지로라도 그녀를 구할 수 있을 만큼 강했다고 생각해요.

오히려 '잿빛'은 그가 데리고 갔던 멤버들이 제멋대로 '섬광'을 구해 내지 않도록, 감시할 생각으로 데리고 갔던 걸지도 모른다는 생각이 뒤늦게 들어요.

그 시점에서 '잿빛'이 구출을 결단하지 않았던 이유는 나중에 밝혀졌지요.

하지만 당시, 클랜 멤버 사이에서 왜 힘이 있는데도 구하지 않았냐는 불만과 불신의 목소리가 높아졌어요.

실제로, 늘 모이던 주점터에서 '잿빛'은 혈기 넘치는 클랜 멤버의 추궁을 받게 되었고—— 그 '혈기 넘치는 클랜 멤버'의 중심인물은 알렉이었어요.

"왜 구하러 가지 못하게 한 거야!"

우리가 놀랄 만큼 격앙된 모습이었어요.

'섬광'과는 여러 방면에서 불화가 있었던 모양이지만 재회를 한 뒤에는 잘 풀린 것처럼 보였으니 그래서였을까요.

반면에 '잿빛'은 정말 어안이 벙벙할 만큼 평소와 같았어요.

아내가 죽었는데도 조금도 흔들림이 없어 보였지요.

저도, 어머니가 죽었는데도 지나칠 만큼 평소와 같은 아버지의 태도에 불신과 불만을 느끼고 있었어요.

"오, 뜨거운데. 조금 진정해 봐."

"당신은…… 당신 아내가 죽었는데도 아무렇지도 않은 거야?!"

"아무렇지도 않은 게 아니니 조금은 진정하라고 하는 거다."

"……."

"일단 모두에게 해 둘 말이 있다. 처형장에서 집정관이 확실하게 우리 클랜을 표적으로 밝혔다. '섬광의 잿빛 여우단'이라는 클랜의 멤버는 모두 체포해서 처형하겠다는 이야기다."

소란이 번졌어요.

지금에 와서 생각하면 이런 날이 올 것이라고 각오했어야 해요.

우리는 암살자인 '잿빛' 이 이끄는, 범죄자 클랜이었으니까요.

"그렇게 됐으니 두 가지의 선택지가 있다. 하나는 물론 여기서 도망치는 거다. 근거지를 버리고 도망친다. 지금까지도 위험해질 때마다 해 온 일이지. 다들 익숙할 거다."

그의 말에 불만의 소리가 높아졌어요.

모두 '섬광' 을 처형한 지방 영주를 향해 분노를 가눌 수 없었어요.

그래서 이때 클랜 멤버는 분명 또 다른 선택지로 '복수' 를 기대했다고 생각해요.

영주의 성에 침입해서 귀족 군대를 무찌르고 영지를 탈취하자는 생각을 한 사람도 있었을지 모르지요.

실제로 그건 불가능하지 않았을 거예요.

전투 기술은 '잿빛' 이 뛰어나고 은밀 행동이라면 '여우' 와 어머니가 이끄는 도적단이 있어요. 더군다나 양쪽 능력을 모두 갖춘 알렉도 있었잖아요.

그에게는 '세이브&로드' 라는 이질적인 능력도 있었어요.

하려고 든다면 충분히 지방 영주의 영지를 제압할 수 있었어요.

그러나 '잿빛' 이 제시한 선택지는 누구도 예상하지 못한 것이었어요.

"또 다른 선택지는 범죄자 클랜을 그만두는 것이다."

이때 번졌던 술렁임은 조금 전보다도 컸어요.

할 수만 있다면 물론 그게 제일. 그렇지만 할 수 있을 리가———.

그런 놀라움과 망설임이 분위기를 지배했지요.

가장 먼저 자세한 내막을 물은 건 알렉이었어요. 눈치를 보지 않는 데에 익숙했던 거겠죠.

"어이, 아저씨. 그게 무슨 뜻이야?"

"하핫. 간단하다. 알렉, 클랜이라는 건 뭐냐?"

"……뭐냐니……. 이해가 일치된 집단 같은…… 팀이라고 해야 할지……."

"그것도 맞지만 그건 본질이 아니다."

"그럼 뭔데."

"'누군가가 설립한 집단'이다."

"……아니, 뭐, 그건 그렇지만."

"'섬광의 잿빛 여우단'은 이 몸과 '섬광', 그리고 '여우'가 만들었다. 그렇지만 중심인물은 물론 이 몸이지. 모두 나를 숭배하고 찬양할지어다."

"이런 때 농담은 그만둬."

"농담이 아니란 말이다. ……알겠냐, 이 몸이 저지른 범죄는 너희 중 누구와도 비교할 수 없지. 이 몸은 사람을 지나치게 죽였다. 그것도 대단한 분들만 골라서. '섬광의 잿빛 여우단'이 위험시되는 원인의 대부분은 바로 이 몸이다. ———그러니 이 몸의 목을 바친다면 원만하게 마무리된다."

"……그런 보증은 어디에도……."

"여기 있다, 계약서. 이곳 영주에게 받은 것이지."

'잿빛'이 어떤 물건을 난폭하게 내던졌어요.

테이블 위에 펼쳐진 그 종이를, 모두 함께 들여다보았지요.

저는 키가 작고 사람들에게 밀려서 잘 보지 못했어요.

후일 알렉에게 물으니 거기에는 확실하게 '잿빛'의 목숨을 바치고 '섬광의 잿빛 여우단'을 해산한다면 다른 멤버는 불문에 부치겠다는 문장이 적혀 있었다고 해요.

"……어느 틈에 이런 걸 준비한 거야."

"'섬광'이 체포되었을 때 교섭해 왔다."

"……."

"사실 이 몸은 말이지, '섬광'을 구해 보려고 조금 개인적으로 움직였다. 그래서, 뭐, 처형 전에 본인을 면회할 기회가 있어서 둘이 잠시 대화를 나누었지."

"……이야기를 나눈 결과, '섬광'은 처형당한 건가."

"그래. 되찾으러 가겠다고 모두의 앞에서 말했지? 그 시점에서는 정말로 되찾을 생각이었지. ……뭐, 사실 그전부터 클랜 멤버의 미래에 대해 고민을 좀 했다. 좋은 기회이기도 하니 모두 범죄자에서 손을 털기 위해 목숨을 걸어 볼까 싶어졌던 거다."

"당신의 힘이라면 그 시점에서 '섬광'을 되찾을 수 있었잖아?"

"당연하지? 이 몸은 천재잖아."

"그럼 왜 하지 않았어."

"그건 말이다. 혼자서 뭐든 다 할 수는 없기 때문이다."

"……당신의 말은 모순돼 있어."

"흠, 생각해 봐라. '섬광'을 되찾는다고 치자? 도망칠 테냐?"

"도망치겠지. 아니면 영지에 침입해서……."

"구출해? 좋네, 남자의 로망이야. 그래서? 그 후에는?"

"……그 후라니……."

"지방 영주의 영지를 범죄자 클랜에 빼앗겼다. 이런 위험한 녀석들을 내버려 둘 수는 없다면서 왕도의 군대가 오겠지? 그럼 왕도의 군대를 실수로 이겼다고 쳐 보자. 왕도라는 건 인간의 왕도다. 다른 종족이 우리를 위험시하게 되겠군."

"……."

"끝나지 않는 전쟁의 개막이다. 그래서 또 어떤 실수로 끝나지 않는 전투를 끝냈다고 치자. 그 후에 뭐가 남지?"

"……영주를 이기고 국왕을 이기고 다른 종족을 이기고…… 그런 거."

"아무것도 남지 않아."

"……."

"생각해 봐라. 나라의 군대를 상대하게 된 시점에서 결국 멸망하는 건 우리라고 보는데? 그래도 네 능력이 있고 마음만 먹으면 모두 죽지 않고 끝날 수 있을 테니 갈 수 있을 때까지 가 볼 가능성도 없는 건 아니겠지?"

"……."

"그래서 싸우는 것도 도망치는 것도 이 몸은 반대다. 그것보다는 어딘가에서 한 번, 깨끗하게 결산을 하는 게 좋다는 거다."

"……그 '결산' 이 당신과 '섬광' 의 목숨을 걸 정도라는 거야?"

"그거야 그렇지. 꼬맹이들의 미래가 걸렸잖아."

"……."

알렉이 제게 시선을 던졌어요.

방금 처음으로 제가 있다는 걸 깨달은 듯한 얼굴이었던 게 기억나요.

당시의 '섬광의 잿빛 여우단'에는 고아도 많았어요. 물론 고아에 범죄자만 있는 건 아니었지만── 이 클랜에 있는 한 범죄자 취급을 받게 되리라는 건 쉽게 상상할 수 있었어요.

'잿빛'과 '섬광'은, 언제나 아이들의 장래가 어떻게 될지를 고민했던 거예요.

두 사람이 상담도 했겠지요. 예를 들면 한쪽이 체포되어 처형을 당하게 되면 그때는 클랜을 정리하기로 합의했던 걸지도 몰라요.

그러나 그 합의에 '여우'는 포함되지 않은 것 같았어요.

어머니가 진심으로 아버지를 노려보는 걸, 그때 처음 봤어요.

"……'잿빛', 난 반대야. 도망치자. 다시 할 수 있어."

"오호호? 너, 이 몸의 얘기를 들은 거야? 어린아이들은 버텨 낼 수 없는 미래만이 기다리고 있다는 알기 쉬운 이야기였을 텐데."

"어린아이들한테는 부모가 필요해. 부모를 잃기에 아이들은 지나치게 어려."

"……흠, 그것도 일리가 있는 말이야."

"애초에 당신의 목숨을 갖다 바친다는 선택지는 찬성할 수 없어."

"너는 그런 녀석이지. 그래서 이 몸은 '섬광'과 상담했던 거야."

"……따돌리는 거야?"

"아니지. 성격 차이다. '섬광'은 자신의 목숨도 타인의 목숨도 하나의 말로밖에 보지 않지. 그렇기에 나와 같은 생각을 할 수 있어."

"……나한테는 무리야."

"그렇지. 너는 다정해. 그래서 앞으로의 '섬광의 잿빛 여우단' 두목으로 네가 필요해."

"……."

"실력주의 범죄자 클랜이 아니야. 약자를 지원하는 장이 되는 클랜이라면 다정한 지휘자가 필요하지."

"클랜 해산도, 클랜에 있는 '잿빛'이 아닌 범죄자를 눈감아 주는 조건에 포함되어 있을 텐데."

"그런 건 적당히 이름만 바꾸고 활동하면 되는 거다."

"……."

"고지식한 네게는 어려운 일이겠어. 좋아, 이 몸이 새로운 클랜에 이름을 붙여 주지. '은 여우단'은 어때?"

"은 여우단……이라니."

"하나는 '섬광'. 은색 여우를 잊지 않도록."

"……."

"또 다른 의미로는 '섬광'과 '잿빛'을 하나로 합친 거야. 빛나는 잿빛은 은색이다."

"……."

"그리고 마지막 하나. 네가 이 몸과 '섬광'의 이념을 이어 줬으면 좋겠어. 우리들의 유지를 계승해서 앞으로도 줄곧 '여우'로 있어 주었으면 하는, 이 몸의 바람이다."

"……."

"그러니 은 여우다. 캄캄한 검은 밤에만 살아갈 수 있었던 클랜을 한낮의 햇살 아래로 이끌어 줘. 백도 흑도 아닌 잿빛인 녀석들한테 빛을 비춰 줘. ……그걸 위해서라면 이 몸은 목숨도 걸 수 있어."

"그렇더라도 나는 당신과 살고 싶어."

"……하하핫. 이거야 원, 두 손 들 수밖에 없군."

"어리광일지도 몰라. 당신의 판단으로 아이들한테 더는 아버지가 필요하지 않다는 생각을 했을지도 몰라. 그렇더라도 나한테는 남편이 필요해."

"……뭐, 반대 의견이 나오는 것 자체는 생각하고 있었으니 말이다."

'잿빛'은 곤란한 듯한 얼굴을 했어요.

망설이면서도 동시에 기쁜 듯한, 그런 얼굴이었지요.

하지만 그건 한순간이었어요.

곧장 평소처럼 짓궂은 얼굴로 돌아와서 알렉을 향해 말했지요.

"어이, 알렉."

"뭐야."

"그렇게 됐으니 슬슬 이 몸의 수행을 마무리해야겠다."

"뭐?"

"응? 뭐가? 너도 이 몸의 이야기를 귀담아듣지 않은 쪽이냐?"

"아니, 그보다는…… 지금, 당신이 살아남을지, 당신이 죽고 우리가 도망갈지 선택하는 걸 기다릴 타이밍이라고 생각했는데."

"아니, 아니지. 선택은 이 몸이 하는 게 아니다."

"그럼 누가 고르는데? 당신의 목숨이고 당신의 클랜이잖아."

"너다."

"……무슨 뜻이야?"

"말을 들으라니까. 수행을 마무리한다고 말했을 텐데."

"……설마."

알렉의 눈이 놀라움으로 커졌던 걸 선명하게 기억해요.

아마도 '잿빛'의 수행이 어떻게 끝나는지 아는 사람들은 모두 비슷한 얼굴을 하지 않았을까요.

아버지의 수행, 암살자를 계승하는 것──. 그것이 어떤 의미인지 아버지는 말했어요.

"이 몸과 너, 진심으로 서로를 죽여 보자."

"……."

"이 몸이 살아남게 된다면 '여우'의 말대로 도주 생활을 하지. 네가 살아남는다면…… '여우'와 함께, 이 클랜을 돌봐 줘. 너라면 던전 제패로 돈을 벌 수 있지. 꼬맹이가 어른이 될 때까지 그걸로 돌볼 수 있을 거다."

"……그래도."

"아무래도 실력으로 결정하는 게 모두가 가장 납득하기 쉽겠지. 하하핫! 어차피 클랜은 실력주의적인 면이 있다는 건 부정할 수 없으니까."

"……그래도!"

"일단 이러쿵저러쿵하지 말고 밖으로 나가 볼까. 처음부터 이렇게 될 걸 알고 있었을 텐데? 너는 그때 정 때문에 검 끝이 무뎌지지 않을 거라고 말했을 거다."

"그래도……!"

"아, 그래. 그런 느낌?"

"……당신이랑 서로를 죽이고 싶지 않아. 나도, 죽고 싶은 건 아니야. ……그 승부로 내가 얻을 건 아무것도 없어."

"음……. 그럼 어쩔 수 없군."

그때, 아버지의 한숨은 특별한 의미가 없었을 거예요.

그러나 결과적으로 알렉은 '승부하지 않기로 했다'고 해석했겠죠.

그래서 이후의 전개는 알렉의 마음속 틈을 찌르는 셈이 됐어요.

"여기서 결투를 하자."

아버지는 그렇게 말하고 알렉을 베려고 했어요.

'잿빛'의 일을 직접 본 적이 없었고 아직 어렸기 때문에 모험에 동행한 적도 없었던 저는 그 시점에 처음으로 아버지의 무기를 봤어요.

그것은, 둔탁한 나이프 정도 길이의 금속 덩어리였어요.

부러진 성검……. 그런 이름이었던 것 같은 '섬광'의 수집품이었죠.

알렉이 가진 것과 똑같은 그 무기로, 아버지는 알렉을 베려고 했던 거예요.

○

돌이켜 생각하면 알렉은 그때 도망친다는 선택지도 있었다고 말했어요.

'잿빛'의 습격은 확실히 갑작스러웠어요.

그렇지만 당시의 알렉이 도망치고자 했다면 도주하지 못할 정도도 아니었던 모양이에요.

그래도 도망치지 않았던 이유를 그는, 도망쳐서는 안 된다고 생각했기 때문이라고 해요.

그때 알렉이 도망쳤다면——'잿빛'은 죽지 않고 도주 생활을 시작했겠지요.

그러나 '섬광의 잿빛 여우단', 아니, '은 여우단'에는 응어리가 남았을 거라고 생각해요.

알렉이 승리하거나 '잿빛'이 승리함으로써 결말이 지어진다. 직전의 대화에 그러한 연출을 했던 '잿빛'은, 분명 그런 결말까지도 생각하고 승부를 걸었겠지요.

그래서 승부는 시작되었어요.

검과 검이 맞부딪히는 오싹한 소리가 울려 퍼졌지요.

두 사람은 검을 맞부딪히며 주점터를 종횡무진 내달렸어요.

테이블을 걷어차기도 하고 의자를 쓰러트리고 술병을 들어 던지고 접시를 요리와 함께 상대에게 내던지기도 했어요.

클랜 멤버는 휘말리는 걸 두려워하며 도망치다 끝내는 주점터의 벽에 모이게 되었지요. ……주점터를 나서는 사람은 아무도 없었어요.

"왜 서로를 죽여야 하는 거야! 당신이 죽는다고 뭘 얻을 수 있는데!"

알렉이 크게 소리쳤어요.

그가 방어에 전념했던 건 어떻게든 '잿빛'을 설득하고 싶었기 때문이었을 거예요.

한편, '잿빛'은 조금이라도 잘못 받아 낸다면 곧장 목숨을 잃을 수 있는 공격을 거듭 이어가고 있었어요.

행동으로 살의를 명확히 하면서도 '잿빛'은 알렉의 질문에 답해 주었어요.

"이 몸의 목숨으로 너희의 미래를 사는 거다!"

"좀 더 좋은 방법이 있을 거야! 누구도 죽지 않는 방법도, 분명⋯⋯!"

"있을지도 모르지!"

"왜 찾아보려고 하지 않는 건데! 내 눈엔 당신이 죽고 싶어 하는 걸로만 보여!"

"하핫! 처음엔 이 몸한테 손가락 하나 닿지 못했던 꼬맹이가 잘도 지껄이게 됐구나!"

"얼버무리려 하지 마!"

"찾아보지 않았을 것 같으냐?"

두 사람은 짧은 검을 맞대고 힘겨루기를 시작했어요.

'잿빛'은 웃고 있었지요.

"정말로 찾으려 하지 않았다고 생각해? 언제나 찾았지. 돼먹지 못한 이 녀석들을 어떻게든 제대로 살게 하려고 말이지. 그래서 모험가로서 살아갈 수 있는 녀석들은 그렇게 만들었다. 꼬맹이는 도둑질이나 살인보다 먼저 집안일을 가르쳤지. 조금씩이라도, 제대로 살 수 있도록, 빛이 닿는 곳에서 모두가 걸을 수 있도록, 노력하고 또 노력해 왔다."

"그럼 왜 중간에 그만두는 거야."

"시작이 틀렸던 거다. ……클랜 창설자가 범죄자였던 게 잘못이었어. 이 몸이 암살자였던 게 잘못이다. 아무리 누군가를 구하려 해도 아무리 빛을 목표로 해도 이 몸은 살인 말고 다른 방법을 고를 수 없었던 거다."

"그렇더라도 살아 있으면 바로잡을 수 있어."

"아니지. 사람은 다시 시작할 수 없다."

"……."

"네게는 이해할 수 없는 감각일지도 모르지만 사람은 다시 시작할 수 없어. 삶의 방식은 태어났을 때 결정된다. 슬럼에서 태어나 도둑질 말고 다른 삶을 모르는 녀석은 다른 삶을 살 수 없지. 철이 들었을 때 낯선 산속에 있었고 암살자로서 길러진 녀석은 암살자로밖에 살아갈 수 없는 거다."

"……그래도."

"이 몸은 이 몸의 가족을 위해서 모르는 녀석들의 가족을 죽여왔다."

"……가족이 소중하다면 왜 계속했어! 당신이라면 암살 말고도 다른 길을 고를 수 있었을 텐데."

"너는 언제든 능력 얘기로 기울기 쉽군. 사람을 죽일 수 있는 힘은 몬스터를 해치우는 데에도 써먹을 수 있고, 기척을 죽이는 방법은 요인 경호에도 써먹을 수 있지. 대충 그런 생각이겠지?"

"그래. 암살자를 할 필요는 없어. 당신은 모험가로도 살 수 있을 거야."

"그래서, 내 죄는 누가 책임지지?"

"······."

"몸에 익힌 능력을 발휘하는 방법은 고를 수 있지. 미래도 내가 선택할 수 있어. 아니, 선택해야만 하지. 하지만 과거만큼은 바꿀 수 없어. 실패도, 죄도, 쌓이고 쌓여 결국 이 몸의 일부가 되었단 말이다."

"······."

"이해하겠나? 이 몸의 죄를 너희가 갚아서는 안 되는 거다. 오늘 암살자를 그만둔다 해도 어제까지의 이 몸은 암살자였다. 그리고 이 몸이 있는 한, 너희는 암살자의 수하 범죄자와 그 예비군이다. 이 몸이 너희를 향한 빛을 가로막고 있는 셈이지."

"······."

"암살자 말고 다른 삶을 알았다면 좋았겠지. ······좀 더 빨리 깨달았다면 좋았을 일이다만. 정말이지 세상은 만만치 않단 말이다."

그 이후에 벌어진 일을 저는 평생 잊을 수 없을 거예요.

'잿빛'은 알렉에게서 크게 거리를 벌렸어요.

알렉만큼은 아니지만 그에게 전투 지도를 받았던 저는 이해했어요.

분명히 다음 일격으로 반드시 죽이거나 죽는 결말이 날 거라고.

알렉도 알았을 테지요.

그래서 그는 필사적으로 소리쳤어요.

"언젠가, 언젠가 반드시 당신이 죽지 않더라도 되는 방법을 찾을 수 있을 거야! 그러니 아직 포기하지 마! 모든 걸 끝내기엔 아직 일러!"

"언젠가라는 건 언제지?"

"……그건 ……그래도……!"

"상황은 지금 코앞에 닥쳐왔다. 노력을 게을리했다는 생각은 하지 않지만 살짝 모자랐던 모양이군. 뭐, 지금은 이걸로 한계라고, 이 몸도 각오를 다졌다는 거다."

"……그래도……!"

"만약, 누군가가 죽어야 누군가 행복해질 수 있는 세상이 싫다면 네가 바꿔 봐."

"……."

"이름을 계승해라. 의지를 계승해 줘. 너는 이 몸한테 없는 시점을 갖고 있어. 그러니 이 몸처럼 먹고살 길 없는 꼬맹이들을 받아들일 뿐 아니라 좀 더 유익하게, 어긋난 인생들을 없앨 수 있을지도 모르지."

"……."

"태어난 환경으로 삶이 결정되는 나 같은 녀석이 한 사람이라도 줄어들게 해 달란 말이다. ……네가 무리라면 네 제자, 그래도 어렵다면 또 그 제자가, 조금씩이라도 세상을 좋은 쪽으로 만들어 준다면 언젠가 모두가 행복해지겠지."

"……나한테는 무거운 짐이야."

"그래, 무거운 짐이지. 짊어지고 왔지만 슬슬 이 몸도 나이가 나이거든."

"……."

"이 짐을 받아 달란 말이다."

"……큭!"

알렉이 있는 힘껏 이를 악무는 게 전해졌어요.

검을 겨누는 동작에서 그의 각오가 느껴졌지요.

어쩌면 그때 '잿빛'이, 너무나도 나이에 맞게 노쇠한 듯이 보였기 때문에 편하게 해 주고 싶다고 생각했던 걸지도 몰라요.

결말은 순식간이었어요.

두 사람이 교차하고, '잿빛'의 목에서 피가 뿜어져 나왔어요.

그래도 아버지는 쓰러지지 않았지요.

저는 아버지의 곁으로 다가갔어요. ——더는 '잿빛'도 그 무엇도 아닌 아버지의 곁으로.

아버지는 역시 미소를 머금고 저를 내려다보았지요.

그 손이 제 머리를 쓰다듬는 걸 말리지 않은 채 저는 말없이 아버지를 올려보았어요.

"……끔찍한 인생이었지. 이 몸은 어린아이의 우는 얼굴과 여자의 화난 얼굴이 그 무엇보다 싫었는데 말이다."

"……."

"마지막 순간에 그 둘을 모두 보게 될 줄이야. 아, 정말이지——살인자의 말로가 이렇게 행복해도 괜찮은 거냔 말이다."

미소를 머금은 채로, 선 채로, 아버지는 숨을 거두었어요.

알렉은 아버지의 유해를 한참 동안 바라보았지요.

아무 말도 하지 않고, 그저, 진지하게, 오랫동안 바라볼 따름이었어요.

○

"……참 약았지. 마지막 순간에도 날 조금도 끼워 주지 않았어."

아버지의 유해를 눕히고 언제나 무표정했던 '여우'가 곤혹스러운 얼굴을 하고 있었어요.

어머니의 손에는 나이프가 있었지요.

싸움에 가세할 생각이었을지도 몰라요.

하지만 그건 끝내 이룰 수 없었습니다.

'여우'는 아버지를 바라보면서 제게 말했어요.

저와 어머니의 마지막 대화였지요.

"……요미, 나는 그의 유해를 갖고 영주를 찾아간다. '잿빛', '섬광'만이 아니라 나도 창설 멤버다. 내 목도 있으면 보다 확실하게 너희의 안전을 확보할 수 있겠지."

"……엄마, 없어지는 거야?"

"그러고 싶다. ……그래도, 나는 네 어머니 중 한 사람이니까 네게 묻고 싶어."

"……?"

"어머니로서가 아니라 아내로서 사는 걸 허락해 주겠니?"

아내로서 산다는 건 아버지의 뒤를 따라 죽는 것이었어요.

무의미한 죽음은 아니겠지요.

확실히 '여우'도 클랜 창설 멤버이자 유명한 범죄자이니 '잿빛'의 비원을 달성하기 위해서는 '여우'의 목이 있는 게 확실하다는 건──분명했어요.

그러나 당시의 저는 대답할 수 없었어요.

어머니의 바람을, 들어주고 싶다. 그러나 그보다도 더 어머니까지 잃는 건 견딜 수 없다.

억지를 쓸지 시키는 대로 따를지 갈등했던 것으로 기억해요.

그래서 알렉이 저를 대신해서 고개를 끄덕였지요.

그도 마찬가지로, 아버지의 곁에 웅크리고 앉아 말했어요.

"'잿빛'의…… 선대 '잿빛'의 유언은 어쩌지? 당신은 '은 여우단'의 지도자가 되라고 했을 텐데."

"……그렇군. 알고 있다. 남편의 유언을 따르는 게 가장 좋겠지. 남편도 그걸 믿고 네게 죽었을 거야."

"……."

"나는 이 사람이 가리키는 걸 꿈꾸었어. ……어린 시절, 나쁜 짓을 하다가 이 사람에게 붙들린 뒤로 줄곧 이 사람이 보는 빛을 함께 쫓았던 셈이지."

"……."

"나는 다정하지 않아. 제멋대로야. 사랑했던 사람을 위해서 살았고, 사랑했던 사람과 함께 살았고…… 사랑했던 사람과 죽고 싶어."

"그래."

"알렉은 이해해?"

"몰라. 그래도 내가 말릴 일은 아니야. ……말릴 수 있는 처지도 아니야."

"아니. 자책하지 마. 너는 내 남편의 바람을 이뤄 주었어. ……나는 남편의 바람을 이뤄 줄 수 없었지. 이 사람과 함께 있는 게 그 무엇보다 소중해서, 그것에 비하면 이 사람의 바람은 소중히 하지 않았던 것 같아."

"……"

"이 사람은, 뭔가를 할 때 내게 거의 설명을 하지 않는 사람이었어. 말하면 내가 따를 거라고 생각했겠지. ……따르겠지만. 그래도 나도, 따르고 싶지 않은 것도 있어. ……죽는 건 안 된다고, 말했는데. 왜, 제멋대로 결정해 버린 걸까."

저는 어머니가 좋았어요.

특히 '여우'는 잘 따랐고 크게 영향을 받았다고 생각해요.

지금도 그녀는 제 안에, 강하고 깊게 숨 쉬고 있어요.

그래서 당시의 저는 슬퍼 보이는 어머니가 웃었으면 했어요.

그녀가 하려는 일을, 무의미하다 어리석다고 말하는 사람도 있을지도 몰라요. ……실제로, 지금도 저는 이해할 수 없어요.

그러나 그런 마음도 있다고, 생각해요.

지금 생각하면 '여우'는 냉정해 보이지만 무척 정열적인 여성이었어요.

그래서 그녀의 정열을 지워 버리는 것도, 저는 싫었던 것 같아요.

"엄마."

"……왜 그러니?"

"가도, 괜찮아."

"……."

"아빠랑 같이, 가도, 괜찮아."

그때 저는 벌써 울고 있었을 거예요.

그래서 선뜻 말할 수 없었어요. 더듬더듬, 머뭇머뭇하면서 천천히 시간을 들여 전달했던 기억이 나요.

어머니는 웃고 있었어요.

좀처럼 표정이 없는 어머니의 미소를 본 건 그게 마지막이었지요.

그녀는 행복하게 말했어요.

"고마워. ……부디 너도, 네 행복을 찾으렴."

그 말이 지금의 제 행동 지침이 되었어요.

그렇게 '섬광의 잿빛 여우단'은 완전히 막을 내렸어요.

마지막으로, 그 후의 일을 조금 적어 볼까 싶네요.

○

우리는 지금껏 머물렀던 지방 도시 교외를 떠나 왕도로 향했어요.

지금까지는 범죄자 클랜이라는 부담이 있었기 때문에 가능한 권력과 먼 곳에 있으려 했지만, 이제부터는 빛이 닿는 곳을 걷겠다는 결의에 따라 가장 먼저 왕도로 이동하고자 했던 거예요.

그러나 이름을 바꾼 정도로는 완전히 '섬광의 잿빛 여우단' 시대의 악명을 떨쳐 낼 수 없었어요.

길드에 감시를 받기도 하고 클랜을 해체당할 뻔하기도 하고, 아니, 해체당했던 적도 있어요.

당시에는 공주님이었던 납치된 여왕 폐하를 구한 적도 있었지요.

그런 와중에도 아직 일할 수 없는 클랜 멤버를 부양하고자 싸울 수 있는 사람끼리 던전 제패 등을 반복하기도 했어요.

또, 클랜 멤버 자체도 모두가 남은 것도 아니었어요.

오갈 데 없는 사람이나 아직 어린아이였던 사람은 남았지요.

그러나 '잿빛'의 위명이나 '여우'의 전설을 의지해 클랜에 왔던 사람이나 갱생할 생각이 없는 사람은 클랜을 떠나갔지요.

그 결과, 클랜 규모는 전성기의 반 이하가 되었어요.

지금은 전성기의 두 배정도 되지만 관련된 사람들 모두를 포함하면 저는 파악할 수 없을 정도예요.

지금까지도 풀리지 않은 수수께끼가 있어요.

'섬광'의 의도가 가장 큰 의문이지요.

당시 '섬광'이 느닷없이 체포되어 처형당한 것도 그녀의 공작이었을 테니까요.

그녀가 무엇을 목표로, 무엇을 하려고 했는지는 여전히 잘 몰라요.

그러나 착실하게 탐색망을 좁히고 있으니 조만간 발견할 수 있겠지요.

어쨌든 '섬광의 잿빛 여우단'을 둘러싼 전말은 이것이 전부예요.

언젠가 제 기억이 풍화되었을 때 이 회고록을 다시 읽으면서 잃어버린 기억을 보완할 수 있다면 좋겠네요.

지금은 떠올리는 것만으로도 눈물이 날 것만 같은 일도, 그때는 웃으면서 받아들일 수 있을까요.

이 이야기는 실패담이에요.

크나큰 노력과 괴로운 결단 끝에 아무것도 지키지 못했던 이야기인 셈이죠.

그래도 이 실패를 극복한 현재는 아버지의 이념이나 어머니의 마음을 이어 가고 있을 거라고 생각해요.

제가 누군가에게 이 이야기를 털어놓는 일은 없겠지요.

그래도 사실은, 누군가에게 말하고 싶어 참을 수 없을 때가 있어요.

그래서 얼른, 이 이야기가 행복한 결말을 맞이할 수 있도록.

알렉과 제 노력이 열매를 맺을 수 있는 날이 올 수 있도록, 문장 마지막에 기원을 담아 펜을 거둘 생각이에요.

○

"종이의 사용감은 어때?"

침실.

커다란 침대가 전부인 소박한 방에서 요미는 쌍둥이 딸을 재우고 있었다.

벌써 늦은 밤중이었다. 여관 손님도 잠자리에 들었고 잠들기 전까지 얼마간은 가족의 시간이었다.

방에 들어온 알렉은 앞치마를 벗으면서 그렇게 물었다.

요미는 잠시 고민을 하다────.

"조금 읽어 줬으면 하는 게 있는데."

틈이 날 때마다 느긋하게 적은 회고록을 그에게 보여 주기로 했다.

두꺼운 종이뭉치였다. 그걸 받아 든 알렉이 고개를 갸웃하면서 종이를 펼쳤다.

그리고 웃었다.

"……이런 걸 쓰고 있었구나."

"응. 잊지 않도록."

"잊을 수 있다면 그래도 좋다고 생각하는데…… 오오오……."

"왜 그래?"

"옛날의 내가 잔뜩 묘사되어 있어서 무척 낯간지러워."

"아하하."

요미가 웃었다.

알렉은 몸을 비틀면서도 회고록을 읽어내려 갔다.

그리고 마지막 문장을 읽은 그가 큰 한숨을 토해 냈다.

"……어렸네."

"아하하. 그러네. 나도 어렸을지도? 아니, 어린아이였지."

"……그걸 지적하자면 끝이 없으니 접어 두자. ……대강 내 기억이랑 큰 차이는 없는 것 같아. 그런 말을 했었나 싶기도 하고 그런 말은 안 했잖아 싶은 말도 잔뜩 있긴 하지만."

"말했거든."

"……따지고 들면 입씨름이 될 것 같으니까."

알렉이 웃었다.

요미도 웃다가── 이내 진지한 얼굴로 물었다.

"……알렉은 왜 '잿빛'을 계승하기로 마음먹었어?"

"아니, 그 분위기에서 내빼는 건 좀 아니잖아."

"그게 아니라…… 잘은 몰라도 좀 더 근본적이라고 해야 할지."

"수행을 계속했던 이유?"

"그럴지도?"

"……이유 중 하나는 옛날에 말한 그대로, 스킬이 있으면 습득하고 싶다고 생각했어. 그리고 아직 말하지 않은 이유는……."

"이유는?"

"……나는 당시, 아무런 구체적인 꿈이 없었어. 뭘 하고 싶은지도 몰랐고 할 수 있는 것도 아무것도 없었지. 그래서…… 응, 아마도 '잿빛' 아저씨가 말하는 꿈에 매력을 느꼈을지도 몰라. '여우'처럼."

"……."

"뭐, '잿빛'을 계승하려고 생각했던 계기는 그런 느낌이지만 지금은 이 이름에도 여러 가지가 겹쳐졌지. '잿빛'의 꿈은 이제 아저씨만이 아니라 내 꿈이 되기도 했고. ……언제까지고 빌린 꿈으로 살아갈 수 있을 정도로 젊지 않으니까."

"그렇구나."

"저기. ……나는 네 부모님을 죽였어."

"……갑자기 무슨 소리야?"

"'잿빛'은 직접적으로, '여우'는 간접적으로 죽인 거야. '섬광'은 살아 있는 것 같지만 당시에 곁에 있었는데도 순순히 체포당하게 두었다는 데 책임감을 느끼고 있어."

"그건 신경 쓰지 마. 어쩔 수 없다고 생각하고."

"아니야. 실제로, 자책을 느낄 만한 구석도 있다고 생각해. 그래도 그 자책감도 지금의 나를 만들었고…… 내가 계승한 이름과 함께 나를 구성하는 요소 중 하나이기도 해."

"……."

"그러니 너도 내가 마음에 품고 있는 것처럼 품고 있지 않았으면 하는 거야. ……상관없잖아. 책임감 정도는 짊어지게 해 줘. 네게서 빼앗은 것, 네게 선물한 것, 네게서 선물받은 것 모두가 지금의 나를 만들어낸 소중한 한 조각이니까."

"……응."

"자, 슬슬 우리도 자자. ……내일도 있잖아."

알렉이 침대에 들어갔다.

요미도 자려고 했지만── 문득 다른 생각이 들었다.

평소에는 두 딸을 사이에 두고 잠든다. 그러나 오늘은 알렉의 곁에 파고들었다.

그가 놀란 얼굴을 했다.

"왜 그래?"

"……옛날 생각이 났더니."

"회고록에 나온 시기에는 침대에서 함께 자진 않았던 것 같은데."

"응. 그래도. ……뭐 어때, 괜찮잖아."

"……뭐, 괜찮긴 하지."

알렉이 한숨을 쉬었다.

요미는 웃으며 이불을 깊게 덮었다.

잠들고 일어나면 다시 새로운 현실이 시작된다.

무척 좋아하는 현실. 평화로운 일상.

지금도 옛날에도── 분명, 그와 함께하는 현실이야말로 꿈만 같은 시간이라고, 요미는 생각했다.

콜리는 '성검'을 찾아 '은 여우 여관' 이라는 여관을 방문했다.

그곳에는, 확실히 그녀가 원했던 부러진 성검이 있었지만 문제도 있었다.

부러진 성검을 본래의 길이로 만들기 위한 소재가 모자랐던 것이다.

성검의 소재인 '진귀한 강철' 이 잠든 곳은 세 걸음 들어가면 죽음을 맞이한다는 초고난도의 던전이었다. 콜리는 수리가 어렵겠다고 생각했지만…….

"당신은 모험가예요. 그리고 '진귀한 강철' 이 잠든 곳은 던전. 그렇다면 당신이 강해져서 '진귀한 강철' 을 채굴하면 됩니다. 아닌가요?"

성검의 주인, 알렉이 그렇게 말하며 수행을 시켜 준다고 한다.

알렉에게 살짝 위험한 분위기를 느끼면서도 콜리는 수행을 받아 보기로 한다.

모든 건 '성검' 을 수리하여 완고한 할아버지에게 자신의 실력을 인정받기 위함이었는데…….

7장

콜리의 성검 수리

흐릿한 풍경을 하늘에서 바라보았다.

콜리는 신비로운 광경이라고 생각했다.

그녀의 눈에 들어오는 건 왕도의 뒷골목 같은 풍경이었다.

건물과 건물 사이의 좁은 골목을 한 소녀가 나아갔다.

드워프 소녀였다.

종족적으로는 토끼처럼 늘어진 긴 귀가 특징이었다.

다른 특징으로 꼽는 건 체형이었다.

종종 '인간이나 엘프를 위에서 누른 듯하다'는 평가를 듣는다.

──다시 말해서, 작고 동글동글했다.

머뭇머뭇 뒷골목을 나아가는 소녀도 대부분의 드워프처럼 작고 동글동글했다.

팔다리가 하나같이 포동포동했다.

턱 라인이나 눈, 코도 아무튼 동글동글했다.

키가 작았지만 가슴은 컸다. 다만── 허리는 잘록하다고, 콜리는 생각하고 싶었다.

그렇기에 더더욱 가슴에 천만 감고 그 위에 튼튼한 오버올을 걸쳐 체형 라인이 도드라지는 차림을 하고 있었다.

……그랬다. 콜리는 지금 자신이 보는 풍경 속의 소녀를 알고 있었다.

자신이었다.

땋아 내린 긴 갈색 머리. 걸을 때마다 허리 뒤에서 짤랑짤랑하는 소리가 나는, 도구로 가득한 파우치. 그리고 모험가를 시작하고부터 줄곧 사용한, 팔꿈치까지 덮는 커다란 건틀릿까지.

보면 볼수록 골목을 걷는 소녀는 자기 자신이 분명했다.

생각해 보면 풍경이 아니라 앞으로 벌어질 사태도 기억이 났다.

과거를 꿈에서 보고 있다.

상황을 파악하고 콜리는 시선 속 자신을 뒤따랐다.

꿈속에서 콜리는 어딘가를 향해 두리번거리며 걷고 있었다.

그리고 드디어 찾고 있던 장소를 발견한 모양이었다.

'은 여우 여관'.

대로변에서 얼마간 들어간 곳에 위치한 낡은 건물이었다.

꿈속의 콜리는 건물을 발견하고 어쩔 줄 모르는 얼굴을 했다.

예상과 달랐던 것이다.

따지고 보면 콜리가 이런 골목 안쪽에 있는 여관을 목표로 한 건 어떤 소문을 들었기 때문이었다.

'그 여관에는 성검이 있다'는.

후에 알게 되었지만 '머물면 죽지 않는다'는 소문도 있다고 한다. ──그러나 당시 콜리는 성검만을 쫓고 있었다.

때문에 너무나도 허름한 여관을 발견하고 위화감을 느꼈다.

'성검'은 '500년 전에 인간의 나라를 세운 용사의 검'이었다. 다시 말해서 골동품인 동시에 콜렉터 아이템이기도 했다.

애당초 건국에 얽힌 과거 위인의 소지품은 마니아 사이에서 고가로 거래될 테니 소유자는 나름대로 신분과 돈을 갖고 있을 터였다.

그러나 이렇게 허름한 여관이라니. ——소문은 어디까지나 소문에 불과한가. 이때 콜리는 그렇게 생각하며 실망했다.

그러나 여기까지 온 이상 설령 아니라 하더라도 일단 부딪힌 후에 깨져 보자——.

그렇게 생각해 여관으로 발을 들였다.

안으로 들어오니 가장 먼저 접수 카운터에 눈이 돌아갔다.

그곳에 한 남자가 있었다.

흐릿한 인상이었다.

눈앞의 풍경이 꿈이기 때문만은 아닐 것이다.

기억에 남지 않는 얼굴이었다. 인상이 희미하다고 해야 할지. 기척이 빈약하다고 해야 할지.

얼굴을 살폈다.

눈을 감고 다른 걸 생각했다.

그러자 더는 떠오르지 않았다.

그렇게 머리부터 발끝까지가 선명하지 못한 남자.

그가 미소를 머금고 말했다.

" '은여우 여관' 에 오신 걸 환영합니다."

그의 목소리는 신기하게도 귀에 남았다.

그러나 첫인상이 너무나도 평범했던 탓에 그런 특징도 곧장 잊힐 것만 같았다.

"어떻게 오셨지요? 숙박이신가요?"

남성이 의아하다는 듯이 고개를 갸웃했다.

콜리는 퍼뜩 놀랐다.

"아, 아니, 저기, 죄송해요. 저는 드워프인 콜리라 하는데요."

"네."

"······실은 제가 도검 대장장이를 하고 있거든요. 그래서, 저기······ 어떤 소문을 듣게 되어서."

"도검 대장장이께서 저희 여관에 대한 소문을요?"

"맞아요."

"완전히 모험가일 거라고만 생각했네요."

"아, 이 건틀릿이요? 여러 이유가 있어서 지금은 모험가 일을 하면서 생계를 꾸리고 있으니 그렇게 보셔도 영 틀린 건 아닌데······ 이곳에 온 건 대장장이 일 때문이에요."

"그렇군요. 말씀하시는 중에 죄송해요. 그래서 무슨 일로 오신 건가요?"

"이 여관에 계시는 '알렉산더' 라는 분이 성검을 가지고 계신다는 소문을 들어서요. 저기, 종업원인지 주인이신지, 단순한 단골이신지는 모르겠는데요."

"흐음. 그래서요?"

"······가능하면 성검을 한번 보여 주실 수는 없을까 해서······ 우선은 그런 부탁을 드리러 왔는데······ 알렉산더 씨는 계신가요?"

"소개가 늦었네요. 제가 '은 여우 여관' 주인인 알렉산더입니다. 알렉이든 알렉스든 편하신 대로 불러 주세요."

"당신이었어요?! 저, 저기, 그래서 성검은······?"

"그 전에 성검 운운하는 소문은 어디에서 들으셨나요?"

"네? 어디서라니······ 으음······. 상세한 장소까지는 콕 집어 말하기 어렵지만, 저는 어떤 사연이 있어서 성검이나 용사에 대한 걸 조사하고 있어서요. 그러던 중에…… 어라, 언제 알았더라……?"

"……그렇군요. 그런데 용건은 성검을 보는 게 전부인가요?"

"아, 아니요. 저기…… 우, 우선은 보여 주셨으면 하는데……. 진짜인지 아닌지를 보기 전까지는 모르는 일이라서요."

"다시 말해서 보면 진품인지 아닌지를 알 수 있으신가요?"

"아, 알 수 있을 거라 생각해요. 성검에 대해서는 제법 조사해서. 그리고 들으신 적 없나요? 드워프는 냄새로 광물을 판단할 수 있어서요. 다룬 적 없는 소재로 만들어진 검이라면 성검일 가능성도 높다고 생각해서요."

"그렇군요. 그럼 이것이 성검입니다."

쿵, 묵직한 검이 카운터에 놓였다.

……아니, 검이라고 불러도 좋은 걸까.

길이는 나이프 정도.

칼날에 비해 투박해 보이는 건 본래 길이가 어느 정도 길었기 때문일까, 아니면 부러진 탓일까.

그 증거로, 손잡이는 양손으로 잡는 걸 생각한 길이였다.

가드도 나이프라고 생각하기 어려울 만큼 훌륭하게 갖춰져 있었다.

부러졌다는 건 확실했다.

……그러나 성검이 파손되었다는 사실 자체는 놀랄 일도 아니었다. 오히려 부러진 성검이 존재한다는 이야기를 들었기에 콜리는 성검을 쫓았던 것이다.

"……'*습베'를 자세히 살펴봐도 될까요?"

"그러시죠."

허락을 얻고 그립에서 칼을 뽑아냈다.

……칼날을 코 가까이 대 보니 뭐라 말하기 어려울 만큼 향기로운 냄새가 났다.

한 장의 금속판.

그러나 복수의 농후한 광물이 녹아 한데 뒤섞여 조화를 이루고 있었다.

향기만으로도 충분하고도 남을 정도의 예술품이었다.

오래된 기술이기는 했지만 이건 이것대로 좋은 물건이다.

그러나 실용품으로서도 초일류였다. 그 증거로, 오래 사용했던 흔적이 엿보이지만 칼날은 조금도 무뎌지지 않았다.

만약 그녀가 조사했던 전승 속 소재로 만들어져 있다면 손질이 불가능할 것이다. ──그러나 막 두드린 것처럼 빛을 발하고 있었다.

가장 놀라운 건 막 뽑아낸 '습베'에 새겨진 문자였다.

'다비드로부터. 친구에게 바친다.'

다비드는 일찍이 성검의 소유자인 용사와 함께 여행했던 드워프의 이름이었다. 지금은 대장장이의 신처럼 여겨지면서 모든 '금속을 다루는 직인'으로 칭송받고 있었다.

어느 모로 봐도 진짜 성검── 다시 말해서 '성검'에 대해 조사하지 않은 사람은, 그렇게 생각했을 터였다.

---

* 칼, 괭이, 호미 따위의 자루 속에 들어박히는 뾰족하고 긴 부분.

"……죄송하지만 이건 위조품이네요."

정중하게 검을 카운터 위에 올려놓았다.

알렉은 소중한…… 것치고는 쉽게 내놓았던…… 성검이 위조품이라는 말을 듣고 웃고 있었다.

"호오, 위조품인가요. 근거가 어떻게 되는지요?"

"……강철이 확연하게 달라서요. 광물의 조합 기술은 틀림없는 대장장이 신 다비드 급의 기술이지만, 제가 조사했던 '성검'은 단일 광물로 만들어졌을 거라서요."

"그렇지만 다비드가 만든 검이라는 건 확실하겠죠. 그렇다면 성검이 아닐까요?"

"……대장장이 신 다비드는 완성품에 이름을 새기지 않았다고 해서요. '완성도를 보면 자신의 작품이라는 걸 알 수 있을 터'라는 자신감의 표현이었다고 해요."

"다시 말해서, 이 성검은 성검이 아니다?"

"……성검은 아니지만, 좋은 물건이긴 해요. 분명 다비드의 작품이라고 생각하니, 뭐라고 해야 할지. 음…… 역사적인 가치는 있을 거라고……."

급하게 덧붙였다.

성검이라고 보여 준 검을 성검이 아니라고 감정하고 말았다. 소유자인 알렉은 당연히 기분이 좋지 않을 것이다.

그러나 알렉은 웃고 있었다.

"그렇군요. 당신의 의견은 이해했어요."

"저, 저기, 기분이 나쁘시거나 하지는……."

"아니요. 그래서 이쪽이 진품인 성검입니다."

쿵, 두 번째 검이 카운터에 놓였다.

조금 전에 보여 주었던 것과 완벽하게 같은 형태를 하고 있었다. 부러졌다는 사실도 같았다.

그러나—— 한눈에 알 수 있었다. 한 호흡에, 지식보다도 감각이 먼저 이해했다.

——진품이다.

이번에 보여 준 검은 틀림없이, 전승에서 전해지는 전설의 성검이었다.

콜리는 흥분한 얼굴로 물었다.

"저, 저기, 이거 '슴베'를 확인해 봐도 될까요?!"

"그러시죠."

허가를 구하고는 칼날을 꺼냈다.

손이 떨려서 잘 움직이지 않았지만 가까스로 '슴베'를 확인하니——.

이름이 없었다.

대장장이 신 다비드는 완성품에 이름을 새기지 않았다.

"……우, 우와아아……지, 진품……. 진품 아닌가요?!"

"500년 전의 '용사 알렉산더'는 완력이 상당해서 휘두를 때마다 검이 부러졌다고 하지요. 그래서 비슷한 길이의 '부러진 성검'이 수없이 많다고, 제게 이 검을 주었던 사람이 말했지요."

"왜, 왜 위조품 같은 걸……."

"아, 위조품을 갖고 있는 이유 말인가요? 제 스승이 죽었을 때

스승의 아내분에게 받았어요. 말하자면 유품 같은 물건이지요.
뭐, 스승의 부인도 스승 중 한 명이라 애매한 부분이네요."

"그게 아니라! 왜 위조품을 먼저 보여 주셨어요?!"

"실례지만 정말로 위조품을 꿰뚫어 볼 수 있는지 확인을 했습니
다."

"의외로 깐깐하시네요……."

"지식 자체는 진짜인 것 같네요. 시험한 것처럼 되어서 죄송합
니다."

"아, 아니요……."

"그래서요?"

"……그래서?"

"성검을 보는 것만이 목적이 아니지요?"

"아, 네, 네, 맞아요……."

찰나의 순간 망설였다.

사연을 털어놓으면 주제도 모른다거나 무례하다고 생각하지는
않을까.

그러나 여기까지 온 이상 말할 수밖에 없다. ──콜리는 결론을
내렸다.

"……서, 성검, 부러졌잖아요?"

"그렇군요. 뭐, 특별히 곤란한 구석은 없지만요."

"고, 곤란하지 않더라도 역시 완전한 상태가 좋겠다고 생각 않
으세요?"

"말하자면?"

"그…… 제게, 성검 수리를 맡겨 주실 수 없나요?!"

말해 버렸다.

콜리는 머뭇머뭇 알렉의 안색을 살폈다.

그는 여전히 웃고 있었다.

"그렇군요. 그것이 당신의 목적이었군요."

"……맞아요. 아, 아직 어리긴 하지만 기술에 자신이 있어서요!
드워프 중에서도 제법이어서요! 상도 받았거든요!"

"좋네요."

"……네? 괜찮은 건가요?! 정말로?! 이런 애송이가 성검 수리
를 하고 싶다고 했는데요?! 보통은 떨떠름해 하거나 고민하지 않
아요?!"

"당신의 도검 대장장이로서의 실력은 소지 스킬을 보면 알 수 있
으니까요."

"네? 그게 무슨……."

"하지만 문제가 있는데요."

"……아, 수리 대금은 염려 마세요. 제가 하고 싶어서 하는 수리
라서요."

"그게 아니라 소재는요?"

"네?"

"부러진 성검을 수리하는 거죠? 하지만 부러진 칼날을 가지고
있는 건 아니에요. 그러면 본래 있어야 할 부분을 보충하기 위해
서 성검과 같은 광물이 필요하겠죠."

"……그러네요."

"그 광물은 있으신가요? 제가 묻고 싶은 건 그 부분이에요."

"아니요, 그건, 저기…… 지금은 없어서요……. 아, 그래도 위치는 알고 있어요! 조사는 다 끝마쳤거든요!"

"그렇군요. 갖고 오실 수 있을 것 같은가요?"

"……부끄럽지만 옛날에 가 본 적은 있어서요."

"오호."

"그 광물…… '진귀한 강철' 이 있는 던전에 들어갔던 적이 있어서, 그…… 뭐라고 말해야 좋을지 모르겠지만 세 걸음 만에 죽을 뻔해서요……."

"그렇군요."

"……저기, 부러진 칼날을 갖고 계신 분이나 지인은 안 계실까요?"

"글쎄요. 갖고 있을 법한 지인은 있지만 지금 막 찾는 중이라."

"그렇군요……."

"그래서 말인데, 제게 제안이 있는데 들어 보시겠어요?"

"뭔데요?"

"당신은 모험가지요. 그리고 '진귀한 강철' 이 잠든 건 던전. 그렇다면 당신이 강해져서 '진귀한 강철' 을 채굴하면 됩니다. 아닌가요?"

"저기, 세 걸음 만에 죽을 뻔했다는 말을, 지금 막 한 것 같은데."

"옛날 당신은 세 걸음으로 죽을 뻔했겠죠. 그러나 훈련을 한다면 네 걸음, 다섯 걸음을 나아갈 수 있게 될지도 모르잖아요?"

"'진귀한 강철' 은 던전 안쪽에 있다는 모양이라 네 걸음이나 다섯 걸음 정도로는 턱없을 거 같은데…….”

“그렇겠지요. 세 걸음 만에 죽을 뻔한 던전 안쪽까지 도달하기
위해서는 아득한 노력이 필요할 거예요.”

“맞아요.”

“하지만 제게 맡겨만 주시면 당신도 그 레벨까지 강해질 수 있지
요. 이 여관은 모험가에게 수행 서비스를 해 드리고 있거든요.”

“……무척 믿기 어려운 이야기라서요.”

“단언할게요. 할 수 있어요. 어느 정도 시간은 필요하겠지만요.”

“그거야, 몇 년이나 수십 년을 들이면 불가능한 건 아닐 것 같지
만…… 아니, 불가능하지 않을까요.”

“몇 개월 정도면 충분해요.”

“네에?! 아니, 아니, 아니…….”

“……믿고 말고는 나중 일로 하고 당신은 어떠신가요? 괴롭고
힘든 수행을 하더라도 ‘진귀한 강철’ 을 수집해서 성검을 수리할
정도의 이유가 있나요?”

“…….”

“있다면 제가 온 힘을 다해서 당신을 도와드리겠어요. 이 ‘은 여
우 여관’ 은 모험가를 지원하기 위한 여관이니까요.”

실제로 어떨지는 일단 접어 두고── 다시 말해서 괴로운 수행
을 하게 되더라도 성검을 고치고 싶은지?

그의 질문에 대한 대답은 결정되어 있었다.

“……이유는 있어요. 저는 어떻게든 성검을 수리하고 싶어서요.”

“좋아요. 그럼 수행을 지도해 드릴게요. 우리 수행은 좀 획기적이

에요. 우선은 그러네요. '세이브'라는 걸 해 주시겠어요……?"

──의식이 흐릿해졌다.

아니, 현재로 돌아가고 있다.

그랬다. 이리하여 수행이 시작되었던 것이다.

그 과거가 현재로 이어졌다.

……만약 과거를 바꿀 수 있다면 자신은 알렉의 수행을 거절하고 성검 수리를 포기했을까?

알렉의 수행이 심상치 않게 혹독하다는 걸 알게 된 지금 생각해 보면──수행을 거절, 수락하는 건 5:5였을 것이다.

콜리는 그렇게 생각하면서 사라져 가는 과거의 풍경에 이별을 고했다.

○

"콜리 씨? 괜찮아요?"

정신을 차렸다.

콜리는 과거로 날아갔던 의식을 현재로 되돌렸다.

그곳은──왕도 남쪽에 있는 절벽 부근이었다.

그녀 옆으로 끝이 보이지 않는, 깊은 단애절벽이 입을 벌리고 있었다.

몇 번이나 몸을 던졌던 기억이 되살아났다.

콜리는 떠올렸다. 이 절벽에서 자신이 벌써 몇 번의 수행을 마무리했다는 사실을.

가벼운 마음으로 시작했던 수행은 아니었다. 그러나 언제나 각오 이상의 일을 강요받아 왔다.

몸을 던져 자살하거나.

콩을 먹거나.

그리고 이곳이 아닌 다른 곳에서도 던전에 며칠이고 틀어박혀 있기도 했다.

알렉산더라는 괴물에게 일격을 선사한다. 그런 시련까지 있었다.

몽롱한 의식이 현재로 이어졌다.

콜리가 머리를 가볍게 흔들었다.

눈앞에는 알렉이 있었다. ……보아하니 선 채로 과거의 꿈을 꾸었던 모양이다.

"……뭔가, 긴 꿈을 꾸었어요."

"선 채로 잠들다니, 굉장히 재주가 좋으시네요. 저도 습득하기까지 몇 주는 걸렸는데요. 어느 틈에 수행하신 거죠?"

"아니, 기절했던 거라서요. 극한의 상황에서 절망에 빠졌던 거겠지요. 죽음의 위기에 직면한 사람이 찰나의 순간에 과거를 본다고 하잖아요. 그런 거라서요."

"주마등이로군요. ……그나저나 묘하네요."

"뭐가 말인가요? 저는 묘한 말은 한마디도 하지 않았는데요."

"아니요, 되살아난 다음에 주마등을 보는 것도 재미있다 싶어서요. 죽기 직전이라면 저도 알고 있지만요."

"재밌지 않거든요……. 사람이, 아니 제가 죽는 거라서요."

"그래도 다시 살아났잖아요?"

"……뭐, 그게 알렉 씨의 수행이니까요."

콜리는 알렉의 곁에 떠오른 구체를 힐끔 바라보았다.

희미하게 빛을 내는, 인간의 머리 크기 정도의 구체. '세이브 포인트'라고 불리는 수수께끼의 존재였다.

이곳 여관의 주인은 세이브 포인트를 설치——하는 기묘한 기술을 갖고 있었다.

세이브한다. 죽는다. 세이브한 장소에서 되살아난다.

그런 요술이었다.

로드할 때는 건강한 상태에서 세이브 시점으로 돌아온다.

장비와 상태는 남는다. 부서진 장비는 돌아오지 않는다.

그 대신에 획득한 경험이나 아이템 등은 보유하고 있다.

경험, 다시 말해서 기억과 강함이 남는다. 덕분에 모든 수행은 사망 직전에 아무리 괴로운 꼴을 당하더라도 '그래도 살아나잖아요?'라는 말로 정리된다.

……만약 수행을 시작하기 전에 수행 내용을 알았다면 반드시 성검을 수리한다는 목적의식이 있었더라도 수행을 망설였을지도 모른다.

아니, 이것은 정말 수행일까.

좀 다른 명칭이 있지 않을까 하는 생각이 콜리의 머리를 떠나지 않았다. ——예를 들면, 고문은 어떨까.

알렉은 웃으며 고개를 갸웃했다.

"수행을 다시 시작할까요?"

"……정말 죄송하지만 기억이 온전하지 않아서요."

"이상하군요. 로드하고 기억 장애가 발생한 적은 없는데……."

"로드 때문이 아니라 수행의 충격이 부른 증상이라는 느낌이 드는데요."

"이번 수행에 충격은 그렇게 없을 거예요."

"알렉 씨의 수행에 충격이 없다고요? 하핫, 농담도 참."

"하지만 이번엔 딱히 절벽에서 뛰어내리거나 콩을 먹거나 던전에서 대량의 몬스터와 쉴 없이 싸우거나, 복부를 관통당해 보거나 하지 않을 테니까요."

"제가 해 온 가혹한 수행을 간단히 정리하지 말아 주셨으면 하는데요."

"그래도 희로애락을 가득 담아 나열하든, 간략하게 나열하든 사실은 변하지 않으니까요……."

"조금 전에도 말했지만 기억이 흐릿해서요. 그리고 충격이 없는 수행 같은 건 상상도 안 되거든요. 이번에 저는 뭘 하게 되는 건가요?"

"2초에 한 번, 반드시 죽지 않는 공격을 받게 될 거예요."

"반드시 죽지 않는 공격?"

"다르게 표현하면 반드시 빈사가 되는 공격이지요."

"그 사실만으로도 충분히 충격적이라서요."

반드시 빈사가 되는 공격이란 무엇일까. 어떤 의미로는 죽음보다 괴로운 건 아닐까.

알렉의 수행은 이렇게, 차라리 죽여 달라는 생각이 드는 케이스도 드물지 않았다.

죽음보다 두려운 수행.

매번 과제를 제시하는 남성은 구김살 없이 웃고 있었다.

"수행은 제2단계에 진입했어요."

"……그러고 보니 그런 느낌이 드네요."

"그래서 수행을 할 때 제가 가상의 적이 됩니다."

"……그러고 보니 그런 느낌도, 드네요."

"기억에 혼란이 있는 모양이니 한번 설명을 해드릴게요. 이번 수행은 '인내력' 훈련이에요."

"'인내력'이요? 수행 중에 인내가 필요하다는 게 오히려 어리둥절한 느낌이 드는데……."

"정확하게 말씀드리면 '지속 전투 능력을 단련하는 수행'이 되겠네요. 자, 당신은 권투사(拳鬪士)시죠?"

"맞아요."

콜리는 양팔을 감싼 건틀릿으로 눈을 돌렸다.

권투사.

말하자면 주먹으로 싸우는 모험가였다.

콜리가 권투사를 고른 건 칼날이 있는 무기나 해머로 싸우는 데에 저항감이 있었던 탓이다.

도검 대장장이가 본업이라는 의식이 있었다.

물론 검이나 창, 도끼를 만드는 건 '전투에 사용하기 위해'라는 걸 이해하고 있었다.

그러나 그것들은 그녀에게 있어 '상품'이었기 때문에 그것을 휘두르는 데에 어느 정도 위화감이 있었다.

"권투사는 알고 계시는 그대로 리치가 짧아요. 몬스터와 지근거리에서 주먹을 주고받는 게 주된 역할이지요. 파티 전투에서는 '방패'에 해당하는 기피 직종이에요."

"그렇군요."

"'방패'에는 두 종류가 있어요. 일반적인 형태로 공격을 당하면서 막는 '방패'와, '회피 방패'예요."

"저기, 방패가 회피하면 의미가 없잖아요. 뒷사람한테 공격이 들어가고 말 거예요."

"음, 개인 전투에서도 콜리 씨는 재빠른 동작으로 몬스터의 공격을 회피하고 틈을 봐서 연속 공격을 때려 넣는 스피드 파이터는 아니지요."

"……맞아요. 얻어맞더라도 버티고 버티면서 강한 일격을 노리는 거북이 타입이라서요."

"남의 떡이 크다고들 하잖아요. 스피드 파이터인 사람 입장에서 본다면 콜리 씨 같은 타입을 부럽다고 생각할 거예요. ……아무튼 일단 본론으로 돌아와서, 그래서 이번에 할 수행은 인내 수행이에요."

"그렇군요. '인내력'이 그런 의미였던 거네요. 물리적인 의미로……."

"네. 드워프 분들은 내구력 성장이 빨라서 파워 파이터에 적성이 있다고 하니까요. ……그렇지만 내구력이 성장한다 해도 공격을 받으면 대미지가 쌓여요."

"……알렉 씨 입으로 그런 말을 들으면 '아니지, 당신은 쌓이지 않잖아요.' 라고 말하고 싶어지거든요."

"그러네요. 그렇지만 콜리 씨는 따지고 보면 대미지가 쌓이는 타입이에요."

"대미지가 쌓이지 않는 타입이 무슨 대형 파벌 중 하나라도 되는 것처럼 말하면 안 되죠. 그 타입은 알렉 씨를 비롯한 '은 여우 여관' 종업원이 전부라고요."

"그런 이유로, 쌓이고 쌓인 대미지를 다루는 방법을 훈련할 거예요."

"……그렇군요."

"그러니 지금부터 2초에 한 번 빈사 상태가 되어 주셔야겠어요."

"말씀은 이해했지만 무슨 말씀을 하셨는지 잘 모르겠다는 점이 무척 알렉 씨답게 느껴지네요."

지금부터 2초에 한 번 빈사 상태가 되어 주셔야겠어요.

제정신인가 싶은 말이었다. 진심을 담아 한 말이라면 발언자의 머리가 이상하다고 할 수밖에.

그 머리를 가진 알렉이 웃었다.

"제가 할 공격은 'HP 최대치의 9할을 반드시 깎아 내는 마법' 이에요."

"그런 걸 구사하는 알렉 씨의 이성이 9할 정도 깎여 있는 느낌이 드는데……. 어, 뭔가요, 그 마법은? 여러모로 영문을 알 수 없는데요."

"'반드시 빈사 상태로 만드는 마법' 이지요. 수행을 위해 만들었어요. 같은 시리즈로는 이것 말고도 '반쯤 죽이기', '6할 죽이기', '7할 죽이기'가 있지요. '완전 죽이기'는 지금 열심히 개발하고 있어요."

"보충 설명으로 한층 더 영문을 알 수 없게 된다는 게 알렉 씨의 나쁜 버릇이지요."

"2초에 한 번, 콜리 씨에게 '9할 죽이기' 마법을 걸겠어요."

"……두 번째에 확실히 죽는 계산이네요."

"그러네요."

"……."

"……."

"……아니, 그건 수행이 아닌 것 같은데요!"

"평범하게 시전한다면 그럴 거예요. 하지만 말씀드린 대로 그래서는 수행이 되지 않아요. 그러니 콜리 씨는 2초 내에 체력을 모두 회복해 주세요."

"네? 그건 대체……."

"빈사 상태에서 2초 안에 회복하시면 돼요."

"본인이 한 말이 부자연스럽다고 생각해 본 적 없어요?"

"없어요."

"저기, 있잖아요. 몬스터의 공격을 받아 빈사 상태의 중상을 입어 걸을 수도, 말할 수도 없는 사람이 있거나 하잖아요."

"네."

"그 사람이 2초 후에 아무 일 없이 벌떡 일어서거나 하면 그건 이상하다는 정도로 끝나지 않을 텐데요. 너무 무섭잖아요!"

"……무서운가요?"

"그 부분에서 이해할 수 없다는 표정을 짓는 게 저로서는 가장 무서운데요."

"아니요. 그래도 생각해 보세요."

"저는 충분히 생각한 끝에 말했는데요."

"수행 중에 빈사의 중상을 입어 걸을 수도, 말할 수도 없는 콜리 씨가 있다고 가정해 봐요."

"그런 일은 가정할 필요도 없이 이미 많았는데요."

"그다음에 죽잖습니까?"

"그러네요."

"다음 순간에는 멀쩡했죠?"

"……그러네요. 세이브했을 테니까요, 아마도."

"대체로 그거랑 비슷해요. 로드로 회복한 만큼의 HP를 자력으로, 마력을 활용해서 회복하면 되는 이야기에요. 평소에 해 왔던 행동이랑 별로 다르지 않은 일이잖아요."

"아니, 저기, 말로 표현하기는 어렵지만 다른데요! 크게 다르잖아요! 감각적으로는 완전히 다른데요!"

"감각이라는 건 정확하지 않아요."

"그렇긴 하네요!"

"제 세계에서는 '낳을 걱정보다 낳는 게 쉽다'는 속담이 있어요. 막상 실제로 해 보면 걱정했던 것보다는 별거 아닌 경우가 많다는 의미예요."

"아니요, 보통은 걱정한 그대로의 상황이 되잖아요! '레벨 80의 던전이구나. 상식적으로 생각하면 갈 수 없겠지만 막상 들여다

보니 의외로 할 수 있을지도?' 라고 말하면서 두 번 다시 돌아오지 않는 모험가도 산더미인데요?!"

"그래도 지금의 당신은 레벨 80 던전이라면 손쉬울 텐데요."

"……."

"목표 레벨은 170이에요. 지금 콜리 씨는 130이지요. 제 계측이기는 하지만요."

"……그건 그러네요."

"처음에는 '레벨 170 던전?! 완전 무리예요!' 라고 말했던 콜리 씨가 느긋하게 수행을 거듭해서 여기까지 왔지요."

"……흉내, 잘 내시네요."

"불가능이라고 생각했던 일이라도 막상 해 보면 의외로 할 만하지 않나요?"

"……."

점점 설득에 넘어가고 있었다.

아니, 오히려 지금까지 대체로 터무니없는 말만 늘어놓았던 것이다. 이번에 또다시 그런 말을 들었다고 해도 그건 평소와 다를 바 없는 일이었다.

알렉의 수행은 매번 이런 식이었다.

그리고 매번, 수행 개시 전에는 버티고 버텨서 결과적으로는 극복해 왔다.

그렇다면 이번에도 할 수 있지 않을까.

콜리는 차츰 그런 생각이 들기 시작했다.

……그래도, 그래. 그렇다면 왜 나는, 선 채로 과거의 꿈을 볼 만

큼 궁지에 몰려 있었던 걸까?

······기억이 불분명하다. 기이한 공포감이 크고 무겁게 가슴을 짓누르고 있었다.

알렉이 웃었다.

"수행을 다시 시작해 볼까요?"

"······그 전에 잠시만요."

"왜 그러시죠? 궁금한 게 있으시면 가능한 대답해 드릴게요."

"아니요, 의문이 아니라······. 조금 전부터 말했지만 저, 기억이 여전히 불분명하거든요."

"네."

"그래서, 저기····· 세이브했던 기억도 없어서요. 이렇게 살아 있고 바로 코앞에 세이브 포인트가 있으니 확실히 세이브했던 것 같긴 해도."

"그렇지요."

"그래서 말인데요, 만약을 위해서····· 다시 한번 세이브해도 될까요?"

각오를 다잡았다 하더라도 '이제부터 죽는다'는 비통한 선고를 들은 참이다.

세이브를 한다는 건 곧 죽음을 의미하는 것.

알렉에게 수행을 받는 사람이라면 누구라도 당연히 알게 되는 것.

그는 웃으며 그 가고를 수락했다.

"네, 그래요. 세이브해 주세요."

"'세이브한다'. ······그럼, 수행 시작이네요."

"네. 아, 그리고 이번 수행을 마치는 조건이 있는데요."

"그것도 다시 한번 알려 주시는 건가요?"

"다섯 번, 제 공격을 버텨 주세요."

"……5회요. 네. 그 정도라면 아슬아슬하게 마력도 버틸 것 같네요. 정말 아슬아슬하지만……."

"그리고."

"……그리고?"

"네. 그리고 제게 반격하세요."

"……."

"견디기만 해서는 상황을 바꿀 수 없어요. 버티면서 상황을 타개해야만 해요."

"……."

"회복에 모든 마력을 소비하지 말고 반격에 필요한 마력을 남겨 주세요."

"……."

"마지막 반격으로 제게 유효타를 먹일 수 없다면 곧장 처음부터 다시 시작할 거예요. 그렇게 되면 높은 확률로 사망하게 되겠죠. 그러니 온 힘을 다해 주세요. 그럼 시작할까요."

"아니, 저기, 역시 좀 더 기다――."

"공격합니다."

미소와 함께 말했다. 말이 끝나기 무섭게 공격이 쏟아졌다.

자비를 찾아볼 수 없는, 찰나의 대기조차 없이―― 알렉의 수행이 시작되었다.

○

충격.

온몸을 두드리는 건 아프지도 않고, 묵직하지도 않은, 그런 충격
이었다.

다만 공격을 받자 몸이 무척 무거웠다. 흡사 생명력 그 자체를 빼
앗긴 것만 같았다. 상처를 입는 것보다 근원적인 부분에 손을 댄
것만 같은—— 아픔보다도 두려움이 큰 충격.

아무래도 그게 알렉이 독자적으로 만든 '9할 죽이기' 라는 마법
인 모양이었다.

"회복하세요."

기이한 허탈감에 놀라고 있자 알렉의 지시가 날아들었다.

그랬다. 회복해야만 한다.

지금 하는 건 '2초 안에 빈사 상태에서 회복하기' 수행이었다.

……따지고 보면 단순히 회복하는 것만으로는 충분하지 않았
다. 2초 만에 멀쩡해져야만 했다.

그러기 위해서는 매번, 매번 집중해서 회복해야—— 그야말로
온 힘을 다해서.

콜리는 배꼽 주위에 마력을 집중했다.

마력을 통한 자기 회복—— 일반적으로 일컫는 '회복 마법' 과
는 조금 달랐다.

엄밀히 따지면 '자기 강화' 로 분류되는 영역이었다.

드워프는 마법을 기피하는 종족으로 알려져 있다. 반면에 자신의 몸이나 장비 강화는 특기였다.

어렵게 표현하자면 '외부 세계에 간섭하는 능력이 약하고 내면을 파악하는 힘이 높다' 고 하는 모양이다. ──뭐, 빈사 상태에서 2초 안에 완전히 회복하라는 요구가 터무니없다는 건 달라지지 않지만.

콜리는 가까스로 해냈다.

몸의 허탈감이 사라졌다. 차오르는 숨을 정돈했다.

회복에는 큰 집중력이 필요했다. 한 차례의 회복만으로도 얼마간 휴식을 하고 싶을 정도의 집중력이 소모되었다.

그러나── 시간은 멈추지 않았다.

알렉은 정확하게 시간을 재서 다음 사이클로 이동했다.

"공격합니다."

선언과 동시에 조금 전과 같은 충격이 다가왔다.

'9할 죽이기'. 가벼운 충격에서는 상상도 못 할, 소리도 없이 생명력을 깎아 내는 공포의 마법.

"회복하세요."

……그러나 집중력은 유지되고 있었다. 콜리는 곧장 체력을 회복했다.

집중만 할 수 있다면 어려운 일은 아닐 것 같기도?

그러한 의문이 여유를 낳았다.

"공격합니다."

세 번째 공격.

콜리는 이미 몸을 덮치는 허탈감에 익숙해지기 시작했다.

생각할 여유가 생겨났다.

그러고 보니 왜 '9할 죽이기' 같은 마법을 만들었을까?

알렉의 마법 제어 능력은 상당한 수준이었다. 평소에는 잘 보여 주지 않지만 목욕탕을 유지하는 걸 보면 분명했다.

다만, 그는 사람의 체력을 'HP'라는 형태의 수치로 확인할 수 있었다.

마음만 먹으면 일부러 '9할 죽이기 마법' 같은 걸 만들어 내지 않더라도 마법 제어 능력과 체력 가시화 능력으로 9할 죽이기가 가능하지 않을까?

"회복하세요."

세 번째 회복.

다른 생각을 하면서도 집중력을 유지할 수 있었다. ──이 수행은 정말로, 의외로 손쉽게 끝날지도 모르겠다.

콜리는 '9할 죽이기'가 만들어지게 된 배경을 고민하기 시작했다.

수행을 위해 만들어 냈다고 그는 말했다. 그렇다면 수행에서만 발생하는 상황과 연관이 있을 것이다. 그렇다면── 떠오르는 가능성이 있었다.

로드를 하더라도 망가진 장비는 돌아오지 않는다.

다시 말해서 불에 타거나 파괴된 갑옷이나 무기, 옷 같은 건 돌아오지 않는다.

그렇게 되면 반복 실패를 전제로 한 수행을 했을 때 어떻게 될까?

수행이 끝날 무렵에는 전라가 되어 버린다.

……뭐, 그가 전라를 의도하지 않았더라도 상식적으로 생각하면 수행하느라 파괴된 장비를 매번 보상해 줄 수는 없을 것이다. 그런 금전적인 배려로 '9할 죽이기'가 탄생하게 됐을지도 모른다. ──콜리는 그런 상상을 했다.

"공격합니다."

네 번째 공격. 이제는 익숙함을 넘어 친근하기까지 한 허탈감.

집중력이 높은 상태를 유지할 수 있었다.

앞으로 2회, 이대로 회복을 하면 수행은 거의 끝난다.

그러나──.

"회복하세요."

네 번째 회복을 요구받을 때 콜리는 위화감을 느꼈다.

회복할 수가 없었다.

집중력은 여전히 높았다. 그러나 조금도 마력을 짜낼 수가 없었다.

──깨달았을 때는 마력 자체가 바닥나 있었다.

너무나도 어리석었다.

빈사 상태에서 온전히 회복한다는 과제에만 온 신경을 집중하고 있었다.

이걸 다섯 번이나 반복해야 하는데.

……체력을 회복하기 위해 마력을 사용한다. 회복량이 많으면 많을수록 필요한 마력도 커진다는 걸 생각하지 못했다.

이를 악물었다.

한계의 한계까지 마력을 쥐어짰다. 그렇게 가까스로 체력을 끌어올릴 수 있었다.

그러나——.

"마력 관리를 의식하지 않았군요. 뭔가 딴생각이라도 하셨나요?"

알렉이 모든 걸 꿰뚫어 본 것처럼 말했다.

……실제로 꿰뚫어 보았을 것이다. 그는 체력과 마찬가지로 마력 총량과 현재 마력량도 들여다볼 수 있으니까.

훤히 알고 있으면서도 그는 자비가 없었다.

가벼운 충격이 콜리의 온몸을 두드렸다.

온몸에서 생명력이 빠져나간다——. 9할 죽이기였다.

더는 여력이 없었다.

체력이 무너진 탓에 몸이 휘청이고 의식이 흐려졌다.

마력이 거의 남아있지 않은 탓인지 호흡도 여의치 않았고 의식이 멀어져 갔다.

다섯 번의 공격을 견뎌 냈다.

그러나 견뎌 냈을 뿐이었다.

반격으로 넘어갈 여력 같은 건 남아있지 않았다.

만약 팔을 휘둘러서 그에게 유효타를 먹일 수 없다면?

처음부터 다시 시작해야 한다. 또다시 9할, 살해당한다. 벌써 9할 살해당한 상태로, 또다시 9할.

그녀를 기다리는 건——죽음이었다.

"지속 전투 능력을 단련하는 수행이라고 말씀드렸을 텐데요. 한

번 한 번 확실히 회복하는 것만으로는 충분하지 않아요. 다섯 번 회복하고 반격을 할 여력이 필요해요."

"자, 잠깐만, 잠깐만요……. 다음 공격을 받으면 확실히 죽을 거예요."

"그렇지요."

"수행 아니에요……? 다음 공격은 이제 살인인 거잖아요……?"

"마력 관리에 의식을 배분하지 않으면서 여유가 생긴 모양이네요."

"……."

"수행은 온 힘을 다하지 않으면 안 돼요. 온 힘을 다해야만 능력치 상승폭도 크고 스킬 숙련치도 올라가게 되죠."

"그래도……!"

"콜리 씨는 지금, 9할의 체력이 줄어들었고 마력도 거의 바닥을 드러내고 있어서 회복할 수 없는 상황이에요. 다음 공격을 받으면 죽을 게 불 보듯 뻔하죠."

"그렇지요?!"

"하지만 포기하기에는 아직 일러요."

"……아니, 아니, 아니, 아니죠!"

"반드시 죽을 상황에서 생각지도 못한 힘을 발휘하게 되는 케이스는 꽤 많습니다. 저도 그걸로 몇 번인가 스승을 놀라게 한 적이 있었지요."

"하지만 평범하게 죽을 때도 적지 않을 텐데요!"

"그러네요. 제가 생각지 못한 힘을 발휘한 케이스는 확률적으로 말하자면 1천 번에 한 번 정도였을까요. 하루에 100번을 죽는다면 열흘에 한 번은 놀라게 했다는 계산이네요."

"1천 번 중의 999번은 말 그대로 죽었다는 뜻 아닌가요!"

"하지만 이번이 당신의 '천 번째' 가 아니라는 보장은 없어요."

"……그건 그렇지만! 그건 그렇지만!"

"그럼 온 힘을 다해 보세요."

"……."

"그렇지 않으면 그저 죽게 될 테니까요."

"아까도 말했지만 그건 그냥 살인이에요!"

"무슨 말씀이세요. 세이브하셨잖아요?"

"하긴 했지만……."

"그렇다면 괜찮아요. 다시 살아날 테니까요. 살아 있는 사람이 살해되었을 리가 없잖아요?"

그가 빙그레 웃었다.

콜리는 생각했다.

왜 과거의 꿈을 꿀 만큼 자신이 궁지에 몰려 있었는지.

되살아나기 때문에 살해되어도 문제가 아니다.

효율이 좋으니 죽을 만큼 하자.

……이론상으로는 올바른 말이었다. 그러나 보통, 머리로는 이해하더라도 마음이 부정하는 행위였다.

그것을 웃으며 실행하는 사람이 눈앞에 닥친 죽음보다도 두려웠다.

그래서 반사적으로 현실 도피해 버렸다는 사실을, 콜리는 죽음의 골짜기 앞에서 떠올렸다.

덤으로.

이번은 '천 번째' 가 아니었다.

○

수행을 마쳤을 때는 날이 밝아 있었다.

……덧붙여 콜리가 '생각지 못한 힘' 을 발휘하는 일은 없었다. 견실하게 죽음을 거듭했다. 그럴 때마다 마력 총량과 회복 효율이 올랐다.

그렇게 괴로운 수행은 막을 내리고, 그녀는 사랑스러운 여관으로 돌아왔다.

'은 여우 여관'.

이 허름한 건물에도 제법 오래 머물게 되었다.

수행은 힘들지만 안락했다. 침대와 목욕탕, 그리고 다른 환경도 섬세하게 갖춰져 있었다.

타인의 마음을 이해하지 못하는 주인이 경영하고 있다는 게 믿기지 않을 정도로, 타인의 마음을 훤히 알고 있는 듯한 서비스가 가득했다.

그중에서도 콜리가 마음에 든 건 목욕탕이었다.

그러나── 오늘 수행이 끝난 건 아침이었다. 목욕탕은 저녁부터 밤까지만 설치된다.

때문에 돌아와서 목욕하는 사치를, 오늘은 맛볼 수 없다고 생각했지만……

"모린 씨가 목욕탕을 준비해 준다고 하네요. 그녀도 아침에 돌아왔으니까요."

알렉이 소식을 전달했다.

즐거운 오산이었다.

콜리는 본래 목욕을 즐겼던 건 아니다──. 장인 공방에서 태어나 자란 그녀에게 '목욕'은 통에 몸을 담그고 뜨거운 물로 몸을 가볍게 씻는 것을 말했다.

좋아하게 될 거리가 없다. 그저 몸의 더러움을 씻어 내는 작업에 지나지 않은 일이었다.

그러나 '은 여우 여관'에서 커다란 목욕탕을 알게 되면서 바뀌었다.

따지고 보면 수행으로 지친 마음을 치유해 주는 건 뭐든지 좋았다. 목욕도, 식사도, 수면도, 이 여관에는 모든 게 있었다.

수행만 없다면 최고의 환경──이라고 생각하는 한편, 수행이 있기에 이 사치스러운 행위가 더욱 감동적으로 느껴진다는 생각이 들었다. 이렇게 사람은 '은 여우 여관' 없이는 살아갈 수 없게 되는 것이다.

적어도, 콜리보다 뒤에 온 로렛타는 이제 용건도 없으면서 집에 돌아가지 않고 줄곧 여관에 머물렀다.

아무튼 지금은 목욕탕이 먼저였다.

'은 여우 여관' 뒤뜰에는 아침임에도 정말로 목욕탕이 준비되어 있었다.

먼저 온 손님이 두 사람 있었다.

모린과 로렛타였다.

모린은 목욕탕 한구석에서 눈을 감고 의식을 집중하고 있었다.

목욕탕 준비는 근래 그녀의 일이 된 듯했다. 때문에 목욕탕에 들어오면 거의 언제나 모린이 한쪽 구석에서 뭔가에 집중하고 있었다.

순백 머리카락과 순백 피부.

눈을 뜨면 좌우로 서로 다른 색의 눈동자가 보일 것이다.

얼굴은 물론이고 몸의 선마저도 아름다웠다. 선이 가늘어 보이는 인상도 있지만 예술품 같은 소녀라고 콜리는 생각했다. 덕분에 목욕탕 한쪽에 있는 그녀의 모습이 조각상처럼 보이기도 했다.

한편, 넓은 목욕탕 안쪽에 자리를 잡은 사람은 로렛타였다.

붉은 머리카락을 가진 인간.

귀족이기 때문인지 몸가짐이 바르다고 해야 할지, 늠름한 구석이 있었다.

그녀도 선이 가늘고 키가 컸다.

바로 며칠 전 콜리보다 연하라는 사실을 알게 되었을 때, 그녀의 어른스러운 용모에 놀라기도 했다.

……그리고 콜리도, 드워프치고는 선이 가는 편이라고 자부하고 있었다.

그러나 아무래도 인간이나 마족과 비교하면 땅딸막하다는 인상을 떨칠 수 없었다.

종족적 특징이라는 건 알고 있었다. 그러나 일반적으로 멋있다거나 미인이라는 평가를 듣는 건 엘프처럼 키가 크고 선이 가는 부류였다.

얼마 전까지 여관에 있었던 엘프, 소피는 '가는' 부분이 애매했다. 정확히 말하자면 어느 한 부분이 매우 풍만해서 친해질 수 있었다.

그래도 이렇게 실제로 선이 가는 사람들을 보고 있으니 나란히 알몸으로 목욕탕에 들어가는 데에 망설임이 생겨났다. ──새삼스럽다는 생각도 들었지만.

"콜리 씨, 왜 그래? 알몸으로 멍하니 있으면 병 걸려."

로렛타가 고개를 갸웃하며 말했다.

좀처럼 다가오지 않는 콜리가 의아했겠지.

콜리는 로렛타의 알몸을 지그시 바라보았다.

"……나도 인간으로 태어났다면 좀 더……."

"……느닷없이 무슨 소리야."

"……아니, 아무것도 아니에요."

어깨를 움츠리며 입꼬리를 일그러뜨렸다.

그러자 로렛타가 그녀의 곁으로 헤엄을 치며 다가왔다.

……그녀만이 아니라 드라이어드인 호 역시 곤란을 겪는 부분이지만, 드워프나 드라이어드처럼 키가 작은 종족에게 이 목욕탕은 살짝 깊었다.

그래서── 잘 생각해 보면 목욕 담당인 모린 씨는 그렇다 쳐도 로렛타도 함께 목욕탕에 들어오는 일은 좀처럼 없었던 것 같았다.

언제나 비슷한 키인 여관 부부의 딸과 같은 시간대에 목욕탕에 들어왔었구나. ——콜리는 그런 생각을 하면서 옆으로 몸을 피했다.

헤엄을 치면서 뭔가를 깨달았는지 로렛타가 말했다.

"미안. 모린 씨한테 목욕물을 좀 얕게 해 달라고 할까?"

"……아니에요, 신경 쓰지 마세요. 그보다 선의에서 나온 제안이 가슴을 찔러서 괴로워서요."

"가슴?"

"……아니, 그렇게 빤히 바라보지 않았으면 싶네요."

"아, 미안하군. 소피 씨가 없는 지금, 당신이 넘버 원이라는 생각에."

"그런 생각은 벌써 '미안' 으로 마무리될 게 아니라는 생각이 드는데요……."

"그렇지. 사과 대신으로는 뭐하지만 내 무릎을 빌려주겠어. 내 무릎에 올라타면 높이도 적당히 맞겠지."

"아니, 아니…… 어른이 되어서 다른 여성분 무릎에 앉는 상황은 좀 그러네요. 더군다나 다 벗고 있는데."

"그렇지만 호 씨는 아무렇지도 않게 내 무릎 위에 앉는데."

"……뭐, 실제 나이는 성인이라지만 그 사람도 드라이어드 기준으로는 아직 어린아이니까요."

"흠, 그것도 그런가. 생각해 보면 언제나 소피 씨의 무릎에 앉아서 몸을 담그던 모습을 보고 외람되게도 '모녀지간인 모양이다.' 라고 생각했을 정도였지."

"그 두 사람은 정말 사이가 좋았지요……."

"왕도에서 종족의 역사를 들고 나오는 것도 어리석은 일이지만 역사적으로 보아도 엘프와 드라이어드는 사이가 좋다고 하니 말이야."

"그런 논리로 말하자면 저희 드워프와 엘프는 사이가 나쁜데요."

"그랬어?"

"따지고 보면 종족 간에 어땠는지는 500년 전 '용사'의 전설 끝에 언급되어 있거든요. 용사 파티 중에 누구와 누가 사이가 좋았는지 그런 거요. 그게 지금 종족 간 관계를 형성하게 되었어요."

"흠…… 그런 역사는 학교에서 배운 느낌이 드는데 크게 관심이 없어서 그런지 기억에 남아있지는 않아."

"학교?"

"흠. 이래 봬도 귀족의 딸이니까 말이다. ……우리 집안은 왕도 안에서 병역(兵役)을 수행하던 귀족이기도 해서 얼마간 여왕 폐하의 근위병을 목표로 했지."

"……투라 씨 같네요."

"뭐, 귀족 집안에서 태어난 여성은 근위병이 되거나 토지를 가진 귀족에게 시집을 가는 게 대부분이니까. 나도 크게 다를 바 없었다는 거지."

"결과적으로 근위병은 되지 못한 거네요."

"교관에게 대들어서 학교를 그만두게 됐거든."

"……의외로 문제아였던 거네요."

"집안이 좀 나쁘다고 해야 할지, 격이 낮다고 해야 할지. 그런 표현은 좋아하지 않지만…… 그런 아이가 동급생 중에 있었는데. 그 아이가 뭘 해도 교관이 '나쁜 본보기' 취급을 하는 데다, 때로는 대놓고 성적을 나쁘게 매기는 걸 알게 되었거든. ……참을 수 없었지."

"아, 그렇군요……. 그건 로렛타 씨다워요."

"정면에서 교관한테 덤벼들었지만 지금 생각해 보면 좀 더 나은 방법이 얼마든지 있었을 텐데 싶어. 뭐, 학교를 그만둔 대신에 평생 함께할 친구가 생겼으니까."

"그 아이는 지금 어떻게 지내나요?"

"근위병이 되기는 했지만 부모님이 아프셔서 그만두고 지금은 영지 경영을 하고 있어. 한 달에 한 번은 편지로 서로 안부를 묻고는 하지. 가끔 왕도에서 만나기도 해."

"사이 좋은 친구네요……. 그런데 근위병이라면 알렉 씨의 수행을 받았겠네요."

"그렇지. 생각해 보면 내가 알았던 '죽지 않는 여관' 소문도, 출처 중 하나는 그 아이였던 것 같아……. 지금은 모호한 기억이지만."

"……소문의 출처, 인가요."

성검을 찾고 있었다.

…… '용사가 사용했던 검' 의 전설은 다양했다. 조사할 것도 없이 전래동화나 역사서 등 다양한 곳에 기록되어 있다. 그렇기에 흥미가 생겼다. 언젠가 자신도 성검을 벼려 보겠노라 마음먹었다.

희미했던 동경이 구체적인 목표가 된 뒤부터 역사를 자세히 조사했다.

그 과정에서—— 언제 성검 소유자가 은 여우 여관에 있다는 정보를 손에 넣었더라?

자료를 읽으면서 알게 된 건 아닌 것 같았다. 들려오는 소문 정도의 기억이었다.

누군가 농담 비슷하게 나눈 이야기를 들었을지도 모른다. 어쩌면 좀 다른, 누군가…… 누군가가 알려 주었다거나.

아무래도 의식이 몽롱했다. 꿈에서 계시를 받았다거나 한 건 아니겠지만……. 그러나 꿈을 꾼 것처럼 명확하지 않은 기억임에는 분명했다.

콜리가 고민에 빠져 있자 로렛타가 걱정스러운 표정으로 그녀를 살폈다.

"콜리 씨? 괜찮아?"

"네? 아, 네, 괜찮아요."

"어지러워?"

"아니요. 아마도 수행이 힘들어서 멍해졌던 게 아닐까요?"

"그렇군. 나도 잠들기 전에는 종종 알렉 씨한테 받았던 수행을 생각하곤 해. 그러면 의식이 멀어지면서 금세 잠들 수 있지."

"저는 그렇게 이용해 본 적은 없는데요."

"불안해서 잠들 수 없는 밤에는 해 보면 좋아."

"덧붙이자면 불안해서 잠들 수 없는 밤에는 뭐가 불안해서 잠들지 못하나요?"

"그건 당연히 내일 하게 될 알렉 씨의 수행이지."

"알렉 씨의 수행이 불안해서 잠들 수 없는 밤에, 알렉 씨의 수행을 생각하면서 잠드는 거네요."

"……좀 이상한가?"

"아, 아니요……. 아무것도, 네, 아무것도, 이상하지 않네요……. 하하하."

콜리는 이상하다고 말하지 못했다.

이상한 구석을 능숙하게 말로 표현할 수 없어서이긴 했다. 그러나 지금 이상하다고 잘라 말한다면 같은 수행을 받았던 동료인 로렛타가 알렉화되고 있다는 걸 인정하는 것 같아서이기도 했다.

사람으로서 순조롭게 무너져 가고 있다.

소중한 동료에게 그런 사실을 들이밀 용기가 콜리에게는 없었다.

그래서 그저 한마디를 건넸다.

"……저기, 로렛타 씨, 슬슬 본가로 돌아가는 게 좋지 않을까요?"

"음……. 맞는 말이지만…… 여기에는 그, 목욕탕이 있으니까."

"심정은 이해하지만 그래도…… 뭐라고 해야 할지, 그, 되돌릴 수 없는 사태가 되기 전에 한 번은 여관을 떠나서 냉정하게 자신을 돌아볼 때가 아닌가 싶네요."

"돌이킬 수 없는 사태? 그건 다시 말해…… 이 목욕탕에 들어오지 않으면 하루가 끝난 기분이 들지 않는, 그런 사태인가?"

"아니요. 그런 아무래도 좋은 일이 아니에요. 좀 더 근본적이고 심각한……."

"……미안하지만 콜리 씨의 말이 잘 이해되지 않는군. 그래도 일단 충고는 깊게 새기지. 확실히 슬슬 집으로 돌아가야겠어. 숙부도 무사히…… 무사히? 체포되어서 형이 결정될 테니까."

"아, 저기, 뭐라고 해야 할지……."

"신경 쓸 일은 아니야. 뭐, 나 자신은 주변에서 주로 동정적인 시선을 받고 있기는 해. 좋든 나쁘든 세간에서 보면 숙부에게 피해를 받은 사람 취급이지."

"……숙부께서 집을 엉망으로 만드셨으니까요."

"그렇지."

"그런 집을 버리고 자신만의 인생을 시작하려는 생각은 없으세요?"

"'나만의 인생' 같은 건 존재하지 않아."

"……."

"내 인생은 영민과 어머니, 집안과 얽힌 모든 선조를 짊어지고 있어. 뭐, 내가 원한 책임이기도 하고 귀족 중에는 그런 게 싫어서 집안을 뛰쳐나온 사람도 있는 모양이지만 나는 짊어질 생각이야."

"……훌륭하세요."

"삶의 방식에 훌륭하고 훌륭하지 않은 건 없어. 그저 나는 그렇게 하겠다고 결정했을 뿐이지. ……말하자면, 어머니에게 배운 '귀족의 삶'을 멋있다고 생각하고 동경할 뿐이야."

"동경……인가요."

"흠. 모험가를 동경하는 사람이 모험가가 되듯이, 귀족을 동경하는 나는 귀족으로 살아갈 거야. 우연히 귀족이 될 수 있는 입장인 게 행운이었던 거지."

"그렇다면 더더욱 빨리 집으로 돌아가는 게 좋을 텐데요."

"그것도 그렇지만 목욕탕이 말이지. 근래 나는 모린 씨를 아내로 맞이하고 싶을 정도야. 매일이라도 모린 씨의 목욕탕에 들어가고 싶어. 나를 위해서 매일 목욕물을 데워 주지 않겠어?"

부글부글, 목욕물에서 거품이 일었다. ······로렛타의 한마디에 모린이 동요한 모양이었다.

로렛타는 쓴웃음을 지었다.

"······반쯤은 농담이야. 모린 씨의 목욕탕은 여왕 폐하도 주에 한 번 이용하시는 모양이니까. 내가 그녀를 독점하면 여왕 폐하께 면목이 없는 일이지."

"반쯤은 진심이네요······."

"흠. 아내로 맞이하는 건 포기하더라도 목적을 달성한 내가 다시 수행을 계속하고 있는 건 이 목욕탕 만들기를 습득하기 위해서이기도 하니까. 나는 마법에 재능이 크게 없어서 앞이 험난하지만······."

"······저라면 목욕탕에 목숨을 걸지는 않아요."

"그렇지만 알렉 씨의 수행이니까. 죽어도 살아날 수 있잖아?"

"로렛타 씨는 한 번 냉정히 자신을 돌아볼 필요가 있어요."

"······내가 이상한 말을 했나?"

"아니요······. 아, 저는 그만 나가야겠네요. 두 분은 느긋하게 쉬세요."

콜리는 도망치듯 목욕탕을 벗어났다.

로렛타가 고개를 갸웃하며 그녀를 배웅했다.

○

목욕과 식사와 수면은 이 여관의 3대 즐거움이었다.

저녁.

목욕을 마치고 잠이 들었던 콜리가 겨우 눈을 떴다.

배가 고팠다.

콜리는 건틀릿을 하지 않은 걸 빼면 밖에 나갈 수 있는 차림으로 1층으로 내려왔다.

목적지는 식당이었다.

넓은 공간에 들어서자 그곳에는 벌써 여관의 손님과 종업원이 모여 있었다.

테이블을 살폈다.

로렛타, 모린, 호가 있었다.

얼마 전까지는 그 안에 소피도 있었다.

또 다른 손님의 모습이 보이지 않았다. 분명 아직도 잠들어 있을 것이다.

테이블의 정원은 네 명이었다. 때문에 한 자리가 비어 있었다.

콜리는 테이블 쪽으로 발을 내디뎠지만…….

"콜리 씨, 잠시 괜찮을까요?"

카운터 내부의 알렉이 그녀를 불렀다.

때문에 방향 전환. 카운터에 앉아 알렉을 올려보았다.

"무슨 일이세요? 수행인가요?"

"그것도 있지만 확인할 게 있어서요. ……아, 그 전에 식사는 어떻게 하시겠어요?"

"……볼륨 있는 녀석으로 부탁해요."

"볼륨 있는 녀석 말인가요? 세이브하시겠어요?"

"죽을 정도로는 필요 없는데요."

"알겠습니다."

알렉이 안쪽으로 사라졌다.

최근 들어 아무렇지도 않게 세이브를 권유하는 느낌이 들었다. ……그 정도로 수행이 진행되었다는 걸까. 어쩌면 농담을 나눌 정도로 콜리를 향한 알렉의 호감도가 오른 건 아닐까?

알렉의 친근함이 나쁜 일은 아니지만…… 가능하면 수행이 막바지에 접어든 거라면 좋겠다고 콜리는 생각했다.

얼마 뒤에 돌아온 알렉은 커다란 그릇을 안고 있었다.

안고 있었다.

덧붙이면 콜리는 안고 있다는 말을, '양팔을 있는 대로 이용해서 그 나름대로 크기와 중량이 있는 물건을 지탱하고 있다'는 의미로 활용하고 있었다.

다시 말해, 알렉이 들고 온 건 그 나름대로 크기와 중량이 있어 보였다.

쿠궁, 카운터 석에 자리 잡은 커다란 대접. 절구 모양에 안쪽이 깊은 그릇에는 수프가 한가득 담겨 있는 모양이었다.

내용물은 산더미처럼 담겨 있었다. ──앉은 콜리가 올려다보아야 할 만큼.

콜리는 입술을 떨며 물었다.

"……저기, 알렉 씨, 이건 뭔가요?"

"이건 채소 곱곱빼기 면 산더미 고기 곱빼기입니다."

"네?"

"채소 곱곱빼기 면 산더미 고기 곱빼기입니다."

"수행하지 않을 때 무슨 뜻인지 모를 말을 하는 건 삼가실 수 없을까요?"

"저희가 제공할 라멘 중 하나로, 무척 볼륨이 있는 요리예요. 저쪽 세계에 있던 음식을 참고로 해서 말하자면 도전 메뉴로 만들어 본 거죠. 시간 안에 다 먹을 수 있다면 무료……같은? 이세계 푸드 파이트 같은 걸 해 볼까 싶어서."

"덧붙일수록 무슨 뜻인지 모르겠는데요."

"그런데, 어때요? 이 양이라면 먹을 수 있을 것 같으신가요?"

"아니요, 저는 조금…… 공방의 젊은 남성이라면 먹을 수도 있을 것 같은데요."

"그렇군요. ……그리고 이 채소 곱곱빼기 면 산더미 고기 곱빼기를 작게 만든 게 이쪽입니다."

좀 전에 봤던 그릇보다 두 배 이상 작은 그릇이 톡 하고 놓였다.

그것도 꽤 많아 보였지만 벌써 감각이 마비되어 있었다.

어떻게 갖고 왔는지 알 수 없는 일이었다.

"그럼 작은 걸 먹을게요. ……아, 그럼 큰 건 어떻게 되나요?"

"제가 먹지요."

"혼자서요?"

"네. 요즘엔 다들 강해져서 저도 HP가 다소 줄어든 감이 있으니 그 정도는 먹을 수 있어요."

"……뭔가 잘 이해가 되지 않지만 알렉 씨가 괜찮다면 말리지는

않아요."

"네. 뭐, 아침에 일어나서 라멘을 먹긴 좀 힘들지도 모르니 다른 메뉴가 좋다면 다른 걸 제공할게요. 다만 모험가는 격렬한 운동을 하는 직업이니까요. 다들 대식가이시기도 하니 팔리지 않을까요?"

"작은 건 괜찮아요. 그런데 할 말이라는 게……."

"아, 먹으면서 들으시면 돼요. 드릴 말씀은 공방과 관련된 부분인데요."

"……공방이요?"

그의 말을 듣고 가장 먼저 떠오르는 건 옛날에 살았던 생가였다. 할아버지와 할아버지의 제자가 여럿 있는 도검 대장장이 공방. 콜리는 그곳에서 태어나 자라고 수행을 했다.

──할아버지는 왜 나를 인정하지 않아?

……여러 사정으로 지금은 공방을 뛰쳐나와 모험가로 살고 있다.

그런 탓에 잠시 생가인 공방 얘기를 꺼내나 싶었지만 알렉은 아무래도 좀 더 보편적인 의미로 공방이라는 말을 꺼낸 듯싶었다.

"콜리 씨의 목적은 성검 수리니까요. 슬슬 소재를 채굴하러 갈수 있을 듯하니 소재를 손에 넣은 뒤에 수리할 때 이용할 공방은 있나 해서요."

"그렇군요. 확실히 공방이 없으면 재료가 있어도 검을 수리할 수 없을 테니까요."

"그래서 사용할 수 있을 법한 공방이 있을까요?"

"……생각해 본 곳은……."

생가가 머리에서 맴돌았다.

그러나 그곳으로 돌아갈 수는 없다. ──성검 수리라는 위업을 달성할 때까지는 돌아가고 싶지 않았다.

"……죄송하네요. 생각해 본 적이 없어요. 이렇다 싶은 곳도 없네요."

"아무래도 모르고 계신 모양이네요."

"무슨 의미인가요?"

"대장장이 신 다비드의 공방 말이에요."

"……아니요, 저기, 그런 걸 안다면 꼭 한번 보고 싶을 정도네요."

"그렇군요. 아무래도 조사가 한쪽에 치우쳐 있었던 건 아닌가요?"

"죄송해요."

"아니요. 콜리 씨는 누군가와 함께 성검을 찾았던 건 아니었지요?"

"네. 정말 저 혼자였어요. '진짜 성검'이라니, 그런 건 당연히 왕궁에만 있을 거라고 생각했거든요. 아니면 돈이 많은 귀족이 갖고 있거나……. 그러니 평범한 사람이 성검을 찾자는 말을 해도 코웃음을 쳤을 거예요."

"그렇군요."

"그런데 그건 왜 물으세요?"

"아니요. 혼잣말이에요. ……아, 그래도 마침 잘됐네요."

"?"

"'진귀한 강철'이 잠든 '푸른 거인의 동굴'에 다비드 공방이 있다나 봐요."

"그게 정말인가요?!"

"네. 뭐, '문헌'에 따르면 말이지요. 실제로 '푸른 거인의 동굴'에 들어갔을 때 제가 그 방을 발견한 적은 없었어요. 어쩌면 던전 마스터의 방에 있을지도 모르지만⋯⋯. 저는 제패하지 않을 던전 마스터와는 접촉하지 않도록 주의하고 있거든요."

"그럼 그곳에 있지 않을까요?"

"문헌대로 존재한다면 확실히 그렇겠지요. 하지만 던전 마스터가 쓰러지지 않았는데 던전 마스터의 방에 공방이 있는 건 좀 이상하죠."

"아무리 다비드가 대장장이 신인 동시에 비할 데 없는 전사였다고 해도 몬스터가 쏟아지는 던전에서 느긋하게 작업을 했을 리는 없겠네요. 공방이 있다면 던전 마스터는 벌써 쓰러졌을 텐데요⋯⋯."

"만약 그렇다면 이상한 일이죠. 몬스터가 있었으니까요."

"있었나요?"

"당신은 이전에 던전에 들어갔던 적이 있지 않나요?"

"⋯⋯그게, 저는 시작하고 세 걸음 만에 죽을 뻔해서 몬스터와 만난 적이 없어서요."

"그러고 보니 그랬네요. 하지만 잘도 세 걸음이나 들어갔어요. 돌아오는 걸 포함하면 그 던전에서 다섯 걸음은 걸은 셈이네요? 당시 당신의 레벨이라면 보통은 죽었을 텐데요."

"아, 운이 좋았으려나요."

"어쨌든 문헌에 따르면 다비드 공방이 있을 법한데 실물을 본 적이 없으니 실제로 존재하지 않았을 경우에 대비해 평범한 공방도 수배하는 게 좋을 것 같네요."

"……덧붙이자면 알렉 씨는 공방 중에 짚이는 곳이 있으신가요?"

"뭐, 몇 군데 갖고 있기는 하지만 도검 대장장이와 연줄은 없으니 형태가 다를 것 같은데요."

"……공방을 몇 군데나 갖고 계시나요?"

"의외로 다방면에 걸쳐 장사하고 있으니까요."

"그래도, 요즘 같은 때에 도검 대장장이 쪽으로는 손대지 않으신 건가요?"

"조만간 손대고 싶기는 해요. 카타나 같은 걸 만들고 싶거든요. 하지만 강철이나 대장간 일을 잘 아는 드워프 중에 연줄이 없어서요. 잠시 알고 지냈던 상대도 인연이 끊어졌고."

"그랬나요?"

"네. 제가 아는 드워프는 공방에 소속되어 있지 않은, 이른바 '떠돌이'인 분들이라. 드워프는 모두 대장간 일을 할 수 있다고 생각하기 쉽지만 기술은 보통 태어난 뒤에 습득하는 법이니까요. 정말 누구에게도 배우지 않고 검을 두드리는 인종은 존재하지 않아요."

"……그러네요."

"콜리 씨도 공방에서 태어나셨지요?"

"……맞아요. 아, 실력은 믿으셔도 괜찮아요. 기술만 따지면 아마 세상 드워프 중에 다섯 손가락 안에 들어갈 테니까요."

"오, 그건 대단하네요."

"……사실은 옛날에 남몰래 만든 검이 권위 있는 상을 받은 적이 있거든요. ……뭐, 그 검은 녹아 버렸지만── 아, 죄송해요. 이런 말을 해 봤자 분위기만 이상해질 텐데요."

"아니요. 신경 쓰이는 얘기이기는 했습니다."

"…… '잘 만든 검'과 '좋은 검'은 달라요. 괜찮아요. 성검은 '좋은 검'으로 만들 테니까요. 염려 놓으세요."

"저는 성검 같은 거보다도 콜리 씨가 걱정이네요."

"……."

"말해 달라고 강요할 수 있는 이야기도 아닌 모양이지만…….아무튼 구체적인 공방 수배는 어떻게 할까요? 제게는 공방이 없지만 부탁할 수 있는 지인이 없는 건 아니에요."

"그런가요?"

"하지만 다른 사람의 공방에서 '좋은 검'을 만들어 낼 수 있을지, 저는 그게 걱정이라. 적응 문제도 있을 테고요. 그래서 콜리씨가 수배하는 게 가장 좋을 거라고 생각한 참이에요."

"……아니요. 부탁드려요. 어디서 하더라도 다르지 않을 테니까요."

"그건 그것대로 대단한 일이에요. 알겠습니다. 다비드 공방이 존재하지 않는다면 제가 수배해 볼게요."

"잘 부탁드려요."

"그럼 오늘 수행 말인데요."

"네?"

너무나도 느닷없는 화제 전환이었다.

마음에 생겨난 희미한 틈을 비집고 들어온 뜻밖의 말에 콜리는 저도 모르게 포크를 떨어트렸다.

　"……수행이라니, 뭔데요?"

　"수행은 다가올 실전에 대비해 자신을 단련하는 일이지요."

　"아니, 아니, 아니, 그게 아니라…… 벌써 저녁인데요?"

　"그렇군요. 잘 주무셨나요?"

　"뭐, 여긴 잠자리가 편해서……."

　"감사합니다."

　"그게 아니라, 지금부터 수행한다고요? 벌써 저녁인데도?"

　"저녁이든, 밤이든, 이른 아침이든, 수행은 계속돼요. 다행히 콜리 씨가 하게 될 수행은 시간과는 상관이 없으니까요."

　"시간이 상관있는 수행도 있나요?"

　"왕궁에 침입할 때는 낮에 수행할 수 없어서 밤에 진행할 때가 있어요."

　"그건 수행이 아니라 범죄 행위 아닌가요? 입만 벙긋해도 바로 교수형에 처할 것 같은데요."

　"그럴지도 모르겠군요. 목을 몇 개나 준비해야 할까요."

　"전혀 웃을 일이 아닌 것 같은데요."

　"살아 있기만 하면 얼마든지 웃을 수 있어요. 제 스승은 죽을 때도 웃고 있었지요."

　"그런 오싹한 이야기를 일상 대화 중에 아무렇지도 않게 뒤섞지 말아 주실래요. 어떻게 반응해야 할지 모르겠거든요."

　"곤란할 때는 웃으면 돼요. 저도 그렇게 하고 있지요."

"당신은 항상 웃고 계신데요……."

"그래서 수행 말인데요."

"오늘은 일어나서 밥을 먹고 목욕탕에 들어가서 마무리하는 멋진 하루가 좋을 것 같아요."

"중간에 수행을 추가하면 더 근사해질 거예요."

"수행이라는 말을 듣기만 해도 죽을 것 같은데요."

"좋아요. 좋은 의지예요."

"더는 대화가 아닌 것 같은데요. 제 말이 당신께는 다른 의미로 전달되고 있지 않나요?"

"죽을 각오를 하는 건 좋은 일이지요. 죽겠다는 각오를 세우면 대부분 뭐든지 할 수 있게 되니까요."

"그런 의미가 아닌데요!"

"뭐, 수행 자체는 그렇게 어렵지 않아요. 어제, 아니 오늘 아침에 해냈던 거랑 비슷한 정도예요."

"아, 그래요. 2초에 한 번 빈사 상태가 된 후에 완전히 회복해서 반격하는 그거네요."

"맞아요. 다만 같은 수행을 해도 도움이 안 되잖아요?"

"도움이 안 된다면 수행은 안 하는 게 나은 게 아닌가요? 이 논리 전개는 제가 생각하기에도 너무나 근사한 것 같은데요."

"아니요. 그 '2초'를 '1초'로 줄일 수 있다면 더욱 근사하잖아요?"

"……아, 그렇군요. 그런 거였어요."

"이해하셨나요?"

"제가 아직 꿈을 꾸고 있는 것 같아요. 이렇게 힘든 현실이 있을 리가 없지 않아요? 1초에 한 번 빈사 상태? 그걸 1초 만에 회복하라고요? 빈사가 뭔지 알고 계신가요? 죽음에 직면해 있다는 의미인데요. 보통은 전치 몇 주에서 몇 개월인데요?!"

"그렇군요. 그 의견은 분명히 접수해 둘게요."

"정말로 이해하신 건가요?"

"그래서 오늘은 '1초에 한 번씩 빈사 상태가 되는 공격을 10회 받고 마지막에 제게 유효타를 먹이는' 수행이에요."

"늘었다, 늘었어! '2초에 한 번씩 5회'가 '1초에 한 번씩 10회'가 되다니 체감적으로 수행 난도가 네 배 높아졌는데요?! 의견을 접수하신 게 아니지 않아요?!"

"접수하고 난 뒤의 카운터 공격 같은 흐름이니까요."

"당신이 카운터를 날리면 보통은 죽을 텐데요!"

"확실히 죽을지도 모르겠네요. 그래서 세이브가 필요하죠."

"……."

"이해하셨나요?"

"저기, 곤란해요. 이제 난도가 제 이해력을 아득하게 뛰어넘어서 어떻게 반응해야 할지를 모르겠는데요."

"곤란할 때는 웃기로 하죠. 저도 그렇게 하고 있으니까요."

"웃을 수 있겠냐! 웃을 수 있을 리가 없잖아요!"

"그럼, 더욱 도움이 되는 정보를 드릴게요."

"'더욱'의 의미를 모르겠는데요!"

"내일은 무려 '0.5초에 한 번씩, 20회'예요."

"……아니, 아니, 그건 무리, 무리잖아요."

"오늘보다 네 배 높은 난도니까 오늘보다 네 배 강해지겠어요."

"……."

"완전 이득!"

알렉이 엄지를 올렸다.

그 손동작이 무슨 뜻인지 잘은 모르겠지만…….

콜리는 아마도 '죽어라'가 아닐까 싶었다.

○

결국, 그날 수행도 아침까지 이어졌다.

"정말 죄송하지만 급한 용건이 생겨서 혼자 돌아가 주세요."

그 말을 남기고 알렉은 자리를 떠났다.

걸어서 떠나는 느낌이었지만 깜짝 놀랄 만한 속도였다.

급한 용건은 뭘까. 언제 그런 용건이 생겼던 건지, 전혀 모르겠는데…….

그런 사정으로 콜리는 홀로 돌아갔다.

현재 위치는 왕도 남쪽의 절벽.

주변의 넓은 범위를 말려들게 하는 것도 아닌 수행이니 여관에서 했어도 상관없을 것 같았다.

그러나 알렉한테는 어떤 이유가 있는지, 수행은 오늘도 절벽 부근에서 이루어졌다.

아무래도 '이 주변이라면 누구도 감시하지 않겠네요.'라는 모양이다. ……감시를 당한다면 위험할 법한 일을 저지르고 있다는 자각이 생기는 걸까?

일단 상대가 알렉이다. 분명 그의 행동에는 콜리가 이해할 수 없는 여러 가지 이유가 있을 것이다.

그런 사정으로 수행이 끝난 아침.

콜리는 홀로 돌아가게 되었다.

"……여기는 왕도에서 남쪽이니까 당연히 남문이 가장 가깝겠지……."

홀로 남문을 통해 돌아가는 데에 거부감이 있었다.

왜냐하면 왕도 남문 부근에는 장인이 많이 모인 '장인 길드 거리'가 펼쳐져 있기 때문이었다.

그곳에는 다양한 장인이 있었다.

가죽, 종이, 돌, 그리고 금속―― 도검 대장장이도 있었다.

게다가 콜리의 생가가 있었다.

알렉과 함께 있다면 지인을 만나더라도 얼버무릴 수 있다.

그러나 혼자라면 지인과 마주쳤을 때 상대가 말을 건넬 위험도가 높았다.

생가를 뛰쳐나온 몸이었다. 적어도 성검을 수리할 때까지 돌아갈 생각은 없었다.

아직 한참 이른 아침이기는 하지만 장인은 벌써 활동을 하고 있을 터였다.

공방에서 일하는 사람만이 아니라 장인을 손님으로 삼는 장작 판매상 중에도 아는 사람이 많았다.

그런 사람과 만나서 '요즘 뭐 해?'라는 질문을 받는다면.

"죽기 살기로 하고 있어요. 성검을 수리하기 위해서……라고 말할 수도 없고 말이야."

다들 눈을 동그랗게 뜰 것이다.

성검을 수리하려 든다고 말하면 웃음을 터트릴 것이다.

적당히 현실을 보라고 말할지도 모른다.

우두머리 장인에게 사과하고 공방에 받아달라고 부탁해 보라거나.

그런 현실적이지만 수긍할 수 없는 충고를 듣게 될 게 분명했다.

우울했다.

왕도 외벽을 우회해서 동문으로 돌아갈까. 그렇지만 몸이 무거워서 조금이라도 빨리 목욕을 마치고 잠들고 싶었다. 동문까지 외벽을 따라 돌기엔 역시 시간이 아깝기도 했고──.

"……뭐, 상관없나. 눈에 띄더라도 전속력으로 달리면 도망칠 수 있겠지."

결국 그렇게 결론을 내렸다.

그리고 왕도 남문을 목표로 삼았다.

얼마간 걷고 있자니 커다란 성벽으로 둘러싸인 거리에 도달했다.

남문. 과거의 기술로 만들어진 성벽에 있는 동서남북, 네 개의 출입문 중 하나.

……당시에 무엇이 이 문을 통과할 거라 생각했을까 싶을 만큼, 기이하게 큰 문이었다.

사람이 걸어서 지나기에는 너무나도 거대했다.

창을 든 군대가 지난다 해도 여전히 높았다.

마차가 달려가더라도 여전히 높았다.

마차를 위로 몇 대 쌓아야 겨우 만든 의미가 있는 높이일 것이다.

오랜 옛날 이렇게까지 큰 문을 만들어 낸 기술은 대단하다. ──
그러나 무의미할 정도로 큰 데에 어떤 의미가 있는진 알 수 없었다.

분명히 건축을 담당했던 장인이 자신의 실력을 자랑하고 싶었을
거라고 콜리는 생각했다.

어느 시대나 그런 인물이 있다.

건축 장인은 어지간히도 무의미하게 높은 건물을 세우고 싶어
한다.

석재 장인은 어지간히도 무의미하게 정교한 조각을 새기고 싶어
한다.

도검 대장장이는── 어지간히도 무의미하게 아름다운 칼날을
만들고 싶어 한다.

장인이라는 이름의 예술가는 세상에 많았다.

그리고 분명, 자신도 그러한 예술가를 동경하는 타입이라고 콜
리는 생각해 왔다.

그런 구석을 나이 든 장인은 이해해 주지 않는다.

세간에서 보기에 무척이나 무의미하게 보인다 해도 본인에게는
가치가 있는 일도 있을 텐데.

그렇게 생각하면서 장인 길드 거리에 도착했다.

주변에는 돌로 만들어진 가옥이 늘어서 있었다. 하나부터 열까
지 입구를 크게 열어 놓은 채였다.

……그리운 향기가 동그란 코를 두드렸다.

장작 판매상이 짐마차에 쌓아 둔 목재의 향기.

도구 상인이 나르는 도구의, 금속과 기름 향기.

강철의 향기.

가마에 자리한 불꽃의 향기.

소리.

맑고 높은 소리.

타닥타닥 타오르는 불꽃의 소리.

상인이 이른 아침부터 자신의 상품을 소리쳐 선전하고 있었다. 그 소리에 이끌린 사람들은 가격을 깎으려고 상품에 트집을 잡았다. 그러나 상인은 당황하거나 하지 않았다. 불평을 늘어놓는 손님의 콧대를 꺾어서 오히려 더 비싼 값에 팔아 보였다.

식당의 떠들썩한 기척. 장인들은 막 일어났다고 해서 아침을 가볍게 먹거나 하지 않는다. 이 주변의 장인을 위한 식당은 어디든 이른 아침부터 수많은 손님으로 붐볐다.

희미한 안개가 감도는 공기 사이로 떠들썩한 거리가 보였다.

……그리웠던 감각에 가슴이 조여드는 것 같았다.

언젠가 반드시 이곳으로 돌아오리라──. 콜리는 그렇게 결심했다.

의견이 맞지 않았던 할아버지가 떠올랐다.

꼼꼼하고 고집 센 장인.

실력 좋은 도검 대장장이.

……말수가 적고 완고하며, 나쁜 의미로도 나이가 느껴지는 성

격을 가진 늙은 드워프.

문득 할아버지는 어떻게 지내고 있는지 궁금했다.

다정했던 기억은 없었다. 그러나 철이 날 무렵부터 줄곧 투박하게 자신을 길러 준 사람이었다.

오랜 세월 만나지 못했다.

아직 돌아갈 생각은 없었지만—— 잠시 얼굴을 보는 정도라면 괜찮을 것이다.

문득 그런 생각이 들었다.

그래서 콜리는 생가인 공방으로 향했다.

콜리가 태어나서 자란 곳은 대로에서 조금 들어간 위치에 있는, 중간 규모의 공방이었다.

제자의 숫자는 콜리가 집을 나왔던 시점에서 세 명 정도. 젊은 남자 드워프가 두 사람 있고 어느덧 30대에 접어든 여성 드워프가 한 명 있었다.

공방 1층은 언제나 넓은 문이 열려 있을 터였다.

별다른 이유가 있어서는 아니고, 그저 종일 불을 다루기에 닫아 둘 수가 없었을 뿐.

그렇기에 이 주변에는 골목을 걷기만 해도 일하는 장인의 모습을 볼 수 있었다.

망치를 휘둘러 불꽃을 피우는 도검 대장장이들.

어린 콜리는 그들의 몸짓 하나하나에 눈을 빛냈다.

……동경했다. 동경했기에 도검 대장장이를 꿈꾸었다.

생가가 대장장이 공방이 아니었더라도 분명 자신은 도검 대장장이를 꿈꿨을 거라고 생각했다.

수많은 장인 중에서 가장 좋아했던 사람이 할아버지였으니까.

말수가 적은 고집쟁이. 그러나 어깨를 드러낸 채 두꺼운 팔로 망치를 휘두르는 모습을 보면 다른 말이 필요하지 않았다.

행위에 몰두하는 광경이 주는 울림──.

콜리는 줄곧 어린 시절부터 그 모습에서 눈을 떼지 못했다.

그 기억이 있는 생가의 공방.

……열려 있을 줄로만 알았던 입구가 닫혀 있었다.

장인들은 한참 전부터 활동을 시작해야 마땅한 시간이었다.

주변에서는 불꽃과 철이 부딪히는 소리가 들려왔다. 강철과 장작 냄새도 났다.

그러나 생가의 공방만이 완전한 침묵에 잠겨 그 어떤 향기도 나지 않았다.

불길한 예감에 가슴이 술렁였다.

콜리는 닫힌 생가의 문을 향해 비틀비틀 다가갔다.

조금만 더 가면 생가의 문에 손이 닿는다. 그런 타이밍에 등 뒤에서 어깨를 꽉 붙들렸다.

콜리는 허둥지둥 돌아보았다.

그러자 그곳에 여성 드워프가 있었다.

……한순간 누구인지 알아볼 수 없었다.

그러나 그녀가 할아버지의 제자 중 하나였던 여성 드워프라는 사실을 깨달았다.

기이할 만큼 늙어서 알아볼 수 없었던 것이다.

콜리는 그 사람을 언니라고 부르고 있었다.

지나치게 오랜만이라 망설였지만 콜리는 마음을 다잡고 그녀를 불렀다.

"어, 언니……. 오, 오랜만이네요……."

"콜리, 대체 어디 있었니."

어째서일까, 언니는 울먹이고 있었다.

콜리는 좋지 않은 예감을 느꼈다.

이대로 아무것도 못 본 셈 치고 돌아가고 싶었지만…….

"무슨 일이 있었나요? 무척, 저기…… 부쩍 나이가 드신 듯한데……."

"입은 살아가지고. ……그래, 그럴지도 모르겠어."

여성은 깊은 한숨을 내쉬었다.

……이상하다. 너무나도 이상했다.

콜리가 잘 아는 언니는 좀 더 호쾌하고 발랄했다.

'여성 장인'이라는 이미지를 한데 뭉쳐 농축한 듯한 여성이었는데.

"콜리, 침착하게 들어 줘."

"왜 그런 말을 해요. 무섭거든요……?"

"줄곧 너를 찾아다녔어. 꼭 말해야겠다고 생각해서. 그런데 좀처럼 찾을 수가 없어서……."

"뭔데요?"

"……한 달 정도 전에 스승님이 쓰러지셨어."

예상 그대로의—— 아니, 예상보다는 훨씬 나았다.

조금 전의 분위기만 보면 죽었다는 말을 듣게 되는 게 아닐까 싶을 정도였으니까.

긴장이 풀어질 정도였다. ……그러나.

"……한 달 전에 쓰러지셨어요? 그럼 지금 공방이 닫힌 건……."

"아직 회복하지 못하셨어. ……심한 고열이라. 자리에서 일어나시는 건 힘드신 모양이야."

"의, 의사는요……?"

"진찰을 받았지만 원인을 알 수 없다고만 해서……."

여성이 말끝을 흐렸다.

그러나 말을 끝맺지 못할 만큼 여린 성품은 아니었다.

지친 기색이 역력한 그녀가 분명하게 말했다.

"각오를 해 두는 게 좋을지도 몰라."

의미는 이해했다.

할아버지는 언제 돌아가셔도 이상하지 않은 상황이고——.

자신은 그런 사실도 몰랐다는 것.

이제 곧 성검을 수리할 수 있는 상황에서, 모든 걸 뒤늦게 알게 된 것이다.

○

"고열, 원인불명, 혼탁한 의식. 흠, 우리 클랜에서 의사를 보낼게요. 대응할 수 있을지도 모르고."

콜리는 서둘러 '은여우 여관'으로 돌아갔다.

할아버지의 상황을 어떻게든 해결할 수 있을 법한 사람은 알렉 말고는 떠오르지 않았다.

……할아버지를 면회할 수는 없었다.

과묵한 고집쟁이. 존재 자체가 강철 같은 사람——. 그런 사람의 약한 모습을 볼 용기가 없었다.

그래서 은 여우 여관 식당에서 알렉에게 상담했고…… 아마도 기대 이상이라고 할 수 있는 대응을 약속받을 수 있었다.

그러나 콜리는 식당의 카운터 너머에 있는 알렉을 향해 다가갔다.

"대응 같은 게 아니라…… 저기, 세이브를 해 주실 수는 없나요? 세이브하고 죽어서 다시 로드한다면 회복하실 수 있지 않을까…… 싶어서."

"세이브 전 3시간 이내에 원인이 있는 신체 손실, 독, 마비 등은 세이브로 해결할 수 있어요. 하지만 시점이 불분명한, 목숨이 위태로운 병마에는 소용이 없었지요. 콜리 씨의 이야기를 들어보면 그 병의 원인은 적어도 한 달도 더 전이니 로드로 해결되지는 않을 거예요."

"……그래도."

"뭐, 병에 걸린 게 세이브를 한 뒤라면 몇 개월 지났어도 로드하면 회복되기는 하지만요. ……본래 그렇게 몇 개월씩 세이브 포인트를 내놓는 것 자체가 드문 일인지라. 다시 말하면 어쩔 도리가 없다는 뜻입니다."

전에도 그런 일이 있었다는 모양이다. …… '어쩔 도리가 없었던' 일이.

알렉의 말을 듣고 쉽게 상상할 수 있었다.

"그래도 어떻게 안 될까요……?"

"그러네요. 불길한 이야기를 좀 해도 될까요?"

"……꼭 들어야 하는 말이라면 괜찮은데요."

"만약 세이브를 한 상태에서 콜리 씨의 할아버지가 돌아가신다고 합시다. 원인은 병이겠네요."

"……정말로 불길한 이야기네요."

"네. 그런 경우에 죽었을 때 자동으로 로드될 테니 생명을 유지시키는 것만은 비슷하게 할 수 있어요."

"……그렇다면."

"저는, 과거에 비슷하게 생명을 유지시켰던 적이 있어요."

"……."

"결과적으로, 죽여 달라는 부탁을 받았었죠."

"……왜, 왜 그러던가요?"

"줄곧 죽음의 계곡에 머물러 있는 거예요. 호흡도 여의치 않은 쇠약한 상태로, 그저 심장이 움직이고 있을 뿐인. 언제나 온몸이 전력으로 달렸을 때처럼 괴로운 상황에서 언제까지고 되살아나고 죽기를 반복하는 꼴이 되었지요."

"……."

"병으로 죽음에 직면하게 된 사람은 로드를 하더라도 줄곧 괴로운 상황에 놓이게 돼요. ……건강할 때의 최대 HP까지 회복되거나 하지는 않았던 거죠."

"……그랬, 군요."

"그렇더라도 당신의 할아버지는 영원히 괴롭더라도 살고 싶다고 생각할 만큼, 생에 집착하시는 분이신가요?"

"그건…… 그렇지 않을 것 같아요. 오히려 말없이 죽음을 받아들일 분이라고 생각해요."

"그렇다면 세이브를 통해 생명을 유지하는 건 권하지 않겠어요. 그리고 초조해할 필요는 없을 거예요."

"그건 무슨 뜻이에요?"

"그 병은 마음이 강하다면 나을 거예요."

"……또, 마음이 놓이는 듯도 아닌 듯도 한 말을……."

"실제로 진찰을 한 건 아니니 확정적으로 말할 수는 없지만요. 그래도 그 병은 분명히 제 클랜에서 오랜 세월 연구한 병과 같을 가능성이 높아 보이네요."

"왜 그런 특정한 병을 연구하신 건가요?"

"제 친아버지가 아무래도 그 병으로 돌아가신 것 같아서요."

"그랬군요."

"네. 뭐, 친아버지가 왜 돌아가셨는지 같은 이유보다 친어머니가 계산 밖이라고 딱 잘라 말했던 걸 연구하려는 측면이 더 크다고 해야 할까요. 그 사람이 뭘 예측하지 못한 건지, 예측할 수 있지 않을까 싶어서 조사했다는 느낌이지요……."

"어쩐지 잘은 모르겠네요……."

"……이건 제 개인 사정이니까요. 제가 드리고 싶은 말은 제 친아버지와 같은 병이라고 한다면 세이브하지 않아도 얼마간은 괜찮다는 뜻입니다."

"……."

"근본적인 원인을 모르는 이상 마비 치유를 할지, 독 치유를 해야 할지 대응이 어려우니 일단은 조사 결과를 기다려야 할 거예요."

"……그렇군요."

"뭐, 영양 보충이나 다른 부분에 대한 서포트는 맡겨 주세요. 남은 건 본인 마음의 문제네요."

"……저희 할아버지는 마음이 강한 사람이에요. 굉장히 단단한 강철 같은 사람이에요."

"단단하기만 한 강철은 부서지기 쉽다고들 하잖아요."

"알렉 씨는 격려하고 싶은 건지 풀 죽게 하고 싶은 건지 모르겠네요."

콜리가 힘없이 웃었다.

얼마 지나지 않아 끝내 참지 못하고 혼잣말처럼 입을 열었다.

"……할아버지가 저러시는 이유 중 하나는 제가 아닐까 싶네요."

"호오?"

"말없이 공방을 뛰쳐나왔으니까요. ……일단은 전 손녀고. 그일이 아무렇지도 않았을 거라고 생각하긴 싫달까……. 그런 일로 병을 앓을 만한 할아버지는 아니라고 생각하고 싶지만요."

"그렇군요."

"……제 부모님은 이른 나이에 돌아가시고 철이 날 무렵부터 할아버지가 줄곧 부모님을 대신해서…… 멋진 도검 대장장이였어요. 과묵하고 고집만 센 늙은이였지만 실력 하나는 일류였어요."

"오래된 장인이라는 인상이네요."

"정말 그래요. ……그치만, 진짜 사고방식이 낡았다고요, 정말로. '검을 두드리는 중에 다른 생각하지 마.' 라거나 '사념이 있으면 도신에 얼룩이 생긴다.' 면서. 그야말로 미신 아니에요? 정말, 못 말려……."

"무슨 말씀을 하고 싶으신지 알 것 같네요. 전 콜리 씨보다도 사고방식이 낡았으니까."

"……제가 두드렸던 최고의 검을, 할아버지가 녹여 버리셨어요."

"……."

"기술의 한계에 도전하는 게 왜 나쁜가요? 저는 제가 할 수 있는 걸 해 보고 싶었어요. 내 재능을 인정하게 만들어 주겠다는 마음은, 확실히 순수하지 않을지도 몰라요. 그래도, 아무리 그래도 녹이기까지 하면서 부정할 필요는 없지 않았나요?"

"……그럴지도 모르겠군요."

"그래서 저는 성검을 수리하고 싶어요. 저는 잡생각 덩어리일지도 모르지만 그렇더라도 대장장이 신 다비드와 견줄 만하다고……. 할아버지가 '잡생각' 이라고 부르는 마음도, 경지에 이르면 분명 근사할 수 있다고, 성검으로 증명하고 싶어요."

"……."

"그리고 성검이라면 녹이지는 않을 거라는 계산도 있지만 말이에요. 물리적으로 불가능하다고 해야 할지……."

"확실히, 전승이 옳다면 평범한 방법으로는 부술 수 없을 테니까."

"하지만 할아버지가 돌아가시면 저는 뭘 위해서 성검을 수리하는지 알 수가 없어져요. 이대로라면 저는 평생 할아버지에게 인정받지 못한 채로……."

"그렇군요. 이해했습니다."

"……뭘 말인가요?"

"당신의 진짜 목적과 지금 해야 할 일이 뭔지 알았어요."

알렉이 앞치마를 벗고 카운터에 올려놓았다.

뒤이어 카운터에서 나와 콜리 옆으로 다가왔다.

"가 볼까요."

"……어디로 말인가요? 할아버지한테 가더라도 제가 할 수 있는 건 아무 것도……."

"그렇지요. 그러니 '진귀한 강철'을 수집하러 가 볼까요."

"……네?"

"콜리 씨의 할아버지에게 성검을 보여드려야지요. 그러면 분명 건강하게 벌떡 일어나실 거예요."

"세상일은 그렇게 간단하지 않아요."

"그렇지요. 하지만 젊은 나이에 그렇게 비관적일 필요는 없어요."

"아니, 아니…… 그건, 제가 단련한 성검이 놀랄 만큼 완성도가 있어서 할아버지의 병이 낫는다면 말할 것도 없는 일이지만……."

"당신의 시점에서 볼 때 그런 기적이 벌어질 수도 있겠지요."

"……."

"그런 결과가 나올 수 있도록 저나 다른 사람이, 보이지 않는 곳에서 기적을 연출할 테니까요."

"아니, 아니……. 그걸 말해 버리면 의미가 없는 게 아닌가요?"

"그래도 말하지 않으면 믿지 않을 거잖아요? 그리고 일단 쓸데 없는 소리를 덧붙이는 게 제 나쁜 버릇이기도 하고요. 당신의 성 검이 기적을 일으키기 직전까지는 저와 제 클랜이 연출을 맡을게 요. 당신이 최고의 성검을 할아버지께 보여드릴 수 있도록요."

"……."

"반대로 말하자면 저희가 할 수 있는 건 기적의 직전까지예요. 마지막 한 수는 당신만이 놓을 수 있어요."

"……왜, 그렇게까지 해 주시는 거예요?"

"음…… '그렇게까지'라는 말을 들을 만큼 대단한 일은 하지 않 았지만…… 굳이 말하자면 보다 나은 세계를 위해서……일까요?"

"또 의미를 알 수 없는 말을……."

"누군가 죽어야만 행복해지는 세상은 싫거든요."

"그건, 그러네요."

"누군가 죽어 또 다른 사람이 불행해지는 세계는 더 싫고요."

"……그것도 그러네요."

"그래서 저는 아무도 죽지 않고 모두가 행복해지는 세계를 목표 로 하고 있어요. 굳이 이유라고 한다면 그 정도겠네요."

영문을 알 수 없었다.

그러나 하나는 알 수 있었다.

"……어쩐지 전에 모린 씨한테 들었을 때는 설마 싶었는데."

"네?"

"알렉 씨, 근본적으로는 '좋은 사람' 이네요."

"그건 과연 어떨까요? 보는 각도에 따라 다르지 않을까요?"

알렉이 영문을 알 수 없는 말을 하면서 웃었다.

콜리도—— 그제야 웃을 수 있었다.

○

'푸른 거인의 동굴' 은 왕도에서 북쪽으로 얼마간 올라간 곳에 위치해 있었다.

험난한 산맥 중턱이었다.

평범한 사람이라면 실제적인 거리 때문이 아니라, 험난한 길 때문에 몇 주는 걸렸으리라.

이전에 콜리가 왔을 때는 왕복하는 데에만 일주일이 걸렸다.

지금은 편도로 대강 하루 정도면 충분했다.

……중간에 수면과 휴식을 포함해서 하루이니 단순히 걷는 것만 따지면 반나절 조금 더 걸린 것이다.

험난한 산을 넘었다.

시간은 출발 때부터 꼬박 하루가 지나 벌써 다음 날 아침이 되어 있었다.

안개가 낀 산속. 뛸 듯이 가볍게 나아가는 알렉을 가까스로 따라갔다.

그러자 문득 풍경이 드러났다.

눈앞에 나타난 풍경은 푸른빛으로 가득했다.

한순간 호수라도 나타났나 싶었지만── 콜리는 금방 이곳에 왔던 기억을 떠올렸다.

그것은 푸른 광물로 만들어진 거대한 동굴이었다.

아침 햇살을 받아 빛나는 아름다운 던전.

그러나 그 아름다움에 이끌려 한걸음이라도 안으로 발을 딛게 되면 커다란 일이 벌어진다.

"이 던전은 천장, 벽, 바닥이 모두 '닿으면 찢겨나가는' 소재로 만들어져 있어요."

첫걸음에 신발 바닥에 깊은 금이 생겨났다.

두 걸음 나아가면 양쪽 신발이 엉망이 되었다.

세 걸음을 내딛으려 하면 신발이 쩌적 소리를 내며 발에서 떨어지게 되고, 사태를 파악하게 된다.

발을 내디딜 수가 없게 된다.

건틀릿으로 감싼 팔을 벽에 댄다.

그러자 금속으로 만들어진 튼튼한 건틀릿에까지 깊은 균열이 생겨난다.

깜짝 놀라 미끄러질 뻔하다 오싹함을 느낀다.

만약 이 동굴에서 미끄러진다면── 주르륵 미끄러져 동굴의 깊은 곳까지 떨어진다면 갈기갈기 찢겨나갈 것이다. ……몸은 다진 고기가 되리라.

아름다운 풍경과는 반대로 던전 그 자체가 두려운 살상 능력을 갖고 있었다.

이름하여──.

"……'푸른 거인의 동굴'. ……제가 여기 온 건 두 번째네요."

"그렇군요. 저도 그래요. 처음에 안쪽까지 갔을 때는 특별히 찾아낸 건 없었지요."

"저는 첫 번째 때 세 걸음 만에 죽을 뻔했기 때문에 아무것도 찾아낼 수 없었네요."

"드워프의 후각이라면 '진귀한 강철'을 발견할 수 있을지도 몰라요. 혹시 입구 부근에 성검에 사용할 수 있는 광석이 있을까요?"

"알렉 씨가 가진 성검과 같은 소재의 광석은 없었네요. 아마도 안쪽에…… 그리고 대장장이 신 다비드 공방도요."

"몬스터에 주의해 주세요."

"……그거 말인데요, 정말로 몬스터 같은 게 있나요?"

"있었어요. '푸른 거인'이 말이죠. ……애초에 '푸른 거인의 동굴'이라는 이름은 용사 관련 문헌에서 따왔으니까요. 그 시절부터 있었던 몬스터가 아닐까 싶은데요."

"그럼 용사와 다비드가 이 던전에 들어왔던 거네요? 그리고 공방까지 만들었다면 던전 마스터를 해치웠을 텐데요."

"뭐, 그 부분은 입구에서 의논하는 거보다 내부에 들어가서 확인해 볼까요. 그 몬스터는 옛 용사라도 절대로 무찌르지 못했을 테니까요."

"그게 무슨 뜻인가요?"

"실제로 만나게 되면 소개할게요."

"그런 식으로 친구 소개라도 소개하는 것 마냥…… 응? 뭔가 지금 이상한 말을 하셨네요?"

"……뭐가 말이죠?"

"아니, 지금 만나게 되면 소개하겠다고."

"흠? 몬스터를 의인화해서 표현하는 게 마음에 들지 않는다, 그런 뜻인가요?"

"그런 건 아무래도 좋지만…… 몬스터는 던전 안에 있겠네요?"

"그렇지요."

"던전 안에서 몬스터와 만났을 때 알렉 씨가 제게 소개하시는 건가요?"

"그렇게 되지요."

"다시 말해서 알렉 씨가 던전 내부까지 함께 가시나요?"

"그렇게 되지요."

"……던전에는 함께 들어가지 않는 방침 아니었나요? 아니면 저희 할아버지가 위태로워서 서비스를 해 주시는 건가요?"

"아니요. 가능한 한 숙박객 개인의 목표를 달성할 때 손을 빌려 드리지 않는 방침이거든요. 그 부분은 여전히 변함이 없어요. 사정이 있는 건 모두 마찬가지니까요."

"……그렇다면 왜 따라오시는 건가요?"

"첫 번째는 당신의 목표가 '던전 제패'가 아니라 '성검 수리'이기 때문이에요."

"아, 네."

"또 다른 이유는 여기서 등장하는 몬스터죠. 조금 전 제가 말씀드린 여관의 방침에 비춰 보자면 '가능한 한'이라는 부분이 되겠네요. 불가능한 일은 시키지 않는다는 거죠."

"또, 영문을 모를 말씀을……."

"아, 세이브 포인트는 제대로 던전 밖에 설치할게요. 이런 곳이니 지켜볼 필요도 없겠지요. 만약 누군가 다가오더라도 로드해서 확인하면 되는 일이고."

어쨌건 알렉이 던전 내부까지 동행하는 모양이다.

직접 손을 빌려주지 않을지도 모른다. 그러나 든든하다는 사실은 변함이 없었다.

앞으로 절망적인 던전에 도전하게 되겠지만 콜리는 어쩐지 마음이 가벼워졌다.

한편, 알렉은 평소와 다르지 않은 말을 늘어놓았다.

"영문을 모르겠다는 말이 나온 김에 이 던전을 어떻게 돌파하는지 설명하는 게 좋겠네요."

"돌파요?"

"자, 이 던전은 닿으면 찢겨 나가잖아요?"

"네……."

"뭐, 온몸에 마력을 흘려보내서 장비와 몸을 강화해서 나아가면 그만이지만요."

"……그러네요. 그렇지 않을까 싶었네요."

"그러려고 마력을 효율적으로 운용하는 수행을 무척 많이 했으니까요. 아직 수행을 마지막까지 마치지 못해서 좀 불안하기는 하지만요."

"……죄송해요. 절 위해서."

"이번에 서두르자고 제안을 한 건 저였으니까요."

"그건 그렇지만요."

"……그건 그렇고 광물 그 자체에 '절단' 현상을 일으키는 마법이 숨겨져 있는 모양이네요. 밟거나 손을 대거나 하면 자극에 반응해서 마법이 발동하는……."

"자극으로 마법이 발동하는 부분은 평범한 마석과 같네요."

"네. 그렇지만 천연적으로 조금만 자극해도 금속마저 찢겨나갈 정도라는 건 무척 가치가 높아요……. 일단 채굴하는 것도 목숨을 걸어야 하는 데다가 이곳까지 오는 것만도 어지간히 힘든 일이고, 그 위치조차 용사와 관련된 문헌으로만 추측할 수 있으니 지금껏 손을 대는 사람이 없었던 모양이지만."

"발견된 적이 없어서 다행이네요. ……성검의 소재는 이 마석보다도 좀 더 좋은 물건인 모양이니까요."

"발견되었던 것 같기는 해요. 안쪽에 그럴듯해 보이는 게 몇 개 굴러다니고 있었으니까요."

"그럴듯해 보이는 거요?"

"백골이요."

"……그, 그랬군요."

"일단 '백골처럼 보이는 무언가'라고 말하는 게 좋겠네요. 안쪽까지 탐색했다가 죽은 게 아니라 미끄러지면서 안쪽으로 들어가고 말았다, 그런 느낌이었지요."

"……으아."

"사인을 분석하기 위해서 우선은 미끄러져 볼……."

"저기! ……사인 같은 걸 분석하는 건 그만두지 않을래요?"

"……? 하지만 사인을 밝히는 건 어떻게 하면 죽는지를 이해하는 거예요. 죽지 않으려면 죽음을 관찰할 필요가 있어요."

"그건 그렇지만……."

"일단 설명이 필요 없다고 하신다면 그만둘까요. 어차피 죽어 보면 알게 될 테니까요."

그가 손을 옆으로 내밀었다.

그러자 그의 손바닥이 향한 방향에 신비로운 구체가 나타났다.

희미하게 빛을 내는, 인간 머리 크기의 부유 물체.

세이브 포인트였다.

"세이브해 주세요."

"'세이브한다', 네요."

"저도 '세이브하겠습니다'."

"……알렉 씨만큼 강해져도 역시 세이브하지 않고 고레벨 던전에 들어가는 건 두려운 모양이네요."

"그건 두렵지요. 무슨 일이 벌어질지 모르는 일이니까요."

"의외네요. 알렉 씨 안에 공포 같은 감정이 있다니요."

"공포를 모른다면 사람한테 공포를 맛보여 줄 수 없으니까요."

"……."

"아픔을 모른다면 사람한테 아픔을 맛보여 줄 수가 없지요."

"……아픔도 아시나요? 알렉 씨 정도의 인내력이 있는데도."

"옛날에 조금 경험했죠. 뭐, 이 세계에 있는 아픔이라는 아픔은 대강 경험했다고 생각해요."

"……어쩌다가 그런 경력을 갖게 되셨나요?"

"교섭술 수행에서 잠깐요."

"……교섭? 교섭술에서 이 세계에 있는 온갖 고통을요?"

"그래요. 이 이야기는 다음에 기회가 있다면 해드리죠. 지금은 한시라도 빨리 '진귀한 강철'을 수집해 볼까요."

"……그러네요. 일단 이야기를 해 볼 기회는 평생 없을 것 같은 느낌인데요."

"살아 있다면 온갖 기회가 생겨나요. ……자, 콜리 씨의 할아버지를 살리기 위해서 모험을 시작해 볼까요."

알렉의 격려 속에서 콜리는 던전 안으로 나아가기 시작했다.

'진귀한 강철'을 손에 넣기 위해서.

──성검의 자취를 좇아서.

○

'푸른 거인의 동굴'은 지하 깊은 곳으로 이어지며, 무척 경사가 큰 내리막길로 이루어진 터널이었다.

천장, 바닥, 벽면은 푸른 광물로 덮여 있었고, 희미하게 빛을 내는 덕분에 밝았다.

이 광물이 무척 미끄러웠다.

던전 그 자체가 경사가 제법 큰 내리막길 구조인 덕분에 일단 미끄러지면 좀처럼 멈출 수가 없었다.

더군다나 이 던전의 천장, 벽, 바닥에는 충격을 받으면 마법으로 찢겨 버리는 장치가 있었다. 조금이라도 발이 미끄러진다면 온몸이 너덜너덜해질 것이다.

실제로 이 방법으로 사망한 걸로 보이는 사체, 정확하게 말하면 뼛조각도 안쪽에서 확인되었다고 한다.

신중에 신중을 더해서 시간을 들여 안쪽으로 나아가야겠다고, 콜리는 생각했다.

그때 알렉이 제안한, 이 던전을 나아가는 방법은━━.

"당연히 미끄러져서 내려가는 거죠."

"그렇게 나올 줄 알았네요!"

"시간이 없으니까요. 그럼 가 볼까요?"

아니나 다를까, 미끄러져 내려가는 것이었다.

장비와 몸에 마력을 집중한다.

드워프는 마법에 재능이 없다. 그 대신이라고 하기에는 뭐하지만 자기 강화에 능했다. 건틀릿이나 옷은 물론이고 배낭처럼 등에 짊어진 짐 정도라면 빈틈없이 강화할 수 있었다.

효율적인 마력 운용은 수행을 통해 확실하게 몸에 익혔다.

마력 총량도 올라 있었다.

덕분에 가능한 작은 마력으로 최대한 육체와 장비를 강화할 수 있었다.

……거기까지는 좋았지만.

'충격을 주면 찢기는 던전 내벽' 말고도 문제가 있었다.

던전 안으로 미끄러지는 동안 종종 보이는 굴곡 때문에 발을 박차면서 콜리가 소리쳤다.

"저기! 알렉 씨!"

"왜 그러시죠?"

"속도가 굉장한데요!"

"롤러코스터 같아서 좋은데요. 아니, 워터슬라이드에 가까울까요?"

"또 영문 모를 소리를……! 이거 어떻게 멈추는 건가요?!"

"정면을 봐 주세요."

"풍압 때문에 눈을 뜰 수가 없는데요!"

"그럼 설명해 드릴게요. 정면 방향, 좀 더 앞으로 가면 벽이에요."

"네?!"

"벽입니다. 정확하게 말하면 안쪽에 던전 마스터가 있을 성싶은 문이지요."

"부딪히지 않을까요?!"

"충격 방어 자세를 취하세요."

"배운 적이 없는데요!"

"어라."

"'어라'?!"

"가르쳐드린 적 없는 건 어쩔 수 없네요."

"그렇게 나오시기에요?!"

"이제 보이네요."

알렉이 느긋하게 손가락질을 했다.

콜리는 힘겹게 풍압을 이겨내며 가까스로 한쪽 눈을 떴다.

시선 끝에 손잡이가 달린 문이 있었다.

던전과 같이 푸른 광물로 덮여 있었다. 다만, 손잡이만이 인공적으로 붙어 있는 듯, 황금색으로 빛났다.

……던전 마스터의 방을 봤던 경험은 제법 있었다.

그러나 '방'이라고 해도 문이 없는 공간일 때가 대부분이었다.

저렇게까지 인공적이면 역시 안쪽에는 다비드 공방이 있지 않을까 하는 의심이 강해졌다.

알렉이 말했던 '몬스터'도, 지금껏 나타나지 않았고——.

그렇게 생각하는 사이에 어느덧—— 문이 코앞이었다.

벽 안쪽에서 뭔가 굵고 긴 물체가 휙 뻗어져 나왔다.

굵기는 인간 성인 남성의 몸통 정도에 길이도 인간 성인 남성의 키 정도였다.

색은 던전 내벽과 마찬가지로 반짝이는 푸른색. 형태는—— 갑옷의 팔 부위처럼 보였다.

"아, 소개할게요. 저게 던전에 나타나는 몬스터예요."

"아니, 아니, 아니, 아니! 저희가 미끄러져 들어오는 걸 완전히 기다리고 있었는데요?!"

"그만 멈출까요? 충격 방어 자세를 취해 주세요."

"배운 적이 없다고——."

말이 채 끝나기도 전에 알렉이 콜리를 품에 안고 점프했다.

허공을 박차는 기세 덕에, 미끄러지던 속도가 잦아들었다.

콜리를 양팔로 붙든 채로 알렉이 착지했다. 소리는 물론이거니와 이렇다 할 충격도 없었다.

알렉이 웃었다. 그는 안아 든 콜리를 내려다보았다.

"그 자세예요."

"아, 네에?!"

"몸을 동그랗게 말고 배꼽 주변을 보는 그 자세가 충격 방지 자세예요. 그리고 양팔로 뒤통수를 감싸면 완벽하죠."

"그, 그렇군요……."

"내려드릴게요. 발밑을 조심하세요."

천천히 지면에 내려섰다.

오싹한 속도로 미끄러졌던 탓인지 아니면 느닷없이 멈춘 탓인지 콜리는 이상하게 가슴이 빠르게 뛰는 걸 느꼈다.

반사적으로 바닥을 살폈다. ……자신이 무척 동요했다는 실감이 들었다.

그런 중에도 마력을 이용한 신체 강화를 유지할 수 있는 건 수행 덕분일까.

콜리가 알렉을 불렀다.

"콜리 씨, 정면을 봐 주세요."

"자, 잠깐 기다려 주세요."

"저는 기다릴 수 있지만 저쪽에 계신 분은 더는 못 기다리실 것 같은데요."

"저쪽에 계신 분?"

"이 던전의 몬스터인 '푸른 거인'이에요."

콜리가 허둥지둥 고개를 들었다.

그러자 그곳에는 조금 전까지 팔밖에 없었을 터인 거인이 온몸을 드러내고 있었다.

크다.

키는 알렉의 두 배정도.

덩치는 알렉의 세 배는 될까.

그렇게 넓지 않은 동굴의 벽을 한가득, 빈틈없이 채우고 있는 것처럼 보였다.

움직일 여유가 있기는 했다. 좌우로 아슬아슬하게 사람 한 명이 지나칠 정도는 될까.

위아래로는 조금도 틈이 없었다. 다리가 짧은 형태였기에 그 사이로 지나가기에는 영 어려워 보였다.

그 '푸른 거인'이 발소리를 크게 내면서 콜리와 알렉을 향해 다가왔다.

"알렉 씨! 어째선지 이쪽으로 오고 있는데요?!"

"그렇군요. 아무래도 뒤에 있는 문을 지키려는 모양이에요. 문에 다가가는 사람을 모두 적으로 간주하고 배제할 생각인 것 같아요."

"느긋하게 해설할 때가 아니지 않아요?!"

"그래도 생각해 보세요. 던전 안에 있는 몬스터가 던전에 침입한 모험가를 습격하는 건 당연한 일이잖아요. 당황할 이유는 아니잖아요."

"그건 그렇지만!"

"그럼 지금부터의 예정을 말씀드릴게요……."

"느긋하게 말씀하실 때가 아닌데요!"

"아, 공격할 작정인 것 같네요. 피하면서 이야기를 해 볼까요?"

"해치운 다음이 아니라요?!"

"아, 그건 곤란해서요."

"곤란요?!"

'푸른 거인' 이 팔을 휘둘렀다.

그 일격은 콜리에게도, 알렉에게도 명중하지 않았지만—— 동굴 벽을 내리쳤다.

그 결과 벌어진 일은 참혹하다는 말밖에 나오지 않는 현상이었다.

팔을 휘두르는 동작의 위력을 보여주는 오싹한 진동.

그리고 그 충격으로 던전 구성 광물에 숨겨진 '절단' 현상이 중첩적으로 발동했다.

콜리는 자신의 몸을 지키는 마력이 깜짝 놀랄 기세로 깎여 나가는 걸 인식했다.

거인은—— 특별히 대미지를 받은 기색도 없었다.

……끔찍한 공간이다. 자신은 거인의 공격을 피하든 피하지 못하든 간에 조각나게 생겼는데 거인은 아무리 거칠게 움직여도 피해를 받지 않는다.

상황은 절망적이었으나—— 그럼에도 알렉은 웃고 있었다.

"설명해도 될까요?"

"……이제, 뭐든, 그냥…… 아, 네!"

"그럼 설명할게요. 이전에 왔을 적에 이 몬스터와 일전을 나눴지만 아무래도 녀석은 HP가 줄어들지 않는 모양이에요."

"그렇다면?"

"이길 수 없어요."

"……이길 수 없다니……."

"저 역시 해치울 수 없다는 의미가 되겠죠. 덧붙여 말씀드리면 저보다 강한 사람이 있더라도 역시 해치울 수 없어요. 신의 룰, 세계의 법칙, 뭐라고 부르든 상관없지만, 어쨌든 저 녀석은 HP가 줄어들지 않아요."

"그런 몬스터가 있나요?"

"정면을 봐 주세요. 저쪽에 있는 게 '그런 몬스터' 예요."

"그런 뜻이 아니라요! 알렉 씨, 일부러 그러시는 거예요?!"

"네?"

"……아니요, 이제, 그냥, 아무, 아무것도 아니에요…… 그보다 절대로 해치울 수 없는 몬스터를 눈앞에 두고 왜 그렇게 느긋할 수 있는 거예요?!"

"오늘 콜리 씨는 특히 활기차네요. 역시 목적이 눈앞에 있으니 의욕이 샘솟는 모양이에요."

"다음에도 말을 돌리면 그 입술을 용접해 버리겠어요!"

"용접이라. 그것도 제법 아프긴 하죠."

"본론! 본론을 말씀해 주세요!"

"그럼 일반적인 방법으로는 해치울 수 없는 몬스터가 지키는 문을 통과해서 안쪽에 있는 '진귀한 강철' 을 수집, 가능하다면 '다비드의 공방' 을 이용하려면 어떻게 해야 좋을까요?"

"묻지 말고 답을 말해 줄 수는 없나요?"

"그렇지만 스스로 생각하는 게 중요하잖아요. 다른 사람한테 배운 대답보다는 자신이 끌어낸 해답이 더 몸에 익는다고, 제 스승 중 한 분도 말했고요."

"대답! 대답해 주세요! 얼른! 제가 살아 있는 동안에요!"

"그럼 대답해 드리죠. ──이렇게 합시다."

한순간.

정체를 파악할 수 없는 몇 가지 소리가 동시에 들려왔다.

그것은 뭐라 말하기 어려운 불협화음이었다.

두드리는 듯한, 찢겨나가는 듯한, 찌르는 듯한, 비트는 것 같기도 한.

타오르는 듯한, 얼리는 듯한, 굳어지는 듯한, 마비되는 것 같기도 한.

콜리는 반사적으로 긴 귀를 막았다. 그 덕분에 계속해서 이어지는 굉음에도 대응할 수 있었다.

'푸른 거인'이 뿜어낸 소리였다.

난공불락으로밖에 보이지 않았던, 실제로 알렉이 절대로 해치울 수 없다고 한 몬스터가 멀리 날아가 문에 등을 부딪친 소리였다.

"무슨…… 무슨 짓을 하신 건가요……?"

"절단과 타격을 입히고 찌른 뒤에 관절을 꺾어서 내던지고 불과 물과 바람과 흙과 빛과 어둠과 무속성 마법을 때려 넣었어요."

"……그 한순간에?"

"네. 일단은 주변 환경에 신경 쓰면서 움직였기 때문에 콜리 씨한테는 공격의 여파가 미치지 않겠지만, 그래도 역시 어떤 방법으로 공격하더라도 대미지가 들어가지 않아요. 그때 했던 '9할 죽이기' 같은 것도 써 봤지만."

여파는커녕 움직임조차 보이지 않았다. 알렉은 '푸른 거인'을 잠시 바라본 정도였다.

그러나 확실히 '푸른 거인'은 날려 갔고── 알렉은 어느 틈엔가 부러진 성검을 쥐고 있었다.

"……아무리 봐도 괴물이네요."

"그렇군요. 정말이지, 해치울 수가 없다니 이건 상식 밖이라고 생각해요."

"아니, '푸른 거인'이 아니라 알렉 씨를 말하는 건데요."

"저는 사람입니다. 저 정도는 사람이라면 언젠가 도달하기 마련이에요."

"뭐, 그런 농담을 듣고 있을 때가 아니지만…… 아, 그래도 해치울 수 없는 거죠? 쓰러트린 게 아닌 거죠?"

"눕힌다는 의미라면 보시는 대로 쓰러져 있지요. 그렇지만 HP를 0으로 만들어 소멸시킨다는 의미라면 불가능해요. 보세요, 일어났네요."

"그럼 어떡한단 말이에요?!"

"그러니 제가 '푸른 거인'을 눕히면서 틈을 만들게요."

"네?"

"그 틈에 콜리 씨는 문으로 들어가세요. 그 후에는 안쪽에서 광석을 채굴하고 성검 수리를 해 주세요. 제가 몬스터의 발을 묶을 게요."

"……저기, 수리가 몇 초 만에 뚝딱 하고 끝나는 게 아닌데요."

"10일 정도겠죠? 발을 묶어 둘게요. 콜리 씨의 목적은 딱히 던전 제패나 몬스터 퇴치가 아니니까요. 모쪼록 수리에 전념해 주세요."

"해치울 수 없는 몬스터의 발을 열흘 동안이나 묶는 건가요? 휴식은요……?"

"어떨까요. 수리 중에는 잠을 잘 여유가 있나요?"

"네? 저기…… 공방이 어떤 곳인지에 따라 다르지만 한 사람이라면 기본적으로 나지 않아요. 그게 왜요?"

"그럼 저도 잠들 수 없지요. 가능한 같은 고생을 나누는 게 제 수행 방침이니까요."

"이것도 수행인가요……?"

"수행이라는 이름에 위화감이 든다면 모험이라고 할까요? 지금 콜리 씨와 저는 같은 던전에 도전하는 파티잖아요. 고생을 함께하는 건 당연한 일이에요."

"알렉 씨……."

"제 스승은 제게 식사를 금지시켜 놓고 자신은 우아하게 런치를 먹는 타입이었기 때문에 저는 저러지 말아야겠다고 결심했어요."

"고생이 많으셨네요……."

"네. 그럼 이야기도 정리되었겠다, 다시 눕힐 테니 몬스터 위를 지나서 안쪽으로 가세요."

"위요?"

"위요."

그는 여전히 웃고 있었다.

콜리의 입장에서는 웃을 수 있는 상황이 아닌 걸로 보였지만.

해치울 수 없는 몬스터를, 잠도 자지 않고 쉬지도 않으면서 발을 묶는다. 그것도 일주일 넘게.

짧게 요약해도 충분히 절망적이었다. ──그러나 왜일까. 알렉이 웃고 있으면 불가능하다는 생각이 들지 않았다.

"……알겠어요. 최고의 성검을 완성해 보이겠어요."

"아, 안쪽에 던전 마스터가 있을 위험성도 충분히 생각해 주세요. 콜리 씨가 세이브 지점으로 돌아가면 저도 돌아가죠. 기척으로 알 수 있으니 염려는 마세요."

"네!"

"그리고 이걸."

그가 손에 들었던 성검을 내밀었다.

……그랬다. 그걸 받지 않고는 수리를 할 수 없다.

이번 목적은 어디까지나 수리였다. ──처음부터 제작하는 게 아니었다.

"……네, 받았습니다."

"그럼 잘 부탁드려요. 조바심내지 말고 콜리 페이스로요."

"네."

"제 걱정은 마시고요."

"……잠시 걱정할 뻔했지만 알렉 씨니까요."

"뭐, 일단은 단련하고 있거든요."

"당신이 '일단은' 이라면 세상 대부분은 무슨 레벨인가요."

"자, 그럼 가 볼까요."

알렉이 '푸른 거인' 에게 눈을 돌렸다.

그러자 '푸른 거인' 의 상반신이 느닷없이 지면에 잠겼다.

흡사 무언가 상상을 뛰어넘게 무거운 물체가 위에서 떨어지기라도 한 것처럼──.

"지금이에요."

알렉의 음성에 퍼뜩 정신이 들었다.

조금 두렵기는 했지만 콜리는 상반신을 낮추고 '푸른 거인'의 머리 위를 지났다.

발을 붙잡으려 팔이 다가왔다.

가까스로 피해 내고──.

콜리는 푸른 문 안쪽에 들어섰다.

○

이제부터 성검을 수리한다.

드디어 목표 달성의 순간이 코앞으로 다가오자 가슴이 뛰었다.

그러나── 한편, 콜리는 당혹감에 사로잡혔다.

──정말로, 그걸로 되는 걸까?

할아버지에게 자신의 기술을 인정받기 위해서 성검을 수리한다.

──그 방법은 틀리지 않았다고 생각했다. 오히려 생각할 수 있는 범위 안에서 '이것밖에 없다'는 확신이 있었다.

그러나 이는 결국 낡은 것에 가치를 두는 사람에게, 가치 있는 낡은 물건을 보여주는 데에 불과했다.

……녹물이 되었던 걸작이 떠올랐다.

새로운 검.

오래된 장인과는 달랐던 접근법을 통해 만들어진 물건.

장식이나 손잡이와 일체형인 칼날이 마음에 들지 않았던 걸까.

아니면 아름다움과 조화를 위해서 단일 소재로 만든 게 마음에 들지 않았던 걸까.

새로운 기술.

……오래된 기술.

하고 싶은 건 오래된 장인에게 새로운 물건을 인정받는 것일 텐데, 지금부터 그녀가 하려는 건 오래된 장인에게 오래된 물건을 선보이는 것이었다.

그 사실에 떨칠 수 없는 위화감과 망설임이 들자 가슴이 답답해졌다.

"……그래도 몇 번을 생각해도 이 방법밖에 없다고, 그렇게 결론 내렸어."

자신의 행동은 올바르다고 믿고서 달려 왔다. ……분명, 달성을 눈앞에 두자 불안이 닥친 것이리라.

콜리는 망설임에서 눈을 돌렸다.

그리고 자신이 들어온 공간을 조심스럽게 살폈다.

던전 마스터는 없었다.

전체적으로 보면 천장이 높은 반구형의 공간이었다.

설비를 보아하니 공방이 분명했다. 500년 전에 사용했을 공방──. 그러나 현대적인 시각으로 보아도 상당한 수준이었다.

내벽은 푸르게 빛나는 광석으로 이루어졌다.

하지만 바닥은 상당히 두꺼운 흙으로 덮인 것을 냄새로 알 수 있었다.

그렇다면 마력으로 자기 강화를 하지 않더라도 몸이 조각날 일은 없을 것이다.

금속을 녹이기 위한 화로로 다가서자 제멋대로 불이 들어왔다.

모루, 망치, 집게까지도 사용한 적 없는 강철로 만들어져 있었다. ──본 적도 없는 기술로 만들어진 물건이었다.

망치의 크기나 설비 배치는 여성 드워프에게── 정확하게는 자신과 가까웠다.

이곳이 '다비드'의 공방이라면 그 이름 높은 연철의 영웅은 남성이었을 테니 체구가 작은 남성이었으리라.

그렇게 공방을 둘러보던── 콜리는 단 하나, 성검을 두드리는 데에 사용되지 않았을 걸로 보이는 물체를 발견했다.

사각형의 금속 받침대였다.

도구를 놓는 선반으로는 보이지 않았다. 기울어져 있어서 도구를 올린다면 미끄러져 떨어질 것이다.

천이 덮여 있었다.

호기심 속에서 콜리가 그 천을 당기자──

'다비드로부터 미래의 성검을 다룰 자에게'

──선반에 새겨진 그런 메시지를 발견했다.

"……이건, 대장장이 신 다비드의……?!"

콜리는 선반에 얼굴을 가까이 댔다.

그리고 문자를 읽기 시작했다.

"…… '다비드로부터 미래의 성검을 다룰 자에게. 가장 먼저 말해 두마. 성검은 실재하지 않는다.' ……실재하지 않는다고?!"

그렇다면 이── 알렉에게서 받은 이건 뭐란 말인가?

건국 영웅이 사용했다고 하는, 절대로 부러지지 않는 검── 성검이 아니란 말인가?

그녀는 문장을 읽어 내려 갔다.

내용은 다음과 같았다.

'알렉산더라는 이름의 바보는 어떤 소재로 만든 검이든 휘두르기만 해도 부러트린다.'

'부러지지 않는 검을 만드는 건 지금 시점에서 불가능했다.'

'또한 예언자의 말에 따르면 내가 살아 있는 동안에는 불가능하다고 한다.'

'모두 입을 모아 불가능하다고 하니 지긋지긋해졌다. 그래서 이제 알렉산더한테 검을 만들어 주지 않기로 했다.'

알렉산더.

……당연히 그는 '은 여우 여관'의 점주는 아니다.

500년 전, 건국을 이뤄냈다고 칭송받는 영웅의 이름──일, 터였다.

그러나 성검이 존재하지 않고 이 비석에 문자를 새긴 뒤에 다비드가 영웅 알렉산더의 검을 만들지 않았다면 성검은 정말로 존재하지 않는 것일까?

그렇다면── 자신은 어떻게 해야 할까?

콜리의 그런 의문을 예측하기라도 한 것처럼 비석에는 이러한 문장이 적혀 있었다.

'성검은 네가 역사상 처음으로 만들 거라고 한다.'

……한순간 무슨 뜻인지 이해할 수 없었다.

너라는 건 아마도 선반의 문자를 읽고 있는 사람을 가리키는 말일 것이다.

그렇다는 건──

"……내가 역사상 처음으로 성검을 만든다고?"

그런 뜻이 되는 걸까.

이어지는 문장을 읽어 내려갔다.

'예언 같은 건 영 수상쩍다 생각하는 내 입장에서는 이런 말을 남기는 것조차 귀찮다. 하지만 일단 예언에 은혜를 입은 것도 있으니 미래에 이 메시지를 보게 될 성검을 만드는 자에게, 시설과 재료, 그리고 내 나름의 조언을 남겨 둔다.'

'솔직히 성검이라는 명칭은 뭔가 대단해 보이니 내 최고 걸작을 그렇게 부르기로 했지만 딱히 견본 같은 건 없다. 다시 말하면 네 최고 걸작이 창이든, 낫이든, 성검이라고 부르기로 정하면 그게 바로 성검이 된다.'

'내 검은 최고로 멋진 물건이지만 미래에 있는 네가 좀 더 좋은 물건을 만들 수 있을 것이다. 그러니 옛 형태에 얽매이지 않아도

좋다.'

'한편 내 기술도 네게는 이제 옛날의 것이 되었을지 모른다. 그러나 오래된 기술을 경시하거나 새로운 기술을 맹신하지 말아라. 기술에 귀천은 없다. 오래되어도 좋은 기술이 있고 새롭지만 나쁜 기술도 있는 법이다. 좋은 기술은 그저 좋은 기술이다. 그것이 전부다.'

'내 기술은 수많은 시험작에 담아 두었다. 성검을 만들기에 앞서 내 무기를 발견하지 못했다면 어쩔 수 없지만 발견할 수 있다면 내 시대의 기술은 전부 거기에 담겨 있으니 마음껏 흡수하도록 해라.'

'알렉산더가 마지막까지 사용했던 검이 분명 성검 취급을 받고 있을 테지만 그런 건 검이 아니다. 그래서 이름도 적지 않았다. 만약 지금 갖고 있다면 냉정하게 관찰하여라. 너라면 그것이 검도 뭣도 아니라는 걸 알 수 있을 거다. 아니, 그 정도는 알아야지.'

'그리고 내 최고 걸작인, 똘똘하고 귀엽고 순종적인 푸른 골렘을 방 앞에 두었다. 성검이 완성되면 시험 삼아 베어 보아도 좋다. 예언자가 말하는 진정한 성검이라면 내 골렘을 벨 수 있겠지.'

'아, 그리고 마지막으로 그 시대에 성검이라고 불리는 물건의 정체와 내가 남자라고 여겨지는 일에 대해서 말인데…… 나는 여자라는 걸 추가로 말해 둔다.'

한꺼번에 많은 정보가 밀려들어 콜리는 혼란에 빠졌다.

그래서 그녀는 일단 숨을 들이마시고, 가장 먼저——.

"……뭔가 가볍네요, 다비드 씨."

진심으로 귀찮음을 느끼면서 이곳에 문장을 남긴 탓일까. 퉁명스럽다고 해야 할지, 지나치다 싶게 구어체였다.

어린 시절부터 대장장이 신 다비드 상에 기도를 올렸던 콜리는 복잡한 심경이었다.

일단 그 상부터가 '남신' 이었으니 여러모로 틀린 구석이 많겠지만.

"그런데 밖에 있는 골렘은 다비드가 만들었구나……. 그래서 던전 마스터가 없는데도 가동하고 있는 걸까……? 아니, 그보다 방 밖에 배치했다는 건 공방에 들여보낼 생각이 없다는…… 아니, 애초에 자율 가동하는 몬스터를 만들다니 대체 무슨 기술이지……."

의문이 꼬리를 물고 이어졌다.

예를 들어 자율 가동하는 존재를 만드는 기술 하나만 해도 현대에서 재현할 수 있는 장인은 아무도 없을 것이다. ──콜리에게도 불가능했고 해 볼 생각조차 안 했다.

그러나 역시 머리를 가득 채우는 문제는 성검이었다.

'네가 역사상 처음으로 만들 거라고 한다.'

성검을 만든다.

비석에 새겨진 말에서 '만들라' 는 기백이 느껴졌다.

"……알렉 씨 같은 사람이네요, 다비드 씨."

지독히 막무가내인 사람이었다.

그러나── 이런 막무가내는 자신도 바라던 바였다.

콜리는 지금껏 자신의 본분은 도검 대장장이라고 생각했다.

그래서 모험가처럼 '싸우는 사람' 으로서 험한 고생을 하기보다

는 이렇게 도검 대장장이다운 막무가내를 요구받을 때―― 불타
올랐다.

"좋아요. 제가 성검을 만들어 보겠어요. 다비드, 당신이 놀랄 만
한 검을."

의욕이 솟구쳤다.

걸리적거리는 건틀릿을 떼어냈다.

그리하여―― 콜리의, 일생일대 도전이 시작되었다.

○

최대의 적은 수마였다.

알렉이 '푸른 거인'과 맞선 지―― 하루, 이틀, 사흘, 나흘. 죽음
의 위험은 없었다. 그저 한없이 졸리다는 생각이 머리를 점령했다.

'푸른 거인'을 상대하는 건 그렇게 어려운 일은 아니었다. HP
를 0으로 만들 수는 없었지만 눕힐 수는 있었다.

더군다나 상대는 동작이 무척 느렸고―― 침입자를 끝까지 쫓
아 처치하려는 의사가 조금도 느껴지지 않았다.

흡사 움직이지 않는 과녁이나 마찬가지였다.

공격을 받기 위해서 존재하는 것만 같은――.

때문에 알렉은 여러 가지를 시험할 수 있었다. '푸른 거인'의
HP에 변화가 생기거나, 자신의 스킬이 상승하는 일은 없었다. 표
시 가능한 숫자를 이미 넘어 버린 현실을 쓸쓸하게 재확인할 뿐이
었다.

그래서 알렉의 의식에서 점점 '푸른 거인'이 작아져 갔다.

수마와의 싸움. 몽롱한 의식을 놓치지 않기 위해 자신을 다잡던 중——

문득, '성검'을 받았던 당시의 일을 곱씹었다.

'네게 이 검을 넘겨주마.'

과거의 환영이 떠올랐다. '푸른 거인'의 몸통에 비친 환영——아홉 개의 꼬리를 가진, 여우 수인이었다.

어머니. 그 이름보다는——스승 중 한 명이라는 인식이 강했다.

자칭 천재라고 말하면서도 타인에게도 자신과 같은 기준을 요구했던 '잿빛'.

'발소리'——'여우'.

그리고 고통과 공포를 다루는 방법을 알려 준 '섬광'이었다.

세 사람을 나란히 놓고 보니 이상한 사람들이었다. 일반적인 세간의 기준으로 세 사람을 논해 누가 가장 이상하게 보일지 꼽아 보면—— 분명 '섬광'일 거라고 알렉은 생각했다.

그러나 알렉 자신은 다르다고 생각했다. 뭐라고 해야 할까——그래, 정상적이었다. 말로 표현하기는 힘들지만 '잿빛'이나 '여우'를 통해 느꼈던 천재성, 이상성을 '섬광'에게서 느낀 적이 없었다.

'성검이라고 부르기는 하지만, 이제는 마른 쓰레기 같은 물건이지. 기능은 잃고 이제는 부러지지 않는 칼날일 뿐이니라. 과거의

용사 알렉산더가 다 소진해 버리고 말았어.'

성검을 받았을 때의 기억, 그 말이 머릿속을 스쳐 갔다.

모처럼 받은 물건을 대수롭지 않게 말하는 그녀의 말을 알렉은 불만스럽게 생각했다.

'섬광'은──── 어린아이의 어리광을 달래듯이 웃었다.

'그래도 단순한 검과 비교하면 비할 데 없는 물건이니라. 그 대장장이 신 다비드가 만든 것이지. 뭐라? 다비드를 모르는 것이냐? 공부가 모자라는구나. 무기를 다룬다면 알아 둬서 손해 볼 것 없는 이름이니라.'

'다비드는 골렘 만들기와 도검 대장장이 일 말고는 흥미가 없는 괄괄한 여자였지.'

'나의 알렉산더.'

'네게 주는 성검은 수많은 시험작 중 하나인 가짜가 아니니라. 진정한…… 뭐, 다비드 말고는 모두가 진짜라 인정하는 성검이지. 내가 무슨 까닭으로 이런 물건을 갖고 있느냐고?'

'그건 말이지, 그 당시부터 살아 있었기 때문이니라.'

'소소한 건 좀 다르지만 일단 그때부터 살아왔다고 해도 틀린 말은 아니지. 너라면 진짜 성검에 도달할 수 있을 것이다. 그래서 밝힌 것이니라.'

'비밀로 해 두어라. 이렇게 말해도 네게는 어차피 무리겠구나. 말해도 상관없느니라. 지금까지 이 말을 믿은 건 「잿빛」과 「여우」밖에 없느니라.'

'그러니 그 둘이 이 클랜에서도 비길 데 없는 기인이 아니겠느

냐. ……나도 기인이라고? 그렇다면 닮은꼴이라 해야겠구나. 사랑스러운 남편과 소중한 친구이니 말이다.'

그렇다면.

그렇다면—— 왜 부수었나.

알렉은 궁금했다. 덜컥덜컥하는 소리와 함께 '섬광'의 얼굴이 가까워졌다.

아니, 이것은 '섬광'의 얼굴이 아니라——.

——지금, 자신은 뭘 하고 있었던가?

알렉은 현재를 돌아보았다.

그러나 아직 상황이 인식되지 않았다. 지금은 언제일까. 며칠이 지났을까. 눈앞에는 '푸른 거인'이 있었다. 이 녀석은 양팔을 마주 잡고 크게 들어 올려 당장이라도 알렉을 뭉개려 했다.

"알렉 씨! 성검이 완성되었어요!"

——등 뒤에서 들려오는 목소리와 함께 그는 현실로 돌아왔다.

○

콜리는 알렉에게 검을 던졌다.

보기 드물게 멍했던 그는 퍼뜩 놀란 얼굴로 검을 받아들었다.

그 직후—— 알렉의 눈앞으로 달려들던, 푸른 거인의 팔이 크게 떨어졌다.

그는 전달받은 검의 칼날로 푸른 거인의 팔을 받아 냈다.

그러나 막았을 뿐이었다. ──칼날은 팔을 베어 낼 수 없었다.

알렉은 팔에 든 검을 보고 이해할 수 없다는 듯이 말했다.

"이게, 성검인가요?"

그의 의문은 지당했다.

그도 그럴 것이── 조금도 변하지 않은 것이다.

나이프 정도 길이의 투박한 칼날. 부러진 양손검이라 부를 만한 상태였던 그것은 콜리에게 건네기 전과 조금도 다를 바가 없었다.

──그러나 콜리는 당당하게 말했다.

"그걸로 충분해요!"

"그건 어떤 의미죠?"

"일찍이 용사 알렉산더는 어떤 소재의 검으로도 휘두르기만 하면 부러졌다고 해요. 그러니까 다비드는 최종적으로 검을 만들지 않기로 했던 거예요."

"그렇군요."

"기능만 부활시켰으니 검에 마력을 담아 보세요!"

그녀의 말에 따라 알렉이 검에 마력을 담았다.

그러자 칼날이 뻗어 나왔다.

……아니, 그런 착각이 들었을 뿐. 뻗어 나온 건 실체가 없는 칼날이었다.

다시 말해서, 지금 전해지는 '성검'의 정체는──.

"마법검, 마력을 칼날로 만드는 장치인가요?"

"맞아요. 그게 전설에 기록된 성검인 거예요."

"그런데……."

알렉이 뻗어 나온 칼날로 푸른 거인의 팔을 두드렸다.

……콜리는 이어지는 동작을 눈으로 좇을 수조차 없었다.

몇 번의 소리가 압축되어 고막을 때렸다.

오싹한 금속음. 동시에 푸른 거인이 멀리 날아가서 벽에 부딪혔다.

그러나 그것이 전부였다. 푸른 거인의 튼튼한 몸에는 상처 하나 없었다.

알렉이 '성검'을 살폈다.

칼날의 길이는 롱소드 수준이 되었다. 그런 것치고는 폭이 넓었다. 지면에 박아 넣으면 방패로 삼을 수도 있을 것이다.

희미한 인광을 발하는 칼날은 분명 '성검'이라고 부를 만한 관록이 엿보였다. ──그러나 알렉은 아름다운 칼날과는 다른 부분을 바라보고 있는 모양이었다.

"이 검의 위력은 소유자의 마력에 의존하는 모양이네요. 누가 가져도 강한 검은 아닌 것 같군요. 뭐, 확실히 마법검은 본 적이 없고 용사는 강했을 테니까 실체가 있는 검보다는 이런 게 더 좋았을 테지만……."

"그게, 지금 세상에서 '성검'으로 남아 있는 물건임은 분명해요."

"그렇군요. ……우선은 축하한다고 해야 할까요?"

"아니요, 아직이에요."

"……그 말인즉?"

"그게 전승에 있는 성검이고…… 이것이 제가 만든, 막 새로 태어난 성검이에요!"

콜리의 말과 함께―― 광석으로 만들어진 지면을 조금의 저항조차 없이 파고드는 칼날이 있었다.

알렉은 숨을 삼켰다.

희미한 푸른 빛을 발하는 칼날은 확실히 실체가 있으면서도 환상적인 공기가 감돌았다.

도신이 반투명한 것도 한몫하고 있었다.

만약 흐르는 물을 곧장 검의 형태로 만든다면 그러한 모습이 될지도 모른다.

크기는 조금 작은 듯싶었다.

칼날의 폭은 좁고 평평했다. 길이는 알렉의 팔과 큰 차이가 없는 정도였다. ――그럼에도 그 검을 둘러싼 존재감은 너무나도 강대했다.

보는 것만으로도 빨려들 것만 같았다.

이 검이라면 아름다움으로 보는 사람을 제압할 수도 있을지 모른다. ――그 검에는 그런 생각이 들 정도의 신비로운 매력이 있었다.

알렉은 검을 손에 들었다.

큰 힘을 준 것도 아니었건만 두둥실 떠오르는 것처럼 지면에서 뽑혀 나왔다. 오싹할 만큼 가벼웠다.

무엇보다도 지면에 박혀 있었다는 감각이 느껴지지 않는, 말로 표현하기 어려운 예리함.

고개를 돌려 검을 지긋이 바라보았다.

투명하고 푸른 칼날 너머가 비쳐 보였다.

시선이 아래로 내려갔다.

손잡이와 칼날이 일체화된 디자인.

단단함을 더해 줄 뿐만 아니라 아름다움을 자아내고 있었다.

손잡이는 한 손으로 드는 걸 상정한 길이였다. 그저 가벼울 뿐만 아니라 무게 중심도 좋았다.

휘둘러 베는 게 아니라 내질러 찌르는 게 주된 용도이리라.

알렉은 막 태어난 성검을 오래 바라보았다.

그러던 그가 지금껏 잊고 있었던 호흡을 내뱉었다.

"……대단해."

"천만에요!"

"투명한 칼날은 처음 보는군요."

"이 던전에 있는 광석을 연마했더니 투명해졌어요. 완전히 투명하지 않은 건 다양한 강철을 섞었기 때문이에요. ……강철을 섞어서 점도와 경도를 양립시키는 건 도검을 벼릴 때 이용하는 전통적인 기술이니까요."

"……옛 기술의 정수군요."

"맞아요. 그래도 손잡이와 칼을 일체화시킨 건 새로운 기술이에요. 옛 장인은 이름을 새기거나, 손잡이는 손잡이 장인이 만들어야 한다는 이유에서 일체형은 선호하지 않아요. 그래도 저는 일체형이 좋다고 생각해요."

"……."

"그것 말고도 여러 가지가 있어요. ……옛 기술과 새로운 기술을 모두 담았어요. 좋은 게 좋은 거니까요. 그게, 지금 제가 할 수 있는 최선이에요."

콜리의 얼굴은 재로 더러웠다. 몸은 땀범벅이었고 거친 숨을 내쉬고 있었다.

그러면서도 콜리는 자랑스럽게 말했다.

"그 검이 '성검'인지 아닌지는 '푸른 거인'을 해치울 수 있는지로 결정돼요. 다비드가 만든 그 골렘은 성검으로만 해치울 수 있다고, 그런 메시지가 남겨져 있었거든요."

"……호오, 이게 다비드가 만든 골렘인가요? 의외로 평범한 골렘의 모습을 하고 있네요."

"네?"

"전승에 몇 번이나 '귀엽다'고 반복해 나와서……. 그런데 어떻게 하시겠어요? 콜리 씨가 만든 검이니 콜리 씨가 시험 삼아 베어 보는 게 좋지 않을까 싶은데요."

"아니요. 알렉 씨에게 맡길게요."

"왜요?"

"……저는 도검 대장장이니까요. 검을 만드는 데까지가 제 일인걸요."

"……."

"그리고 알렉 씨 이상 가는 사용자는 없어요. 좋은 사용자가 써 주는 게 검에게도 기쁜 일일 거예요."

"……그런가요. 그럼 감사하게. ……아니, 사실은 저도, 이 검을 휘둘러 보고 싶다고 생각하고 있었어요. 새로운 장비를 사용하게 되면 가슴이 뛰는 법인데, 그게 이쯤 되는 검이라고 하니 더욱 그러네요."

푸른 거인이 일어섰다.

알렉은 푸르고 투명한 검을 한 손에 들고 골렘의 정면에 섰다.

찰나의 정지. ——그 후의 동작을, 콜리의 눈으로 포착할 수 있었던 건 알렉의 서비스였을 것이다.

너무나도 고요한 내딛기. 미끄러지는 듯한 동작으로, 알렉은 푸른 거인과의 거리를 좁혀 들어 갔다.

접근하여 간격을 좁히고 검을 찔러 넣었다. 처음부터 끝까지 그의 동작은 막힘이 없었고 물 흐르는 듯이 이어졌다.

검이 발하는 빛이 푸른 궤적을 남겼다.

날카로운 칼날이 거인의 몸체에 파고드는 모습이 콜리의 눈에는 기이할 만큼 느릿하게 느껴졌다.

뒤이어, 당연하다는 듯이 검이 푸른 거인의—— 성검으로만 벨 수 있다고 하는 골렘의 동체에 박혔다.

"……해냈다……!"

콜리는 그렇게 혼잣말을 하면서 무릎을 꿇었다.

피로와 달성감에 기절한 모양이었다.

하마터면 마력을 이용한 자기 강화가 끊어질 뻔해서 허둥지둥 의식을 다잡았다.

시선 끝에는 푸른 거인이 관절부에서 빛을 뿜어내는 광경이 들어왔다.

……아무래도 '성검'이 완성되면 골렘의 역할도 끝인 모양이었다.

……아득한 시대부터 단 하나뿐인 역할을 위해서 지금껏 움직였던 것이다.

다비드가 만들었다는 작품. 무슨 수를 쓰면 자율 가동하는 몬스터를 만들 수 있는지는 여전히 오리무중이지만── 그래도 콜리는 그곳에서 다비드의 혼을 본 듯한 기분이 들었다.

하나의 목적을 위해 외곬으로 움직인다.

그 모습이 뛰어난 장인의 그림자와 겹쳐지는 부분이 있다는 생각이 들었다.

푸른 거인이, 목을 움직여 콜리를 바라보았다.

표정을 찾아볼 수 없는 존재. 그러나 마지막 순간에는 어쩐지 옅은 미소를 머금고 있는 기분이 들었고──.

푸른 거인은 산산조각이 나서 무너졌다.

알렉이 검을 휘둘렀다.

그리고 느릿하게 콜리 쪽을 돌아보았다.

"그럼 돌아갈까요?"

"……저기, 조금만 더 여운 같은 건 없나요?"

"그렇지만 콜리 씨의 목적은 아직 달성되지 않았을 텐데요? 성검을 할아버지께 보여드리고 건강하게 해드려야 하니까요."

"……그러네요. 감상에 젖어서 깜빡 잊고 있었어요."

"그렇지만 아무리 그래도 지금부터 잠도 자지 않고 서둘러 돌아가는 건 힘들겠네요, 한숨 돌린 다음에 돌아가서…… 그러네요.

모레쯤에 할아버지를 찾아뵙는 건 어떨까요?"

"……할아버지의 체력은 괜찮을까요?"

"할아버지의 상태를 진찰했던 클랜 멤버에게서 전에 들은 바에 따르면 아직 여유가 있다는 모양이에요."

"저기, 그런 연락은 언제 받으셨던 거예요? 사실 제가 안쪽에서 검을 두드리는 동안에 왕도로 돌아가셨던 건가요?"

"스마트폰으로요."

"……네?"

"뭐, 스마트폰은 농담이고 통신 기기 같은 물건이에요. 간단한 대화라면 몇 초 정도 나눌 수 있는 마도구를 만들었거든요. 횟수 제한이 있거나 대량 생산하지 못한다거나 하는 문제가 산더미처럼 쌓여 있지만……."

"멀리 떨어진 상대와 연락할 수 있나요?"

"그래요. 그런데 거리 제한이 좀 엄격해서. 아무래도 기지국을 만들어야 할지도 모르겠네요. 지금은 전지가 3초면 끊어지는 데다가 충전할 수 없는 트랜스시버 같은 물건이고. 덤으로 만들기까지 일단 시간과 노동력이 들거든요. 그리고 그걸 만들 인재를 육성하는 것도 아득하고요."

"피곤할 때 알렉 씨와 대화를 하는 건 제법 고행이네요……."

"저도 좀 더 설명하고 싶지만 아무래도 한계네요."

"돌아갈까요."

"그러네요. 돌아갈까요. 좀 쉬어야죠. 왕도로 돌아가요. 입구까지는 로드로 가죠."

"……결과적으로는 왕도에서 세이브해 두는 게 좋을 뻔 했네요."

"그러네요. 설마 콜리 씨가 죽지 않을 줄이야. 의외였어요. 제 수행이 지나치게 안전했던 걸지도 모르겠네요."

"안전……?"

"왜 그러시죠?"

"아니, 아무것도 아니에요……. 졸리네요……. 배도 고프고요……. 돌아갈래요……."

그 이상의 대화는 그만두는 게 심신을 위해 좋다고, 콜리는 판단했다.

……여하튼 지쳤다.

로드를 하기 전에 콜리는 뒤를 돌아보았다.

그곳에는 다비드가 준비한 공방이 있었다. ……성검을 만들었던 장소이기도 했다.

멋진 설비였다. 그러나 분명, 다시 올 일은 없을 것이다. ──그녀에게는 태어나고 자란 공방이 있으니까.

도검 대장장이로서, 앞으로의 인생은 분명 그곳에서 지내게 될 것이라 결의하면서 콜리는 집으로 돌아갔다.

왕도로 향하는 길. 그리고 오랜 시간 비워 두었던 생가로 돌아가기 위한 길을 내디뎠다.

○

"안녕하세요, 잠시 실례해도 될까요?"

그곳은 왕도 남서부에 있는 슬럼가였다.

금방이라도 쓰러질 것만 같은 가옥이 빼곡하게 서 있었다.

주점과 여관이었던 것으로 보이는 건물도 있지만 하나같이 영업을 하고 있지 않았다.

대신에 그런 가옥에 자리를 잡은 사람이 있었다.

굶주린 사람. 범죄자. 도망 노예—— 누구 하나 제대로 된 생활을 할 수 없는 사람들이었다.

인생의 말로. 쇠락한 인간의 수도, 왕도의 그늘.

……그러나 스잔나는 생각했다. 최근에는 이 부근도 사람이 줄었다고.

스잔나가 슬럼에 몸을 숨긴 건 벌써 10년, 20년이 더 지났을지도 모르는 오래 전의 일이었다.

그 당시, 슬럼가는 훨씬 북적북적했다.

비명. 노성. 교성. 강자가 약자를 약탈하는 소리.

스잔나는 나이 든 여성이었다.

세월이 흐르면서 너덜너덜해진 원피스에, 숄을 몸에 두르고 있었다.

안락의자에 앉은 노년의 여성. 그 모습은 너무나도 연약해 보였다.

힘이 곧 정의라는 슬럼가에서는 살아남기 힘들었다.

때문에 몸을 숨기고 얌전히 있었다. 눈에 띄고 싶지 않았다.

그러나 슬럼은 그녀에게 안락한 장소였다.

이곳은 다양한 삶이 있고—— 다양한 죽음이 있었기에.

나이를 먹은 여성은 안도를 원했다. 그리고 그보다 더 우월감에 젖는 걸 즐겼다.

그래서 자신보다 어린 사람들이 슬럼가라는 장소에 자리를 잡는 데에 안심했다. 미래나 명예 같은 걸 찾을 수 없는 사람을 보면서 가슴을 쓸어내렸다.

……그런데 최근 슬럼가는 사람이 줄고 있다.

내려다볼 수 있는 젊은이가 지나치게 줄고 있다.

그래서——.

"찾을 수가 없었던 모양이네요."

어느샌가 당연하다는 듯한 표정으로 방에 있던 남자가 말했다.

좀처럼 나이를 가늠할 수 없는 생김새.

창문에서 스미는 밤의 별빛을 받고 빛나는 은색 모피 망토.

얼굴 옆으로 기분 나쁜 조형의 가면을 쓰고 있었다.

그가 느긋하게 다가왔다.

낡디낡은 마루가 삐걱대는 소리.

스잔나는—— 성실하게 살고 성실하게 나이를 먹은 사람처럼 남성을 맞이했다.

"이런, 이런…… 집을 잘못 찾아온 게 아닌가? 도둑질하려 해도 이런 할멈의 집에 들어올 일은 없을 텐데."

"유감이지만 도둑질을 하러 온 게 아니기도 하고 집을 잘못 찾아온 것도 아닙니다. 당신한테 용건이 있어서요, 스잔나 씨."

"어이쿠, 기쁘구나. 이런 할멈한테 용건이라고? 너 같은 젊은 친구를 둔 기억은 없는데."

"당신은 기억하지 못하겠죠."

"……어이쿠, 정말 친구인 게야?"

"네. 그렇지만 어쩔 수 없을지도 모르겠네요. 저는 당시에 아기였으니까요."

"……"

"당신이 옛날에 독살했던 귀족의 아들이지요. 알렉산더라고 합니다. 당시에 당신은 시녀 중 한 명이었겠지만요. 저는 메이드복을 입은 당신의 모습을 기억하고 있거든요."

끼익, 마루가 삐걱댔다.

스잔나는 동요했지만 그런 기색을 비치지 않았다. ──관록이 다른 것이다.

눈앞의 애송이가 뭘 아는지는 모르지만 적당히 둘러대는 건 일도 아니었다.

"요즘에 귀가 어두워서 말이야…… 알렉산더 씨, 라고 했나? 좀 더 가까이 와서 말해 주겠나?"

"저는── 고열, 의식 혼탁, 쇠약. 이러한 증상을 불러일으키는 독을 우연히 발견한 당신의 실험대가 되었던 남자의 아들입니다."

"……"

"당신을 발견한 뒤로 줄곧 감시해 왔지요. 최근에는 제법 얌전하지 않으셨나요? 저는 완전히 개심했나 싶어서 내버려 뒀지만…… 최근 도검 대장장이에게, 다시 독을 사용하셨지요? 왜 그러셨죠?"

"무슨 소리를 하는 게야."

"일단 증거가 모여 있으니 지금 질문은 그저 흥미 때문이죠."

"……아이구, 미안하구나. 내가 말했던가? 귀가 어두워서 말이야. 조금만 더 가까이서 말해 주지 않겠나?"

"그런가요? 그럼 실례하겠습니다."

마루가 끼익하며 어긋났다.

알렉산더가 다가섰다.

스잔나는 부드러운 미소를 머금고 다가오는 그를 맞이했고——.

"멍청한 녀석! 걸려들었구나!"

주름이 가득한 손이 노파답지 않은 속도로 움직였다.

주먹을 쥐고——휘두른 건 아니었다. 그녀는 손에 침을 쥐고 있었다.

독침이었다. 스치게 되면 고열과 의식 혼탁에 신음하다 죽음에 이르게 되는 독약.

깊게 찔리면 당장 온몸에 격통을 느끼고 춤을 추듯이 괴로워하다가 죽어가는 맹독.

노년의 여성은 우월감에 젖는 걸 즐겼다. 반대로 자신을 멸시하는 상대는 달갑지 않았다.

귀족이나 완고한 장인 같은—— 태어날 때부터 타고난 사람들. 젊은 시절부터 성실하게 살아서 결과적으로 대단해진 사람. 여느 쪽이든 비등비등하게 달갑지 않았고 이러한 사람이 괴로워하다 죽는 게 최고의 기쁨이었다.

독침은 알렉산더의 목덜미에 명중했다.

스잔나는 주름이 가득한 얼굴로 표독스럽게 웃었다.

"질문에 대답해 주마! 그 대장장이는 말이지, 대장장이 주제에 나를 무시했던 게야! 도둑질하러 들어간 내게 '그 검은 내줄 수 없으니 대신에 돈을 갖고 가.' 라면서 돈을 적선하려고 들었지! 여유 넘치는 그 태도가 마음에 안 들어! 그러니 느긋하게 괴로워하다가 죽도록 독침을 찔러 주었지! 이렇게 말이야!"

스잔나는 거듭해서 알렉산더의 목덜미에 침을 박아 넣었다.

……그러나 어쩐지—— 찌른 감촉이 좀 다른 듯한데?

스잔나는 침을 살폈다.

……그녀의 눈에 비친 건 끝이 뭉개진, 바늘 같은, 일상에서 흔히 볼 법한 가느다란 금속 덩어리였다.

"충동적인 범행인가요. 그렇군요. 그런 건 예측하지 못하겠죠."

온몸을 휘감는 격통에 괴로워하면서 뒹굴어야 할 남자가 웃고 있었다.

독이 효과가 없다. ……아니, 그 이전에 바늘이 꽂히지 않았던 것이다.

"'계산 밖'이라는 건 그런 의미였네요. 의도가 없는 범행. 순간적인 충동. 누군가의 변덕이 가장 예측하기 어렵죠. 예상대로의 대답이었어요. ……놀랄 만한 요소는 아무것도 없었네요. 그럼, 본론으로 들어갈까요? 이것도 일단은 들어 보자 싶은 정도지만요."

"……."

"당신의 독에 해독제는 있습니까?"

"……하, 그렇구먼. 그 대장장이한테 부탁을 받은 게로군. 귀족 아버지의 복수를 하러 온 것치고는 이상하게 느긋하다 생각했지."

"아니요. 반쯤은 제멋대로 움직이고 있는 건데. 그나저나 어때요? 해독제가 준비되어 있다면 받아가고 싶은데. 일단은 저희도 준비는 했지만 당신이 가진 해독제가 있다면 그걸 받는 게 더 효과가 있을 테니까요. 우리가 만든 해독제는 제 기억을 더듬어서 독의 성분을 예상해 만든 것에 불과하니까요."

"내줄 거라고 생각하는 게야?"

"그러네요. 넘겨주실 거라고 생각해요. 결과적으로는."

"고문을 할 생각이냐?"

"아니요. 교섭이지요. 그 전에 세이브를 해 주세요."

남자가 손을 옆으로 내밀었다.

그러자 희미하게 빛나는, 사람 머리 크기의 구체가 나타났다.

"이것을 향해서 '세이브' 한다고 말씀해 주세요. 교섭은 그다음에 하죠."

"뭐라? 누가 그런 걸 할까 보냐!"

스잔나가 그렇게 말하고 곧장 입에서 뭔가를 토해 냈다.

또 다른 바늘―― 입안에 숨겼던, 상대의 틈을 찌를 암기였다.

조금 전, 왜인지 목덜미에는 침이 박히지 않았지만 눈이라면 박힐 것이다.

사람한테는 아무리 애를 써도 단련할 수 없는 부분이 있다. 목, 목덜미, 옆구리. 그리고―― 눈. 피부를 단련하는 경우도 있지만 그렇다고 해도 역시 안구만큼은 어찌할 도리가 없었다.

역시나 독침은 그의 왼쪽 눈으로 빠르게 가까워졌고.

당연하게 남자의 손가락에 붙들렸다――.

"독침을 입안에 물고 있다니 위험한 행동을 하시네요."

"······!"

스잔나는 그제야 처음으로 동요했다.

독침은 완전히 허를 찔렀다. 그런데도 이렇게 되다니. 이 남자한테는 정말로 틈이 없는 걸까?

——이길 수 없다. 죽일 수가 없다.

그 상황을 깨달은 스잔나는 제2의 무기를 사용하기로 했다. 그것은 침과 같은, 사람의 몸을 상처 입히는 무기가 아니었다.

'노년 여성' 이라는 입장.

불쌍한 늙은이라는 무기를 최대한 활용하자. 그러기 위해 호들갑스럽게 의자에서 내려와 남자의 눈앞에서 무릎을 꿇었다.

"용서해 다오······! 용서해 다오······! 어쩔 수가 없었던 게야. 젊은 시절부터 뭘 해도 되는 일이 없어서······! 나도, 귀족으로 태어났다면 어쩌면, 제대로 된 장인으로 수행했더라면, 이렇게 되지는 않았을 게야! 하지만 그럴 수는 없었지. 그래서 나도 모르게 행복해 보이는 녀석을 보면 나쁜 마음을 먹게 되었구먼······! 내, 내가 이제 와서 뭘 어쩔 수 있겠나! 성실하게 살아 보려고 해도 바뀌어 보려고 해도 사람은 그렇게 쉽게 바뀌지 않는 법이라네!"

연기를 했다.

사람은 약자를 공격하거나 추궁하는 데에 망설이기 쉽다. 예를 들어, 가여운 노년의 여성이 그랬다. 침을 튀기면서 눈물을 머금고, 긴 인생의 불운을 늘어놓는 늙은이.

그런 상대에게 냉담할 수 있는 사람은, 아마 사람도 아니라고 할 수 있겠지만······.

"사람은 변해요."

"……뭐?"

"사람은 변할 수 있어요. 제 스승도, 사람은 고쳐 쓸 수 없다고 말했지만 그 후로 몇 년이 지나서 역시 저는 사람은 변할 수 있고 고칠 수도 있다는 결론을 내리게 되었지요."

"……."

"실제로 저는 변했어요. 이 세계에 전생했을 때보다, 스승들의 수행을 통해서 변했지요. 요컨대——."

남자가 오른손을 내밀었다.

그곳에는 어느 틈에 훔쳐냈는지, 스잔나가 온몸에 숨겨 두었던 독침이 산처럼 쌓여 있었다.

"——죽음에 가까운 경험이 사람을 바꾸는 법이죠."

스잔나는 숨을 쉴 수가 없었다.

독침에 찔린 건 아니었다.

눈앞에 있는 남자의, 사람과는 너무나 다른 분위기에 숨이 차올랐다.

……냉담하든 다정하든, 추궁하든 공격을 해 오든, 가여운 노인 여성이라는 가면은 그런 상대에게 늘 효과 만점이었다.

그러나 가여운 늙은 여성이라는 가면이 도움되지 않는 때가 있었다.

——선의. 어둠 한 점 없는 선의야말로 스잔나가 가장 두려워하는 천적이었다.

남자는 선의 넘치는 미소를 짓고 있었다.

"당신의 인생을 제가 바꿔드리지요."

"무, 무리야……. 나는, 이제 젊지도 않고……."

"무슨 말씀이세요. 사람이 바뀌는 데에 나이는 상관없는 일이에요. 확실히 바뀌는 건 두렵겠지요."

아무렇지도 않은 동작으로, 남자는 스잔나의 눈 주변에 손가락을 댔다.

눈꺼풀을 위아래로 벌리듯이, 검지와 중지를 고정했다.

그 상황에서 남자가 웃었다.

"그래도 인생을 '개척' 하는 건 의지만 있으면 언제든 가능해요."

남자의 손가락이 살짝 벌어졌다.

억지로, 눈꺼풀이 위아래로 당겨졌다. 찌익찌익. 눈꼬리 주변에서 들려서는 안 되는 소리가 들렸다. 피부가 찢겨나가는 듯한, 그런 소리가.

"아니면 장애를 배제하고 '돌진' 한다고 말하는 게 좋을까요?"

남자의 중지가 눈꺼풀에서 멀어졌다.

그리고 상대의 시선이 스잔나의 안구에 고정되었다.

……조금이라도 그의 손가락이 앞으로 '돌진' 한다면 그의 손가락이 눈을 찌르게 될 게 불 보듯 뻔했다.

"어떤 게 좋을까요. 그래도 어느 쪽이든 고통을 동반하겠죠. 그러니 저는 사람이 변하는 걸 돕기 전에 먼저 세이브를 부탁드려요. 어떠세요? 시험 삼아서 '돌진' 하기 전에 세이브를 권하는데."

"히익, 시, 시, 싫어…… 이렇게 가여운 노인을……."

"자신을 가엾다고 생각하신다면 꼭 변해 보죠. 그러면 새로운 풍경이 보일지도 모르고── 보이지 않을지도 모르겠네요."

남자가 빙그레 웃었다.

그 얼굴에 잔인함은 조금도 찾아볼 수 없었고 그의 눈에는 악의 한 점도 없었다.

스잔나의 눈에는 이 남자가 흡사 사람처럼 보이지도 않았다.

"세이브하겠어! ⋯⋯세이브, 하겠어!"

"좋아요. 그럼 인생을 교정해 볼까요."

남자가 반걸음 물러났다.

그리고 투박한, 나이프 같기도 하고 커다란 검이 부러지고 남은 뿌리 같기도 한 물건을 크게 휘둘렀다.

스잔나는 덜덜 떨었다.

──빛나는 칼날.

그리고 그곳에 비친, 더는 연기가 아닌, 진실로 가여운 노년 여성을 목격했다.

○

"성검을 보여드렸더니 할아버지가 정말로 건강해지셨어요!"

콜리가 생가인 공방에서 '은 여우 여관'으로 달려왔다.

할아버지의 상태를 알렉에게 설명하기 위함이었다.

아직 야심한 밤과 이른 아침 사이라는 느낌이었지만── 알렉은 평소와 같이 식당 카운터 내부에 있었다.

그는 콩을 볶고 있었다.

수행의 제1단계에서 쓸 소품이니 지금 여관에 있는 사람들은 익숙할 것이다.

……또 새로운 희생자의 기척을 느낀 걸지도 모른다.

새로 오는 사람의 명복을 기원하면서 콜리는 카운터 너머에 있는 알렉을 향해 몸을 내밀었다.

"아, 그래서 성검을 반환하려고 왔어요!"

"그런가요. 우선은 축하해요."

"감사해요!"

"흥분하신 건 알겠지만 지금은 주무시는 손님도 계시니 조금 목소리를 낮춰 주시면 감사하겠어요."

"……아, 죄송해요."

그녀의 긴 귀가 축 늘어졌다.

알렉은 웃으며 요리하던 손을 멈췄다.

"……할아버지 일은 다시 한번 축하해요."

"감사해요!"

"조용히."

"……죄송해요. ……아, 그래도 정말로, 거짓말처럼 건강해지셨어요."

"그거 다행이네요."

"병을 치료했다고 해야 할지, 독을 해독했다는 느낌으로 보였는데…… 알렉 씨가 갖고 와 주신 약은 정말 평범한 치료약인가요?"

"생각해 보세요."

"대답이 필요한데요……."

"'할아버지가 독에 중독되었다'와 '할아버지가 병에 걸리셨어요' 중에 어느 쪽이 심각해 보이시나요?"

"……그거야, 독이 조금 더 심각한 것 같은데요……."

"그렇지요."

"……다시 말하면 독이었나요?"

"글쎄요? 그런데 화해하셨나요?"

"그게 말이죠!"

"목소리."

"……그게 말이죠. 할아버지는 사실 제가 옛날에 만든 검을 녹이지 않으셨던 모양이에요."

"오호?"

"……어째서인지 소중하게 보관하셨던 것 같아요."

"그렇군요. 예를 들면 가치 있는 물건처럼 금고 같은 곳에 말인가요?"

"맞아요. 세상에, 그런 탓에 그걸 도둑맞을 뻔했을 때 의식이 흐려졌다고……."

"그렇군요."

"줄곧 헛소리처럼 '손녀의 검', '손녀의 검'이라고 말씀하셨던 것 같아요. 정말 솔직하지 않은 할아범이에요. 그렇게 제 검이 마음에 들었으면 솔직하게 말했으면 좋았을 텐데!"

"조용히."

"……죄송해요. ……할아버지는 말이죠. 제가 재능에 취해 버리는 게 두려웠다고 하세요."

"……."

"젊은 나이에 대단한 상을 탄 장인 중에 그런 사람이 제법 많다고 하지만요. ……그렇다고 해서 녹였다고 거짓말을 할 필요는 없었을 텐데. 할아버지는 어쩜 그렇게 말재주가 없죠?"

"그럴까요. 콜리 씨는 자신을 어떻게 생각하세요? 재능에 취하는 타입이라고 생각하시나요? 아니면 할아버지가 하셨던 행동이 조금도 도움이 안 됐다고 생각하시나요?"

"할아버지의 걱정은 옳았다고 생각해요. 저는 제 재능에 자신감을 가진 편이었으니까요. 인정을 받았다고, 해냈다고 생각해서……."

"……."

"할아버지가 검을 녹이고…… 사실은 녹이지 않았지만, 그런 줄로만 알고 집을 나온 게 '재능에 취하는 타입' 이라는 증거 같기도 하네요."

"그 말씀은?"

"저를 인정하지 않는 할아버지는 이상하다. 그러니 어떻게든 할아버지가 인정하도록 만들자. ──제 재능이라면 공방을 뛰쳐나오더라도 그럴 수 있을 거라고 생각했던 거예요."

"……그렇군요."

"사실은 우연히 다비드 공방을 발견해서 다행이에요. 대체 어디서 검을 만들 생각이었을까요……. 아니, 정말로 하나에 푹 빠지면 신경 써야 할 많은 일을 잊어버리는 게 제 나쁜 버릇이에요."

"뛰어난 장인은 다들 그런 '하나에 푹 빠지는 재능' 을 갖고 있다고 생각하는데요."

"……뛰어난 장인이라니……. 아직 한참 멀었어요. 저는."

"성검을 완성했는데도요?"

"다른 장인에게 실력으로 뒤진다는 생각은 하지 않아요. ……그래도 이 세상에는 여전히 찾아야 할 기술도, 알아야 할 기술도 많으니까요. ……성검을 완성하면서 제 안에서 기준이 올라갔다고 해야 할지……. 어쨌든 한참 멀었어요. 죽을 때까지 공부해야죠."

"……그렇군요. 무척 감명을 주는 생각이네요."

"아니, 알렉 씨는 벌써 한계치라고 생각하는데요……."

"아직 도달하지 못한 목표가 있으니까요. 뭐, 콜리 씨는 제 목표와 연결되어 있는 것 같긴 하지만요."

"그건 무슨 뜻이에요?"

"콜리 씨는 모험 중에 제 어머니를 만났어요. 그리고 그 사람한테서 성검 이야기를 들었을 가능성이 높거든요. ……단정할 수는 없지만요."

알렉이 웃었다.

평소와는 어딘가 다른 미소라고 콜리는 생각했다.

쓸쓸한 듯한, 먼 곳을 바라보는 듯한, 강철보다 강한, 사람을 벗어난 지점 어딘가에 있는 그답지 않게 약한 미소. ──그러나 그런 인상은 찰나였다. 알렉은 평소와 다름없이 강하게 웃었다.

"모험가는 이제 그만두시나요?"

"그러네요. 일단은 할아버지와 화해도 했으니 앞으로는 본업으로 돌아갈 거예요. 당장 오늘부터 공방에서 잡일을 해요…… 왜 이제 와서 잡일…… 그 영감…….”

“그럼 이 여관도 체크아웃하시겠네요.”

“……가끔은 목욕탕에 들어가거나 저녁밥을 먹으러 올 거예요. 다른 사람들도 만나러 올 거고요.”

“네. 언제든지 환영해요. 아, 그리고.”

알렉이 카운터 아래를 뒤적였다.

그리고 콜리에게 어떤 물건을 내밀었다.

“받으세요.”

“아, 소문의 ‘여우 가면’ 이네요?”

“소문이 났나요?”

“로렛타 씨가 받았고 호 씨가 아직 받지 못한 거네요. 호 씨가 ‘왜 나만 빼놓는 거야.’ 라면서 불평했어요.”

“음, 드려도 크게 상관없지만 호는 아직 목표를 달성하지 못했거든요. 지금 줘 버리면 혈육을 편애하는 것처럼 보일지도 모르겠다 싶어서.”

“……알렉 씨도, 그런 사람다운 걸 신경 쓰시네요.”

“아니지요. 제 걱정거리나 근심은 언제나 건전하고 사람다운걸요.”

“그 농담도 얼마간 듣지 못하겠네요.”

“농담……?”

“……앗, 그렇지, 그렇지. 까먹기 전에 성검을 돌려드릴게요.”

콜리가 등에 짊어진 짐에 들었던 검을 카운터에 올려놓았다.

그녀가 만든, 투명한 푸른 도신을 가진 성검이었다.

검집에 담긴 검 손잡이에는 미끄러지지 않도록 천이 감겨 있었다.

"검집 제작과 손잡이 가공도 제가 했어요. ……아, 구 성검은 돌려드렸죠?"

"그쪽은 돌려주셨지요. 칼날이 늘어나서 높은 곳에 있는 가지를 자르거나 할 때 무척 요긴하게 쓰고 있죠."

"……저기, 그렇게 쓰시는 건 좀 그렇지 않나요?"

"하지만 제 일은 복제품으로 충분하니까요."

"……뭐, 그건 그렇지만. 어떻게 사용할지는 소유자 나름이니까요. 만든 사람은 그저 괜찮겠다 싶은 사람한테 자식과도 같은 도검을 맡길 뿐이에요. 제 자식과 다름없으니까요. 그런 부분을 마음에 새겨 주세요."

"네. 그렇지만 새로운 성검을 제가 받아도 괜찮을까요?"

"무슨 뜻이에요?"

"콜리 씨가 새로 만든 물건이잖아요. 옛날 성검은 제 소유물을 수리한 것이라 제게 돌려주셨지만 새로운 성검을 제가 받아도 괜찮을까 싶어서요."

"저는 알렉 씨가 소유자로 어울린다고 판단했어요. 그러니 알렉 씨가 가지는 게 옳아요."

"……그렇군요. 그럼 걸맞은 대금을 지불해야겠네요."

"아니요, 그러지 않으셔도 괜찮아요. 큰 도움을 받기도 했고 할아버지의 병도 치료해 주셨으니까요……."

"그럴 수는 없지요. 일에는 대가가 필요해요. 나중에 공방으로 보낼게요."

"……보낸다니, 얼마나 보내실 생각이세요?"

"설비 투자비 정도는 되겠네요. 또 이용하게 될 수도 있으니까요."

"……그렇군요. 선행 투자인 셈인가요? 알렉 씨도 제법 장사하는 법을 좀 아시는 모양이에요."

"인연이 닿은 것만으로는 의미가 없으니까요. 설령 공주님을 구했더라도 시간이 날 때마다 대화하거나 인재를 파견하거나 하지 않으면 그건 인연이 되지 않아요. 이른바 호감도 시스템이라는 거죠."

"중간까지는 이해했지만 마지막에서는 영 모르겠네요."

"사람과의 인연은 그렇게 넓어지고 이 세상이 조금씩 좋게 변하는 거죠."

"……어쩐지 장대하네요."

"제가 평생을 들여 달성해야 할 목표거든요."

"……음, 슬슬 돌아가야겠어요. 할아버지한테 혼날 테니까요. ……그럼 알렉 씨, 죄송하지만 저는 이만 갈게요. 숙박 대금은 어제 낸 걸로 충분하겠죠?"

"네. 괜찮습니다."

"절대 또 이해할 수 없는 방향으로 대화가 굴러가지 않을까 싶어서 도망가는 게 아니에요. 정말로 일이 있어요."

"딱히 의심하지 않았는데요."

"그럼, 또 뵈어요!"

콜리가 허둥지둥 떠나갔다.

그 모습을 바라보면서 알렉이 한숨을 쉬었다.

졸업생이 또 한 사람. ……분명, 아무리 레벨이나 스테이터스가 오르더라도 가슴을 두드리는 것만 같은, 쓸쓸함과 기쁨이 뒤섞인 감정에는 내성이 생기지 않을 것이다.

그렇게 생각하면서 알렉은 다시 일터로 돌아갔다.

또다시 새롭게 등장할, 지금은 이름도 모르는 누군가를 위해서.

돈벌이를 목적으로 던전 탐색을 하던 오타는 어떤 남성에게 자신이 노려 왔던 보물을 한발 먼저 탈취당한다.

그 일이 인연이 되어서 알게 된 남성, 알렉에게 오타는 돈이 필요한 사정을 털어놓게 된다.

"오타는 노예 출신. 동료를, 구하고 싶다. 그러려면 돈이 필요해."

검투라는 위법한 경기. 그곳에서 항상 목숨이 위험에 노출된 동료를 구하고 싶다.

그 마음을 헤아린 알렉이 오타를 대신해서 일단 노예를 사 준다고 말한다.

빠르게 목표를 달성하게 된 오타는 알렉 밑에서 수행하면서 그가 치러 준 노예 대금을 갚아나가게 되었다.

그래도 일단 검투 세계에서 동료를 구할 수 있었다.

그렇게 생각했던 오타를 기다리고 있는 건 상상하지 못했던, 잔혹한 진실이었다.

8장

오타의 『노예』 구입

오타가 그를 만난 건 제법 오래전의 일이었다.

돈을 목적으로 어떤 던전 최상층에 도전했을 무렵이었다.

일확천금은 누구라도 꿈꾸는 동화 속 이야기였고, 오타 또한 그런 행운을 동경하는 아이 중 하나였다.

던전에 도전한다.

초원 지대에 우뚝 선 금속제 탑. 수많은 악랄한 트랩이 모험가의 앞길을 가로막는 던전의 이름은 '거절의 탑'. ——던전 레벨은 80이었다.

자살 희망자용이라고 불리는 던전에, 오타는 준비를 단단히 갖추고 돌입했다.

던전 마스터의 방에 있다고 하는 '카구야의 서'를 얻기 위해서였다.

500년 전, 영웅 알렉산더와 함께 여행했다고 하는 수인 카구야가 쓴 책—— 그 책에는, 앞으로 일어날 일, 일찍이 벌어진 일이 모두 적혀 있다고 했다.

당연하지만 오타는 예언 같은 게 있을 리 없다고 생각했다.

그러나 전설의 용사 파티에 있었던 멤버가 쓴 책이라면 호사가에게 거금을 받고 팔 수 있을 것이다.

오타에게는 돈이 필요했다. ……더군다나 터무니없이 많은 금액이.

평범하게 살아서는 손에 넣을 길이 없을 만큼의 거금——. 그녀는 이를 바라며 던전 내부를 나아갔다.

트랩을 피하면서 나아갔다. 더는 자신이 몇 층에 있는지도 알 수 없었다.

외관도 그랬지만 안쪽도 모든 곳이 금속으로 이루어져 있었다.

번쩍번쩍 빛나는 내벽은 정리나 청소를 하는 사람이 있는 것도 아닐 텐데 젖은 것처럼 빛났다.

주변에는 자신의 모습이 이곳저곳에 비쳤다.

푸른 털을 가진 고양이 수인. 뾰족한 귀와 가늘고 긴 꼬리에는 자신이 있었다.

물론 외견만이 자랑스러운 건 아니었다. 제6감이라고도 말할 수 있을 정도로 예민한 감각, 위기 탐지 능력에 오타는 더할 나위 없는 자부심을 품고 있었다.

장비는 탐색용으로, 피부에 착 달라붙어 옷자락이 스치는 소리조차 나지 않는 옷이었다.

허리에는 도구를 넣는 파우치와 수집한 보물을 넣는 주머니, 그리고 단검을 장비할 수 있는 벨트를 둘렀다.

무기가 있다고는 하나 오타는 모험가를 시작하고부터 지금까지 가능한 전투는 피해 왔다.

싸우려면 그 나름의 장비가 필요하다. 그리고 상처를 입기도 쉽다. 돈을 버는 거라면 탐색만 해도 충분하다는 걸 그간의 경험을 통해 배웠다.

배우는 건 중요하다고, 오타는 생각했다.

이곳 '거절의 탑'에 대해서도 적은 정보밖에 없었지만 사전에 많은 준비를 했다.

몬스터는 거의 나오지 않는다. 던전 레벨 80은 많은 트랩에 기인한 것이다. ――그러니 트랩에 걸리지만 않는다면 충분히 돌파 가능하다는 의미였다.

완력이 없지만 몸놀림에는 자신이 있었다.

머리를 사용하는 건 내키지 않았지만 꼬리와 귀가 위험에 반응했다.

그렇기에 누구도 도전하지 않는 자살 희망자용 던전에 도전하기로 결심했고 이곳 '거절의 탑' 최상층에, 이 세상 누구보다도 먼저 도달하게 되었다.

――그런 줄로만 알았는데.

"오호? 왕도의 모험가가 이곳까지 도달할 줄이야. 보기 드문 일이네요."

먼저 온 손님이 있었다.

예상 밖의 사태에 오타는 당혹했다.

상대는 나이를 짐작하기 어려운 남성이었다. 가장 먼저 불길한 그림이 그려진 가면이 눈길을 끌었다. 뒤이어 눈길을 빼앗은 건 은색 모피 망토였다.

허리 뒤로 손잡이가 보였다. 검을 장비했을지도 모른다.

남성은 뭔가를 갖고 있었다.

제법 낡고 두꺼운 책이었다. 제대로 장정이 되어 있어 마을에서 흔히 볼 수 있는 책처럼 보이기도 했다.

오래되어 보였지만 페이지가 부식된 상태는 아니었다.

두껍고 단단해 보이는 표지——. 오타는 그곳에 있는 책의 제목을 깨달았다.

'카구야의 서'.

그것이야말로 그녀가 목표로 했던, 유일무이한 보물이었다.

남성은 옅은 미소를 띠고 말했다.

"이런, 당신도 이게 필요해서 왔나요?"

"……그렇다. 오타는 그 책이 필요하다."

"그런데 한발 먼저 제 손에 들어왔으니 말이에요. 모험가를 하고 있으면 목표로 했던 보물을 누군가가 먼저 채 가는 건 흔한 일이죠. 모험가의 관습에 따라서 순순히 포기해 주세요……. 이렇게 말하는 건 좀 지독한가요? 적어도 수긍하긴 힘들겠죠."

남성이 뭔가를 이해했다는 듯이 고개를 끄덕였다.

뒤이어 천천히, '카구야의 서'를 소중하게 발치에 내려놓았다.

버린 건 아닐 것이다. 남성의 의도를 알 수 없었던 오타는 고개를 갸웃했다.

"너, 뭘 하고 싶어?"

"저는 이해를 얻는 게 중요하다고 생각해요. 일단 모험가의 관습으로 따지면 먼저 '카구야의 서'를 손에 넣은 제게 소유권이 있겠지요. 그렇지만 따지고 보면 지금의 제 직업은 모험가가 아니니까요. ——그래서 당신에게 기회를 드리지요."

"……무슨 뜻?"

오타가 물었다.

그러자 남성이 한 걸음 앞으로 나왔다.

그것은 바닥에 둔 '카구야의 서'를 등지는 위치 변경이었다.

"'카구야의 서'는 제 뒤에 있습니다. 어떤 수단을 취해도 좋아요. 제 옆이나 위, 혹은 아래든. 일단 저를 지나쳐서 뒤로 돌아가 보세요. 그러면 당신에게 '카구야의 서'를 드리지요."

"……."

"일단 저도 '카구야의 서'가 필요하니 적당히 해드릴 수는 없어요. 하지만 어떠한 결과로 끝나더라도 도전조차 하지 못하고 눈앞에서 목표로 했던 보물을 놓치는 것보다는 납득할 수 있겠지요."

"……오타는 빨라."

"그런 것 같네요. 제가 보기에 가능한 당신에게 승산이 있는 승부를 고른 셈이니까요. 몇 번을 도전해도 상관없어요. 다만 도전하기 전에 부탁이——."

남자가 무슨 말을 하려고 했다.

그러나 오타는 말을 기다리지 않고 움직이기 시작했다.

선수필승.

남성의 의도는 도통 알 수 없었다. 다만, 다시 오지 않을 기회임은 분명했다. 오타의 직감은 이 호기를 놓쳐서는 안 된다고 주장하고 있었다. ——그렇기에 전속력으로 달렸다.

싸움에는 익숙하지 않은 오타였지만 다리의 빠르기와 몸놀림에는 자신이 있었다.

진심으로 달리기 시작한 오타의 몸은 정지 상태에서 곧장 최고속도에 도달했다.

틈을 찌른 덕도 있어서 보통 사람이라면 반응조차 불가능한 가속──이었지만.

"──부탁이 있는데요."

남성은 옆을 지나쳐 가는 오타를, 한 손으로 막았다.

단순히 어깨를 눌렀을 뿐인데 온몸이 움직이지 않았다. ……오싹한 힘도 그렇지만 귀 꼭대기에서 발끝에 이르기까지 보이지 않는 바늘로 콩콩 박음질한 것처럼, 움직일 수가 없었다.

남성이 다른 손을 내밀었다.

그러자 손바닥이 향한 방향으로 수수께끼의 물체가 나타났다.

인간의 머리와 비슷한 크기의 구체였다.

희미하게 빛을 내며 두둥실 허공에 떠 있었다.

신비로운 물체── 남성은 그것을 이렇게 소개했다.

"'세이브 포인트'입니다. 여기에 대고 '세이브한다'고 말해 주세요."

"……."

"하지 않으시겠다면 뭐, 그건 그것대로 어쩔 도리가 없지만……개인적으로는 진지하게 추천할게요. 세이브하지 않으면 죽게 될지도 모르니까요."

삐걱.

붙들린 오타의 어깨가 어긋나는 소리가 들렸다. ──으스러트릴 정도의 힘이 있었다.

이 남자는 강하다. 그리고 지금부터 시작되는 건, 설령 상대와 치고받지 않고도 이길 수 있다 한들 싸움이나 마찬가지다.

오타는 적대하는 남성을 살폈다.

뒤이어 자신의 꼬리를 보았다.

위기를 감지하면 곧게 서는 뛰어난 감각 기관. 몇 번이나 목숨을 구한, 믿을 수 있는 자신의 육체――. 그러나 확실하게 자신을 죽일 수 있는 남성을 눈앞에 두고 꼬리는 아무런 반응도 보이지 않았다.

남자는 적의가 없는 표정으로 웃고 있었다.

"이대로 제가 제안한 게임을 계속하겠다면 세이브해 주세요."

어르는 듯한 다정한 목소리로 말했다.

그 선언에 무슨 의미가 있는지 오타로서는 알 수 없었다.

다만 하는 편이 좋다고―― 직관이 호소했다.

"……알았어. '세이브한다'."

"좋아요. 그럼 시작할까요."

오타는 알아차렸다.

이 사람은 위험하지 않다. 오타를 죽이려고 들지 않는다. 오히려 적대하려는 마음조차 없다. 그저―― 잘못해서 죽이게 되는 걸 두려워할 뿐이라는 걸.

그의 생각을 읽어 내고 실력 차 또한 이해했지만 그래도 여전히.

"'카구야의 서'를 받겠어."

"좋은 근성이에요. 그럼 시작해 볼까요."

오타는 승산이 없다는 게 불 보듯 뻔한 전투에, 도전했다.

○

뼈가 삐걱댔다.

온몸이 묘하게 욱신거린다고 느끼면서 오타는 눈을 떴다.

주변을 둘러보았다. 이곳은—— 낯선 곳이었다.

사방에 벽이 있는 실내.

아무래도 자신이 누워 있는 곳은 아무래도 침대인 모양이었다.

다른 가구는 화장대밖에 없는, 어딘가 살풍경하고 까닭 없이 이질적인 방이었다.

방에는 작은 창이 있고 입구는 하나뿐이었다.

손발을 살폈다. 묶여 있거나 하지는—— 않았다.

몸 깊은 곳에 고통은 남아 있었지만 상처는커녕 긁힌 흔적도 없었다.

"오, 일어나셨나요?"

남자의 목소리에 오타는 침대에서 뛰어올라 방구석에 등을 찰싹붙였다.

옷은 기억 속 자신의 옷이었다.

그러나 반사적으로 손을 뻗은 곳에 무기가 없었다.

경계를 드러내는 시선으로 목소리의 주인을 살폈다.

상대는 나이를 짐작하기 어려운 남자였다.

……과거와 현재가 머릿속에서 연결되었다.

그랬다. 던전 최상층에서 이 남자가 가진 '카구야의 서'를 빼앗으려고 했다.

그러다가—— 상대도 되지 못하고 정신을 잃은 자신을 이 남자가 던전에서 데리고 돌아온 것이리라.

오타는 상황을 이해하고는 경계를 풀었다.

"네가 오타를 구했나?"

"구했다고 해야 할지⋯⋯. 일단은 그렇겠네요. 도중에 정신을 잃어서 제가 이곳으로 모셔왔죠."

"여기는 어디지?"

"제가 경영하는 '은 여우 여관'이라는 여관이에요. 이 방은 객실이지요."

남자의 말을 듣고 오타가 상대의 복장을 살폈다.

던전 내부에서 입고 있던, 은색 모피 망토와 가면은 장비하고 있지 않았다.

대신에 두꺼운 셔츠와 앞치마라는, 상점 주인 같은 차림이었다.

무장도 하지 않았을 터.

⋯⋯그랬다. 이렇게 마주 보고 있어도 어쩐지 위험은 느껴지지 않았다.

조금도 강해 보이지 않았다.

발소리는커녕 문을 여닫는 소리조차 없이 방에 들어섰는데. 말을 할 때까지 조금도 기척을 깨닫지 못했는데도—— 남자에 대해 오타의 감각 기관은 조금도 반응하지 않았다.

귀도, 꼬리도, 평온하기만 했다.

"⋯⋯오타는 졌다."

"그러네요. 따지고 보면 저는 승부를 할 의도 같은 건 없었지만요⋯⋯."

"왜 오타를 구했지? 내버려 뒀으면 됐을 텐데."

"제가 제안한 게임 때문에 기절하기도 했고 레벨 80 던전에서 돌아오는 건 제법 수고스러운 일이니까요. 트랩이 많은 던전은 특히 돌아오는 길이 우울하잖아요? 당신이 목표로 했던 보물은 제가 먼저 챙겼기도 하니 그 정도는 서비스죠."

"…… '카구야의 서'."

"일단 저항은 했지만 사정에 따라서는 '카구야의 서'를 양보할 수도 있어요. 저는 내용을 열람하는 게 목적이라 그것만 마치면 용건은 없으니까요."

"……사정."

"덧붙이자면 '과거와 미래의 모든 걸 기록한 예언'이 목적이었다면 유감스럽지만 '카구야의 서'는 그런 종류의 물건은 아니었네요. 단순한 일기장이었어요."

"……."

"그러니 제목이 '예언서'가 아니라 '카구야의 서'였겠지요. '예언'이라는 소문이 돌았던 건 전설에 과장이 덧붙여진 결과겠지요. 뭐, 사실은 아주 맞지도 틀리지도 않은 느낌이지만요."

"?"

"……아니요. 어쨌든 내용에 흥미가 있다면 나중에 빌려드릴게요. 다른 목적이 있다면 사정을 들어 보고 판단하겠지만."

"오타는 돈이 필요해."

숨겨도 소용없다. 오타는 솔직하게 목적을 털어놓기로 했다.

남자는 쓴웃음을 머금고 뺨을 긁적였다.

"이것 참 직설적이시네요."

"……원하는 게 있어."

"무엇인가요?"

"노예. 일곱 명."

"……왜 그렇게 많은 노예를……. 어디서 큰 가게를 경영하느라 종업원이 필요──한 것처럼 보이지는 않는데요."

"오타는 노예 출신. 동료를, 구하고 싶다. 그러려면, 돈이 필요해."

"……그렇군요. 하지만 자신을 사들이고 싶다면 이해하겠지만…… 노예를 한 명 구입하거나 해방시키는 데에는 꽤 돈이 들텐데요. 제 감각으로는 제법 좋은 자동차를 사는 정도일까요."

"……?"

"……실례했네요. 제 세계의 말이었어요. 어쨌든 싼 물건은 아니지요. '카구야의 서' 한 권으로 몇 명을 살 수 있을지는 노예들의 가격에 따라 다르겠지만 일곱 명 모두를 사기에는 부족하지 않을까 싶은데요."

"……일단은 빨리, 조금이라도, 모두가 아니더라도, 사야만 해. 언제까지고 모두를 검투에 말려들게 할 수는 없으니까."

"검투?"

남성이 고개를 갸웃했다.

오타가 고개를 끄덕였다.

"검투. 무기를 들게 해서 노예끼리나, 노예와 몬스터를 싸우게 해서 그걸 관객한테 보이는 경기. 오타는 해방 전에 검투 노예였어."

"검투 노예인가요. 검투라는 경기는 법률로 금지되어 있을 텐데요. 사망자가 나오기 쉬워서……. 뭐, 무기 없이 주먹질하는 경기는 있지만. 노예를 억지로 싸우게 하는 건 존재할 수 없어요."

"오타는 발트로메오라는 암시장 상인 밑에 있었어. 발트로메오는 격투 대회에 써먹기 위해서 노예를 길러 경기에 내보내는 걸로 돈을 벌어."

"……검투 대회라고요. ……그런 걸 열었다간 들킬 수밖에 없는데도 들키지 않았다. ……은폐하는 방법이 그 녀석이랑 비슷할지도."

"?"

"아니요. 당신의 사정에 흥미가 생겼어요. 제가 쫓고 있는 일과 가까울지도 모르겠네요. 하나 제안해도 될까요?"

"뭐야?"

"그 노예들, 제가 사들일게요."

"……!"

"그 발트로메오 씨 밑에 있는 한 당신의 소중한 친구들은 검투 대회에 참가하고 목숨을 잃을지도 모르는 나날을 보내는 거죠? 그러니 제가 당신이 구하고 싶은 친구를 모두 사도록 하지요. 뭐, 막 알게 된 저를 신용하라는 건 무리가 있는 얘기일지 모르지만 적어도 검투 노예보다는 제대로 된 처우를 약속할 수 있어요."

"……."

"당신은 느긋하게 돈을 벌어서 제게서 노예를 사는 형태로 해방시켜 주면 돼요."

"……그렇지만 오타가, 노예 일곱 명 몫을, 벌 수 있을지 어떨지."

"그렇군요. 그럼 수행을 도와드릴까요? 던전 제패를 할 수 있을 만큼 실력이 붙으면 벌 수 있는 돈도 늘어날 거예요."

"그럴까?"

"네. 구하고 싶은 노예의 안전은 보장받을 수 있고 당신도 안정된 돈벌이 수단을 손에 넣을 수 있으니 나쁜 이야기는 아닐 텐데요."

"알았어."

"……이상할 정도로 선뜻 응하시네요. 좀 더 설득이 필요할 줄 알았는데."

"?"

"지나치게 조건이 좋은 제안을 하면 보통은 경계하지 않나요? 거짓말이 아닌가 싶어서."

"거짓말이야?"

"아니요. 진심이에요."

"……잘 모르겠어. 오타는 네가 위험하지 않다고 생각해. 너와 이야기를 하면 꼬리가 부풀지 않아. 분명 너는 오타한테 나쁜 짓을 하지 않아. 그렇게 느꼈어."

"직관, 인가요. ……모험가 중에는 경험이나 감각을 지식, 상식보다도 우선하는 사람이 드물지 않지만…… 당신은 특별하네요. 자신의 직관을 믿고 계시는군요."

"오타는 몇 번이나 꼬리 덕에 목숨을 구했어. 오타의 꼬리는 우수해. 계속, 계속 구해 줬어. 너와 이야기해도 꼬리는 부풀지 않아. 발트로메오와 이야기할 때면 자주 부풀었어."

"발트로메오 씨는 당신한테 위험한 사람인가요?"

"……발트로메오는 위험해. 수행할 때도 검투에 나가고 싶지 않다고 할 때도 채찍으로 때렸어. 녀석은 모두를 위한 거라고 말했지만 오타는 거짓말이란 걸 알았어."

"……그렇군요. 어쩐지 발트로메오 씨의 인품이 상상 되네요."

"너는 위험하지 않다고, 오타의 꼬리가 말해. 그래서 오타는 너를 믿어."

"좋아요. 그럼 제가 노예를 사고 당신은 제 수행을 받고 강해져서 돈을 번다. 이렇게 할까요?"

"알았어."

"바로 가 볼까요?"

남성이 발길을 돌렸다.

오타는 고개를 갸웃했다.

"돈은 있어?"

"계약금 정도라면. 오늘 중에 전액을 내라고 요구하지는 않을 것 같은데요. 금액이 큰 매매 계약은 보통 시간이 걸리는 법이죠."

"……그건, 오타도 알아. 오타도, 나를 살 때 시간이 걸렸어."

"그러고 보니 자신을 살 때 돈은 어떻게 마련하셨나요? 검투로?"

"오타는 약해서 돈을 벌지 못했어. 그래서 다 같이 모은 돈으로…… 오타는 해방될 수 있는 노예 중에서 가장 어렸어."

"아, 노예 해방에는 여러모로 절차가 복잡해서 귀찮으니까요. 커다란 장애물은 거의 세 가지겠네요. '자신을 구매할 수 있는 자금이 있을 것', '범죄 이력이 없을 것', '성인일 것'."

"……어린 쪽이 빨리 자유로워져야 한다고 생각해."

"당신은 아무래도 구시대적인 노예 제도 안에서 살았던 모양이네요. 최근 노예 계약은 오히려 주인을 규제하는 쪽인데."

"……?"

"오갈 데 없는 아이한테 일과 주거, 식사를 부여하는 보호 제도가 현재의 노예 제도예요. 그래서 중간에 방치되는 일이 없도록 '성인이 될 때까지 해방할 수 없다'는 조건이 있는 거죠."

"……잘 모르겠어."

"당신한테 있어 '노예'란 뭐죠?"

"……싸우지 않으면 채찍으로 맞아. 수행하지 않으면 채찍으로 맞아. 싸워도 실력이 모자라면 죽어. 실력을 붙이고자 수행을 해도 죽어. ……그래도 모두 주인밖에 모르니까, 주인을 위해 목숨을 걸고 노력해. 오타는 그게, 어쩐지 무서웠어."

"구시대의 노예 그대로네요. ……이른 시일 내에 해방해야겠어요."

"?"

"혼잣말이에요. 그럼 가 볼까요? 저는 발트로메오 씨가 계시는 곳을 모르니 안내를 부탁할게요."

"알았어. 그래도 하나만 물을게."

"뭐든지요."

"오타는 네 이름을 몰라."

그녀의 말을 들은 남성은 비로소 아직 이름을 밝히지 않았다는 사실을 깨달은 듯 했다.

쓴웃음을 띤 채로——.

"이거 실례했네요. 제 이름은 알렉산더입니다. 알렉이든 알렉스든 편하신 대로 불러 주세요."

500년 전의 용사―― 예언서를 쓴 카구야와도 인연이 깊은 인간과 같은 이름을 밝혔다.

○

오타가 도착한 곳은 왕도 중앙부였다.

발트로메오의 숨겨진 집은 이 부근에 있었다.

오타가 주변을 살폈다.

건물은 4층 이상의 고층 건물뿐이었다.

팔각뿔 모양의 지붕에 붉은색과 짙은 갈색이 어우러진 벽돌로 만들어진 가옥은 실로 고급스럽기 그지없었다.

집들은 왕성과 해자를 중심으로, 주변을 둘러싸듯 나열되어 있었다. 덕분에 가옥 자체가 성을 지키는 성벽처럼 보였다.

다양한 색의 돌이 줄지어 늘어선 모자이크 형태의 돌바닥을 걸었다.

오타의 옆에는 알렉이 있었다.

그는 특별히 무언가를 가지고 있지는 않았다.

앞치마를 벗었을 뿐으로 여관에서 일하는 차림 그대로였다. 지금부터 노예를 사러 가는데 돈을 가진 모양새는 아니었다.

오타는 묘하게 주목받는 것 같아 주변을 살폈다.

그러자 세련된 차림으로 지나가던 사람이 오타를 힐끔힐끔 바라보고 있었다.

……인간밖에 없다.

인간의 왕도인 만큼 왕성 부근은 나름대로 신분이 있는 사람이 많았다.

그래서 아마 어딜 봐도 모험가 같은 고양이 수인이 눈길을 끌었을 것이다.

오타는 나란히 걷는 알렉에게 말했다.

"……이 부근은 껄끄러워."

"그런 모양이네요. 좋지 않은 의미로 눈에 띄는 것 같아요."

"왜 알렉은 아무렇지도 않아?"

"저는 다른 사람들의 시선에 들어가지 않도록 걷고 있거든요."

"……?"

"보이기는 하지만 보이지 않도록 걷고 있어요. 처음부터 저를 인식하고 있었던 당신한테는 평범하게 보이겠지만요."

"대단해."

"당신도 언젠가 할 수 있게 될 거예요."

"노력할게."

"네. 노력해 주세요. ……그런데 발트로메오 씨가 계시는 곳은 어느 건물인가요?"

"이제 곧 보여. 좀 구석진 곳."

"그렇군요."

"……이제 곧 엔을 만나."

"엔? 사람 이름인가요?"

"그래. 엔은 오타보다 나이가 많은 검투 노예. 대단히 강해. 오타가 해방될 때의 돈도 대부분 엔이 벌었어. 많은 대회에 나가서 많이 우승했어. 아마 100번 정도."

"그런가요. 검투의 평균 레벨은 모르지만……'언제 죽을지 모르는' 행사니까요. 대회에 100번을 나갈 수 있는 시점에서 대단하네요."

"엔은 대단해."

"그런데 신경 쓰이는 말을 하시네요."

"엔? 가슴은 커."

"……제가 그런 데에 흥미가 있을 것처럼 보였나요?"

"다들 거의 거기만 봐. 오타도 좋아해. 엔 가슴."

"……일단 그 얘기는 제쳐 놓고 엔 씨는 100번 정도 대회에 나갔다고 하셨죠? 그리고 우승도 했다고."

"그래. 아, 그래도 100은 지나치게 많을지도 몰라. ……음, 그래도 50은 나갔어."

"50번 이상은 거의 대부분 오차니까요. 이상하네요. 검투 대회를 50번 이상 우승해서야 겨우 노예 한 명을 해방할 수 있는 정도의 벌이밖에 안 되는 건가요?"

"노예는 비싸."

"그건 그렇지만…… 조금 이미지와는 다르다고 해야 할지. 생각만큼 대규모의 대회가 아닌 걸까요?"

"……?"

"아니요. 확인하면 되는 얘기이니 마음에 담아 두지 마세요.

……그런데 발트로메오 씨가 계시는 곳은 아직인가요?"

"보인다. 저기."

오타가 손가락으로 가리킨 곳에 주변에 있는 건물과 조금도 다르지 않은, 팔각뿔 지붕의 벽돌 건물이 있었다.

3층 건물로 좁고 길다는 인상이었다. 그러나 내부에서 생활했던 오타는 실제로는 그리 좁지 않다는 걸 알고 있었다.

알렉이 고개를 갸웃하며 오타에게 물었다.

"발트로메오 씨는 자신의 사무소와 노예 훈련장을 분리하고 계시나요?"

"……?"

"노예와는 함께 있지 않는 경우가 많았죠?"

"무슨 뜻인지는 알아. 그런데 왜 묻는지는 몰라. 발트로메오는 언제나 노예 곁에 있었어. 훈련을 돕거나, 성과를 내지 못하면 채찍으로 때리거나 했어."

"…… '채찍과 당근' 이라고 말하지만 정말로 채찍으로 때렸겠지요. 지금 그런 행위가 들킨다면 헌병에게 지도를 받게 될 거예요."

"그래?"

"어디까지나 지도이기는 하지만요. 지금의 노예 관계는 50년 전과는 크게 달라졌다고 하니까요. '개인의 재산' 이 아니라 '공공의 재산' 이라는 게 요즘 풍조라."

"무슨 뜻이야?"

"……음, 일단 어쨌든 노예를 소중히 하지 않으면 세상 사람들이 가만히 두고 보지 않는다는 뜻이지요."

"다들 노예한테 다정해?"

"다정……. 음…… 개인의 성향이 아니라 법률이라고 해야 할지, 사회의 풍조라고 해야 할지."

"……."

"……당신과 얘기를 나누고 있으면 딸이 지금보다 어렸을 때가 생각나는군요."

"왜?"

"왜라고 물으면 대답이 어려운데……. 아…… 덧붙여서 확인하고 싶은데요. 오타 씨는 성인이시죠?"

"응. 노예 해방의 조건은 '자신을 구매할 수 있는 자금이 있을 것', '범죄 이력이 없을 것', '성인일 것' 이니까. 오타보다 어린 아이도 있지만 여러 사정으로 엔이 오타를 해방하는 게 좋겠다고…… 다 같이 모은 돈을."

"그렇군요. 일단 검투를 열었다는 점에서 문제가 되지만…… '범죄자'를 가르는 기준은 대부분 '체포 이력'이니까요. 들키지 않으면 범죄가 아닌 건 이 세계에서도 마찬가지예요."

"오타가 잘못했어?"

"아니요……. 뭐, 결국 노예 시절의 범죄가 발각된다면 시민권을 박탈당하는 경우도 있으니까요……. 그런 계산도 있었겠지요."

"……누구한테?"

"발트로메오 씨한테요. 설령 당신이 그를 고발하더라도 당신이 검투에 참가했다는 사실까지 드러나요. 거부권은 없었을 테니 정상참작의 여지는 있겠지만 범죄는 범죄죠. 당신의 시민권은 박탈

될 거예요. 다시 말하면 당신의 자유를 인질로 발트로메오 씨는 자신의 평온을 확보하고 있다, 그런 의미지요."

"……알렉의 말은 어려워."

"이 이야기는 제가 파악하고 있으면 되니까요. ……그런데 발트로메오 씨는 노예와 함께 있는 일이 많았나요?"

"그래."

"그렇다면 묘하네요. ……발트로메오 씨의 근거지여야 할 곳에 사람의 기척이 하나밖에 없는데요."

"……발트로메오밖에 없어?"

"글쎄요. 아는 기척이라면 개인까지도 특정할 수 있지만 모르는 기척이라면 거기에 있다는 정도밖에 알 수 없거든요. 발트로메오 씨일지는……."

"……서둘러."

오타가 달렸다.

어떻게 된 일인지 모르니 직접 확인하는 게 빠르겠다고 판단한 것이다.

나무로 만들어진 문을 다급하게 걷어찼다.

허리 뒤의 단검을 뽑았다.

1층에는 아무도 없었다. 돌로 장식된 나선 계단을 올라서 2층으로 향했다.

계단 끝은 목재로 보강되어 있지 않고 내벽이 드러난 공간이었다.

이곳에서 이루어졌던 수행의 나날이──동료와 함께했던 시간이 떠올랐다.

……그리고 돌아오지 않았던 동료들을 생각했다.

돌로 만들어진 묘하게 넓은, 물건이 없는 살풍경한 공간—— 오타는 그 중앙에 서 있는 낯익은 뒷모습을 발견했다.

여성이었다.

경장인지 중장인지 판단이 어려운 차림을 하고 있었다. 가죽에 금속을 두드려 넣은 갑옷은 중요한 부분만을 보호하고 몸의 많은 부분이 노출되어 있었다.

옅은 붉은색 머리카락은 짧다. 손발은 가늘지만 거기에 숨겨진 강한 힘을 오타는 알고 있었다.

"엔!"

오타가 그녀를 불렀다.

엔이 그녀의 목소리에 반응해 돌아보았다.

고집이 느껴지는 생김새. 다만 표정에는 연약함이 묻어났다.

희고 부드러운 복부. 포용력 있는 가슴.

……그것들은 모두 붉은 액체로 더럽혀져 있었다.

그녀는 오른손에 큰 검을 들고 있었다.

그곳에, 끈적하게 붉은 액체가 묻어 있었다.

……오타는 엔 맞은편에 희미하게 뭔가가 보였다는 걸 깨달았다.

서 있는 위치를 바꿔 확인해 보았다.

그러자 그곳에는 노예 상인 발트로메오가 쓰러져 있고——.

……엔이 돌아보았다.

그녀는 창백한 얼굴로 웃으며——.

"……왜, 지금 돌아와 버린 거니."

씁쓸하게 말했다.

그래서 오타도 깨닫게 되었다.

──엔이 발트로메오를 죽였다.

그 사실 앞에서 오타는 입술이 떨어지지 않았다.

○

"웃, 크윽."

엔이 괴로운 듯 몸을 웅크렸다.

오타는 반사적으로 달려갔다.

"엔!"

"오지 마!"

그녀가 손에 든 대검을 휘둘렀다.

풍압만으로도 날려갈 듯한 위력──. 오타의 발이 반사적으로 멈추고 말았다.

엔이 거칠고 얕은 숨을 몰아쉬었다.

자세히 보니 얼굴에 식은땀이 가득했다.

피와 땀으로 번들번들한 엔의 피부──. 오타는 그 모습이 묘하게 아름답다고 생각했다.

그녀가 한 손으로 얼굴을 감쳤다.

그리고 독기가 서린 얼굴로 말했다.

"……뭐 하러 왔어. 넌 이제 노예가 아니잖아."

"엔이랑 다른 사람들을 사러 왔어."

"……바보 같은 소리. 노예 일곱 명을 해방할 자금이 그렇게 쉽게 준비될 리가 없잖아. 누군가한테 속은 거 아니야?"

"……오타는 잘 몰라. 그래도 알렉은 믿을 수 있을 것 같아."

"또 그거야? ……넌 항상 그렇게 말하네. 대부분 틀리지 않는다는 건 대단하지만. 직관력이라고? 네 위기 탐지 능력은 정말 대단하네."

"그래서 엔도 이제 자유. ……더는 검투를 하지 않아도 돼."

"네가 바보라는 건 여전하구나. 지금 이 광경이 보이지 않니? 발트로메오는 내가 죽였어. 소유자가 죽었는데 누가 나를 사려고 매매 계약을 맺는다는 거야?"

"……오타는 잘 몰라."

"그렇겠지. 어쨌든 네가 원하는 건 여기에 없어. ……돌아가렴."

"엔은?"

"……"

"엔은 어디로 돌아가?"

"……"

"발트로메오가 없어. 엔, 돌아가는 곳, 어디?"

"……정말."

"……"

"정말, 왜, 지금 널 만나 버린 걸까."

엔이 웃었다.

줄곧 험악한 얼굴을 했던 그녀의 미소에 오타는 안도를 느꼈다. 그러나 그것은 찰나의 순간이었다. 엔은 곧장 씁쓸하게 얼굴을 찌푸렸다.

"어쨌든 너는 너랑은 상관없어. ……사라져. 그렇지 않으면 화낼 거야."

"화내는 거 싫어."

"그럼."

"……그래도 어떻게든 들어야만 하는 게 있어. 그 정도는 오타도 알아."

"……"

"다들, 어디?"

"……"

"에타는? 트레는? 펨, 티오, 슈게, 오티…… 다들, 어디?"

"이제 없어."

"……없어?"

"그래. 없어. 그러니 네가 노예를 사려고 해도 이제 아무도 없어."

"없다니, 왜? 오타도 이해할 수 있게 말해 줬으면 좋겠어."

"……"

"엔, 대답해."

"내가 죽였으니까."

"……거짓말."

"이제 없어. 이 세상 어디에도."

"왜, 그런 짓을 해? 엔이랑 다 사이좋았는데."

"넌 이해 못 해."

"그래도 알려 줘."

"……말할 생각 없어——. 읏, 읏."

엔의 얼굴이 일그러졌다.

아파하는 듯한—— 혹은 두려워하는 듯한.

이를 물고, 주먹을 쥐었다. 눈에 힘을 넣고 오타가 아닌 무언가를 노려보았다.

오타는 걱정스럽게 달려갔다.

그러나 엔은 오타를 다가오게 두지 않았다.

"오지 말라고 말했잖아."

"……하지만 엔이 괴로워 보여. 오타는 엔을 내버려 둘 수 없어."

"이제 상관없으니까 내버려 둬. ……너에겐 네 인생이 있잖아."

"……그래도 오타는 엔을 내버려 둘 생각이 없어."

"말귀를 못 알아듣는 아이네."

"고집쟁이."

"……좋아. 알았어. 이럴 때 우리는 언제나 싸움으로 결정했지."

"……결정했어."

"그리고 항상 내가 이겼어."

"……."

"이번에도 평소와 같아. 너는 수긍하지 못할지도 모르지만 기억해. 세상에는 수긍할 수 없는 일들 투성이야. ……어른이 되어야해. 넌 이제 노예가 아니니까."

엔이 대검을 한 손으로 쥐었다.

오타는 단검을 들고 팔을 들었다.

오타는 긴장감으로 가슴이 조여드는 걸 느꼈다.

여기서 질 수는 없었다. 만약 엔한테 지고 아무것도 듣지 못한 채 헤어지게 된다면 모든 게 끝나 버릴 것만 같았다.

그러나── 이길 수는 없을 것이다.

오싹오싹하게 솟구친, 흥분한 듯 부푼 꼬리가 패배의 미래를 예지하고 있었다.

"간다."

엔의 목소리.

그리고 윤곽이 일그러질 정도의 속도로 검을 크게 휘둘렀다.

오타도 허둥지둥 단검을 손에 들고 앞으로 발을 디뎠다. ──1초 후 패배를 예감하면서.

그러나 패배는 찾아오지 않았다.

"잠시 괜찮을까요?"

사이를 가르고 들어온 그림자가 있었다.

언제부터일까. 어느 틈에 왔을까.

오타의 주관으로 말하자면 뭔가가 어딘가에서 느닷없이 떠오른 것처럼── 알렉이 엔의 대검과 오타의 단검을 맨손으로 막고 있었다.

엔이 재빠른 동작으로 물러났다.

뒤이어 대검을 양손으로 고쳐 쥐고 말했다.

"넌 누구지? 방해한다면 베어 버리겠어."

"그럴 수 있을까요?"

"……쳇."

"두 사람 사이에 끼어든 건 죄송해요. 그런데 저로서는 오타 씨한테 협력할 생각인지라 지금 이러시는 건 곤란해요. 오타 씨가 확실하게 지게 될 테니까요."

"……그래서 뭐? 네가 오타를 대신해서 날 상대할 거야?"

"당신이 하고 싶은 건 승부 아닌가요? 저와 당신이라면 성립조차 안 돼요."

"……."

"아, 도발할 생각은 아니었어요. 그저 '확실하게 지는 승부'로는 수긍할 수 없을 거라는 말씀을 드릴 뿐이죠. ……오타 씨도 이대로 싸워서 지더라도 수긍할 수 없을 거라는 생각이 드는데요."

"……그래서 어쩌자는 거야?"

"그래서 두 사람에게 제안하고 싶어요. 제가 오타 씨를 수행시킬 겁니다. 당신은 수행 후에 오타 씨와 승부해서 서로가 수긍할 수 있도록 해 주세요."

"……."

"어떨까요?"

알렉이 오타를 바라보았다.

오타가 고개를 끄덕였다.

"……그래도 돼. 엔이 괜찮다면."

알렉의 시선이 엔을 향했다.

그녀는 한숨을 쉬었다.

"……좋아. 앞으로도 계속 끈질기게 굴면 곤란하니까. ──수긍하도록 할게."

"감사해요. 그래서 어느 정도로 시간을 얻을 수 있을까요?"

"……왜 나한테 물어?"

"이 자리에서 가장 시간에 여유가 없는 사람은 당신이니까요."

"…… ."

"최소한 이틀은 있었으면 하는데 아무리 그래도 그건 어렵지 않을까 싶어서……."

"오늘부터 헤아려서 일주일 줄게."

"……괜찮겠어요?"

"……너, 뭘 보고 있는 거야?"

"당신의 HP를 보고 있어요."

"……영문 모를 소리를. 어쨌든 일주일 줄게. 오늘이 하루, 내일이 이틀째. 그리고 일주일째 밤, 검투장에서 승부를 내자. 그걸로 되겠지?"

"……당신이 괜찮다고 말씀하신다면 그 의사는 존중하겠지만."

"그렇다면 쓸데없는 건 묻지 마. ……대체 뭐 하는 인간이야, 당신? 느닷없이 나타나서…… 혹시 오타한테 돈을 대 주겠다고 한 사람이 당신이야?"

"그래요. 일이 순조롭게 진행되었다면 얼마간 당신의 주인이 될 생각이었어요."

"……목적이 뭐야? 난 좋은 일을 하고 있다는 만족감? 아니면 어디에 써야 좋을지 모르는 돈을 털어내 보려고? 아니면── 오타의 몸과 인생?"

"안심하세요. 저는 오타 씨에게 위해를 가할 생각이 없거든요. 애초에 아내가 있는 몸이라서요. 몸이 목적이라면 아내한테 혼쭐

이 나겠죠. 우리 아내는 화가 나면 무섭거든요."

"그럼 왜 그런 얻을 거 없는 일을 해? 네가 그 아이를 어떻게 생각하는지는 모르지만, 이 애가 몇십 년을 일해 봐야 노예 일곱 명을 살 만큼의 돈을 벌어올 수는 없어."

"벌 수 있어요. 일단 그건 제쳐 놓고…… 아주 조금 더 세계를 좋게 만들고 싶다는 게 제 목적이거든요."

"……."

"그리고 발트로메오 씨의 정보 조작 기술에 흥미가 있었지요. 저도 노력해 봤지만 아직 이 세계에는 어두운 곳이 많아요. 목적을 위해서는 조금이라도 정보 조작 방법을 알아 두는 게 좋다. 그런 셈이죠."

"……너도 발트로메오와 같은 부류구나."

"굳이 어느 쪽인지를 따져 묻자면 그렇게 말할 수도 있겠네요. 정의인지 악인지를 따지자면 마찬가지로 악으로 보일 수도 있겠네요. 똑같이 뒤에 있지만 흑막은 아니고 표면적인 얼굴은 있지만 드러나지는 않는, 백도 흑도 아닌…… 뭐, 그런 느낌일까요?"

"……수상쩍은 남자네. 왜 오타는 너 같은 걸 믿는 걸까."

"수상쩍은가요? 이래 봬도 정직히 살고 있는데."

"……흠."

"일단은 일주일, 잘 받았어요. 너그러운 배려에 감사합니다."

"상관없어. 나와 오타의 실력 차이는 그 정도로 메울 수 있을 만큼 적지 않으니까. ……하다못해 오타가 수긍할 수 있도록 배려해 줘. 네가 그럴 수 있다면."

"할 수 있지요. 일주일이 있다면 당신한테 이길 수 있는 확률은 반반 정도로 만들 수 있겠어요."

"……허세로군. 좋아. 그럼—— 지금은 떠나 주겠지?"

"갈 곳은 있나요? 괜찮다면 우리 여관으로 오시겠어요?"

"됐어. 나는 오타하고 더는 엮이고 싶지 않아. ……일곱 번째 밤, 싸우고 이기면 그걸로 끝이야. 그 이후에 나와 오타는 이제 상관없는 사람이야."

"……와, 대단하네요."

"뭐가?"

"……아니요. 이 상황에서 그렇게까지 씩씩하게 행동할 수 있다는 게 오싹하다는 생각이 들어서요. 그렇군요. 과연, 목숨을 건 수행을 뛰어넘은 맹자(猛者)시네요."

"……너와 대화를 하고 있자니 피곤해. 그런 의미로는 오타하고 비슷해. 그럼—— 다시 만나지. 마지막 인사를 하는 날에."

마지막 말을 끝으로——.

뒤를 밟지 않을 걸 확인하는 것처럼 그녀는 느긋하게 떠나갔다.

오타는 엔의 뒷모습을 바라보면서 알렉을 향해 돌아섰다.

"알렉, 수행을 시켜 줘."

"오호, 오타 씨는 무척 성급하네요."

"강해지고 싶어. 강해져서 엔한테서 많은 이야기를 들어야 해."

"……."

"엔은, 뭔가 굉장히 아파 보였어. ……강하지만 약해 보였어. 그래서 오타가 구해 줘야 해."

"그렇군요. ……좋은 근성이에요. 그럼 서둘러 수행을 시작해 볼까요? 우선은 거리 남쪽에 있는 절벽으로 가 보죠."

"좋아. 오타는 거기서 뭘 해?"

"절벽에서 뛰어내린 뒤에 콩을 먹어 보죠."

"……?"

"해 보면 알아요."

"알았어. 오타는 해."

오타는 주먹을 꽉 쥐었다.

그리고——수행의 나날이 시작되었다.

○

오타는 그날 저녁부터 서둘러 수행을 시작했다.

그녀가 하게 된 수행은 두 가지였다.

절벽에서 몇 번이고 떨어져 죽는다.

배가 가득 차올라 위장이 끊어질 때까지 콩을 먹는다.

어느 쪽이든 모두 죽음을 각오한——아니, 죽는 수행이었다.

그런데도 살아 있는 건 '세이브&로드' 덕분이었다.

알렉이 소환하는 신비로운 구체에 세이브한다고 선언하면 죽어도 되살아난다.

다양한 주의점을 들었지만 어쨌든 세이브한다고 선언하면 구체가 있는 동안에는 죽지 않는다는 걸 기억했다.

획득한 기억이나 경험, 보물도 잃지 않는 건 유용하니 잊지 말자.

또한 엔과 승부하기 전까지 오타는 알렉의 여관에 머물렀다.

그래서——수행을 하고 여관으로 돌아가는 길.

주변은 완전히 어둠에 잠겨 마도구를 활용한 가로등의 불빛만이 거리를 드문드문 비추고 있었다.

오타는 거리 중앙부보다 상당히 엉성한, 값싸 보이는 느낌의 돌바닥을 관찰하면서 걸었다.

커다란 포석이 수없이 깔린 회색 도로. 다양한 사람의 발이 빈틈없이 시야에 뛰어들었다가 사라져 갔다.

오타는 혼잡한 인파를 좋아하지 않았다. 그러나 지금은 어쩐지 묘하게 편했다.

……오늘 낮.

엔과 싸워야만 하는 상황인데도 좀처럼 마음이 진정될 줄을 몰랐다.

오히려 가슴이 뛰었다.

어떤 형태로든 좋아했던 사람과 말을 나누거나 주먹을 나누는 일은 즐거웠다.

오타는 깨달았다. ……자신은 분명 누군가와 함께 있는 걸 좋아한다는 걸.

노예에서 벗어난 뒤로 그녀는 줄곧 혼자였다.

그러나 지금은 엔과 약속을 나눴다.

더군다나 옆에서 걷는 사람이 있었다.

오타는 고개를 들어 나란히 걷는 알렉에게 물었다.

"알렉네 여관에는 누가 있어?"

"……음, 숙박객이 있는지를 물으시는 건가요?"

"그래."

"지금은 한 명이네요. 그것도 혈육이에요. 본인은 일단 요금을 내겠다고 말하니 손님이라고도 해도 영 틀린 말은 아니지요."

"……무슨 뜻이야?"

"손님은 한 명입니다."

"알렉, 사실은 가난해?"

"가난…… 뭐, 여관이 번성하진 않지만 가난하다고 할 정도는 아니에요."

"그래도 알렉은 여관 주인이잖아. 여관이 번성하지 않는데 알렉은 가난하지 않아?"

"제 일은 여관만이 아니니까요. 오히려 돈벌이 면에서 여관은 취미라고 말할 수 있겠네요."

"……여관 일이 일인데 취미야?"

"음, 일단, 네. 여관은 좋아서 하는 일이라서요."

"그렇군. 좋아하는 일을 하는 건 좋은 일. 오타도 노예가 아니게 되면 좋아하는 일을 하고 싶어."

"……남의 말을 따라 하는 느낌이네요. 그건 엔 씨한테 들은 말인가요?"

"맞아. 그런데 오타는 곤란해. 다른 애들과 함께 있는 게 좋은데 그러려면 노예로 돌아가야 해. 노예가 아니게 되어서 좋아하는 일을 할 수 있게 되었는데 노예로 돌아가게 돼. 그런데 노예를 좋아하는 건……."

"당신과 말하고 있으면 '1 더하기 1은 왜 2가 돼?' 를 묻는 어린 아이를 상대하고 있는 기분이 드네요."

"오타는 바보야?"

"그렇군요. 나쁘다는 생각은 하지 않지만 세상을 사는 데에는 불리해질 수 있어요. 오타 씨의 순진한 호기심은 분명 미덕이니 저로서는 이대로 계셨으면 싶어요."

"……무슨 뜻이야?"

"예를 들면 오타 씨가 '1 더하기 1은 왜 2가 돼?' 라는 질문을 받으면 어떻게 하시겠어요?"

"……오타는 그런 거 몰라. 혼란에 빠져."

"그렇겠죠? 그러니 화제를 꺼내기 전에 말을 들은 상대가 곤란해질 법한지, 스스로 예측하면서 이야기를 꺼내 보면 어떨까요?"

"……그렇군. 사람을 곤란하게 하는 건 좋지 않아. 오타는 노력해."

"네. 실패하면서 배워나가면 돼요. 그래도 일단 곤란하게 해도 괜찮은 상대한테는 생각하지 않고 말해도 괜찮아요."

"……곤란하게 해도 괜찮은 상대? 싫어하는 녀석 말이야?"

"아니에요. 좋아하는 사람이에요. 신용할 수 있는 상대는 곤란하게 해도 괜찮아요."

"어째서?"

"곤란하게 해도 오타 씨를 내버리지 않을 테니까요."

"……."

"애초에 당신이 싫어하는 상대는 오타 씨를 위해 곤란함을 감수

할 만한 사람인가요?"

"……아니야. 아마도."

"그렇다면 곤란하게 하는 건 좋아하는 사람에게만. 당신을 두고 어딘가로 가지 않을 사람한테만 하기로 하죠."

"알았어."

"다만, 상대를 곤란하게 한 만큼 자신도 상대를 위해서 곤란해질 각오가 필요해요."

"……."

"그래서 우선 이 사람을 위해서라면 곤란해져도 괜찮겠다는 상대에게는 사양하지 않고 이야기를 해도 괜찮아요."

"……알렉은?"

"저요?"

"알렉은 오타 때문에 곤란해도 괜찮아? 오타는 알렉에게 입은 은혜를 잊지 않아. 그래서 알렉을 위해서 곤란해져도 괜찮아."

"그렇군요. 그럼 사회에 나가는 수행을 하는 셈 치고. 저를 실험대로 삼으셔도 괜찮아요."

"……무슨 뜻이야?"

"곤란하게 해도 괜찮답니다."

"알았어."

오타는 웃으며 알렉의 주변에서 퐁퐁 뛰어올랐다.

묘하게 기뻤다. 그러나 지금의 마음을 능숙하게 표현할 수 없었다. 그래서 뛰었다.

그런 대화를 하는 동안에 목적지에 도달했다.

── '은 여우 여관'. 알렉이 경영하는 여관.

돌로 지어진 낡은 건물이었다.

노예 시절 오타는 나름대로 좋은 곳에 머물렀다는 걸 최근에야 알았다.

한 번은 기절했던 중에 옮겨졌던 장소였지만 새삼 오타는 솔직한 감상을 털어놓았다.

"알렉, 가난해."

"이런, 확신하신 모양이네요."

"……오타는 무척 나쁜 짓을 했을지도 모른다고 생각해. 알렉은 혹시 노예 일곱 명을 살 돈을 구하려고 꽤 무리해야 했던 거야? 쓸 일이 없어져서 정말 다행이야."

"쉽게 변통할 수 있는 금액은 아니지만…… 걱정은 안 해도 돼요."

"엔과 이야기가 끝나면 오타가 이 여관에서 일해도 돼. 공짜로 도 돼."

"아니요. 그렇게까지 곤란하지는 않은데…… 그리고 종업원은 지금도 충분해요. 아, 그래도 목욕 담당이 모자라는 감은 있네요. 출장을 부탁받는 일도 흔하고…… 한 명 정도는 있으면 좋겠는데."

"목욕 담당?"

"네. 저와 아내와 딸 한 명. 다 합해서 세 명이에요. 일단 특수한 스킬이라 지금껏 수행하신 분 중에도 목욕 담당을 할 수 있는 분이 안 계셨거든요."

"없어?"

"다들 어려워해요."

"그럼 오타가 해."

"오타 씨는 어려울 거예요. 마법에 적성이 없어요. 조금 전 수행으로 당신의 능력치 경향을 대강 이해했거든요."

"……음. 그렇지만 오타는 알렉한테 도움되고 싶어."

"그건 모든 일이 끝난 다음에 해 주세요. 자, 안으로 들어가죠. 저는 잠시 용건이 있어서 여기까지만 함께할게요."

"그래?"

"오타 씨는 괜찮다고 말씀하셨지만 엔 씨의 행방에 대해 조금. 그리고──."

"그리고?"

"──이쪽은 엔 씨의 의사를 존중해서 언급하지 않겠어요. 일단은 여러모로 할 일이 있거든요. 오늘은 이제 수행이 없으니 느긋하게 쉬세요."

"밥은 있어?"

"식사 요금은 여관 요금과는 별도지만 식당에서 드실 수 있어요."

"밥도 있구나. 오타는 먹는 게 좋아."

"그래요? 저희 여관은 식사에 자신이 있으니까요. 그리고 목욕탕과 침대도요."

"그런데도 인기가 없는 거야……?"

"……홍보가 안 된 거겠죠. 어쨌든 일단 여기서 이별이네요. 그럼."

알렉이 가볍게 고개를 숙이고 떠나갔다.

오타는 그의 뒷모습을 잠시 바라보다가 '은 여우 여관' 으로 들어갔다.

기절 중에 이곳으로 옮겨졌기에 안에 들어서는 게 처음은 아니었지만 자신의 의사로 안으로 들어가는 건 처음이었다.

조금 긴장하며 나무로 만든 문을 열고 안에 들어섰다.

그러자 접수 카운터로 보이는 장소에 사람이 있는 모습이 보였다.

새하얀 고양이 수인 소녀였다.

어쩐지 졸린 듯한 그녀는 표정도 어딘가 꿈을 꾸는 것처럼 힘이 없어 보였다.

그 소녀가 막 들어선 오타를 발견하고 말았다.

"……어서 오세요. '은 여우 여관' 에 오신 걸 환영합니다."

고요한 목소리였다.

잠기운이 깃들어 있다고 해야 할지, 감정이 엿보이지 않았다.

그러나 오타는 그녀를 보고 묘한 기쁨을 느꼈다.

그 소녀와 오타 사이에 두 가지 공통점을 발견한 것이다.

가장 먼저 눈에 들어온 건 인종. 털 색은 달랐지만 수인족, 더군다나 고양이 수인이었다.

그리고―― 이건 이제 공통점이라고 말하기 어려울지 모르지만 오타는 소녀의 왼쪽 손목에서 어떤 걸 발견했다.

눈에 힘을 주고 살펴보지 않으면 알기 어려운 정도였지만 검은 선 같은 게 엿보였다.

그것은 손목을 한 바퀴 빙그르르 돌 듯 피부에 직접 그려져 있다.

오타는 그것을 보며 말했다.

"너도 노예야?"

왼쪽 손목에 있는 검은 문양.

그것은 노예 계약을 할 때 새겨지는 마법의 각인이었다.

○

노예냐는 오타의 물음을 들은 소녀가 고개를 끄덕였다.

그리고 졸린 목소리로 말했다.

"응, 노예예요. 아빠의."

"노예구나. 오타도 그렇다. 아, 아니지. 오타는 전까지 노예이고, 그래도 지금은 아니고…… 그래도 동료 같은 거다."

"그렇군요."

큰 반응이 없었다.

오타는 상대를 곤란하게 하는 이야기를 했나 싶어 불안해졌다.

"……어, 음, 오타는 실례가 되는 말을 했어?"

"아니요."

"그, 그래. 그래도 노예를 보면 오타는 기뻐져. 동료를 발견한 것 같아."

"저기, 노예였다는 말을 아무렇지도 않게 말하지 않는 게 좋아요. 세상에는 편견을 가진 사람도 적지 않으니까요. 그래서 지금 노예는 살벌한 목걸이 같은 게 아니라 눈에 띄지 않는 문양으로 마법적 구속을 하게 되었고요."

"······너, 어려운 걸 잘 알아."

"공부했으니까요."

"아직 어린데 오타보다도 똑똑해. 너, 이름은?"

"브랜이에요."

"알렉의 노예야?"

"네."

"그런데 알렉은 아빠야?"

"네."

"······노예인데 주인을 아빠라고 불러?"

"손님, 사소한 걸 신경 쓰는 편이신가요?"

"그럴지도 몰라. 오타는 아무것도 모르니까 모르는 게 있으면 이것저것 물어보고 싶어져."

"그렇군요."

"그래서······."

"노예이지만 아빠는 제가 성인이 되면 저를 해방할 생각이라고 해요."

"브랜은 해방이 싫어? 어쩐지 싫어하는 것처럼 들렸어."

"손님, 직관이 예리한 편이신가요?"

"자신 있어. 오타의 장점은 그것뿐이야."

"그렇군요."

"그래서······."

"이럴 때 아빠라면 이렇게 말할 거예요. '생각해 보세요'."

"오타가 싫어하는 거야."

"아빠는 제가 노예가 아니게 되면 동시에 정식으로 양자로 들일 거라고 해요. 다시 말하면 열다섯 살 생일, 저는 정식으로 아빠와 엄마의 딸이 되는 거죠."

"······좋은 일 같아."

"그런데 세간의 시선으로 따져 '좋은' 일과 개인의 행복은 다르니까요."

"······어쩐지 알렉하고 이야기하는 기분이야."

"그건 제가 아빠와 닮았기 때문 아닐까요?"

"그래. 오타는 너와 알렉이 닮았다고 느껴."

"그렇군요. 좋은 일이에요."

"알렉이랑 닮은 건 좋은 거야?"

"저한테는 좋은 일이에요."

"다행이네."

"네. ······이야기를 계속하자면, 저는 정식으로 양자가 되는 걸 바라지 않아요."

"왜? 지금도 알렉은 아빠일 텐데."

"양자가 된다면 아빠랑 결혼할 수 없게 되잖아요."

브랜이 표정 하나 변하지 않고 잘라 말했다. 어투도 무표정하다고 해야 할지, 담담했다.

오타는 뭔가 이상한 발언 같다고 느꼈지만── 이렇게까지 당당하게 선언한다면 이상하지 않을지도 모른다.

오타는 잠시 생각에 잠겼다가──.

"······보통은 아빠랑 결혼하지 않는다고 생각해······. 오타는 아빠가 없었으니까 모르겠지만."

"보통이니 보통이 아니니 하는 건 사소한 문제예요. 중요한 건 감정이잖아요."

"오타는 잘 모르겠지만 어쩐지 진지한 이야기를 들은 것 같아."

"저는 제 감정을 위해서 아빠와 결혼해요."

"⋯⋯그래도 알렉한테는 아내가 있을 텐데."

"해치우겠어요."

"⋯⋯너희 엄마 아냐?"

"사소한 문제예요."

"알았어. 너, 무척 위험한 녀석이구나?"

"노와랑 비슷한 말은 그만두세요."

"⋯⋯노와?"

"여동생이에요. ⋯⋯그쪽은 제가 언니라고 말하지 않겠지만요."

"그렇군. 그런 건 알겠어. 오타도 그런 거 있어. 언니는 밥을 많이 먹어도 괜찮아. 그래서 오타는 언니가 되고 싶었어."

"뭐, 그런 즉물적인 이야기가 아니라 자긍심의 문제지만요."

"너는 말이 어려워."

"⋯⋯어쨌든, 그렇게 생각 없는 바보 여동생을 보고 있으면 유감스럽기 짝이 없다는 이야기예요."

"오타, 너와 이야기하고 생각했어. 오타는 아마도 노와 쪽이랑 사이좋게 지낼 수 있을 것 같아."

"어쨌든 이 일은 엄마한테는 말하지 마세요. 지금 엄마를 해치울 계획을 생각하고 있으니까요. 들키면 해치울 수 없어요. 엄마는 강하니까."

"그렇구나. 알렉하고 비교하면 누가 더 강해?"

"아빠가 강하지만 아빠는 엄마한테 이길 수 없다고 해요."

"……잘 모르겠어. 이길 수 있는 사람이 강하지 않아? 약한데도 이길 수 있어?"

"상성의 문제라고 생각해요. 저도 엄마하고는 상성이 나쁘니까요. 살짝 나쁜 짓을 하면 일주일 정도는 정신 세계에 갇혀요. 무서워요."

"잘 모르겠어. 그래도 일주일 갇히는 건 지독해."

"살짝 즉사 트랩을 설치했을 뿐인데."

"너, 위험해. 엄마가 옳아."

"하지만 밥도 안 줬는걸요."

"밥을 주지 않는 건 힘들어……."

"제가 엄마를 쓰러트리려는 게 들키면 밥을 굶게 될 거예요."

"알았어. 오타는 가만히 있어. 절대로 말하지 않아."

"좋아요. ……엄마의 '마음을 움직이는 마법'은 저도 배우고 싶은데……."

"배울 수 없어?"

"마법 적성이 없거든요."

"오타는 할 수 있는 일을 열심히 하면 된다고 생각해."

"그래도 아빠의 정신을 마법으로 가둬둘 수 있으면 앞으로도 아빠는 제 것이 될 테고……."

"오타는 잘 모르겠지만 너는 위험해. 봐 봐. 네가 뭘 말할 때마다 오타의 꼬리가 곤두서. 이건 네가 위험한 녀석이라고 느끼고 있다는 거야."

"위험하다니요. 다른 사람보다 살짝 마음이 깊은 거예요. 사람을 좋아한다는 이유로 오해받다니, 속상하네요."

"오타도 엔을 좋아하지만 네가 말하는 좋아한다는 거랑은 어쩐지 다른 것 같아."

"엔 씨는 누구세요?"

"오타의 언니 같은 사람이야."

"그건 당연히 다르죠. 당신이 말하는 건 가족으로서 좋아한다는 거니까요."

"……오타는 머리가 혼란해졌어. 알렉은 네 아빠가 아니야?"

"지금은 말이죠."

브랜이 희미하게 웃었다.

졸음에 취한 듯한 얼굴을 했던 그녀의 미소는, 청초하고 아름다웠다. ──그러나 오타는 등줄기가 오싹한 예감을 느꼈다.

이 아이는 뭔가 위험하다.

"……오타는 일단 밥을 먹고 싶어."

"아, 네. 지금은 식당에 엄마랑 노와가 있으니 주문하면 식사가 능해요!"

"그래. 알렉의 수행은 혹독해. 배가 고파졌어."

"오늘은 수행 첫날이었죠?"

"그래."

"절벽에서 뛰어내리거나 콩을 먹거나?"

"그래."

"배가 고프세요?"

"수행이 끝났으니까 배가 고파. 당연해."

"……드실 수 있군요. 다른 분들은 정신적으로 배가 차서 식사도 제대로 못 하시는 일도 드물지 않은데."

"……정신적으로 배가 차? 정신에 배가 있어?"

"비유적인 표현이라고 해야 할지…… 수행은 괜찮으셨어요? 아빠의 수행은 조금 평판이 좋지 않을 텐데요."

"그래?"

"네. 효과는 좋지만 두 번은 하고 싶지 않다는 분이 많으세요."

"그렇구나. 그래도 오타는 생각해. 수행이 두 번 다시 하고 싶지 않은 건 당연해. 땡땡이를 치면 진짜 전투에서 죽어. 그래서 죽을 만큼 해. 그게 수행."

"……그렇군요. 손님은 조금 별난 분이시네요."

"그럴지도 몰라. 오타는 머리가 좋지 않으니까."

"그런 의미가 아니라…… 아빠의 수행을 경험하고 멀쩡한 정신 상태를 유지하는 분은 처음으로 봐서 감동했어요."

"……? 알렉의 수행을 경험하면 왜 멀쩡한 정신 상태가 아니게 되는 거야?"

"힘들어서……겠죠? 저는 이제 익숙하지만요."

"그래? 알렉의 수행은 좋아. 뭘 하는지 분명하게 말해 줘. 그리고 지금 하는 게 어떤 효과가 나오는지 알려 줘. 다정해. 무엇보다도 죽지 않아. 보통은 그냥 하라는 말밖에 안 해. 그리고 때에 따라서는 죽어.”

“오타 씨도 힘든 환경에서 살아오셨군요.”

“잘 몰라. 그래도 알렉의 수행과 비교하면 불합리했다는 느낌이 들어.”

“그래도 아빠의 수행을 칭찬하는 사람한테는 호감이 생겨요. 당신과 사이좋게 지낼 수 있을 것 같아요.”

“그렇구나. 오타는 조금 사양하고 싶어.”

“사양하지 마세요.”

“……말이 어려워. 오타는 어떻게 말해야 좋을지, 다른 방법을 몰라.”

“함께 힘을 합쳐서 엄마를 해치워 보아요.”

“왜 그런 말이 되는지 오타는 이해할 수 없어.”

“당신한테 뭘 숨기는 건 어려울 것 같으니 차라리 비밀을 공유하는 게 좋지 않을까 싶어서. 어쨌든 엄마를 쓰러트리는 건 비밀이에요. 비밀이니까요. 만약 누군가한테 말하면 화낼 거예요.”

“알았어. 그건 약속해.”

“그리고 만약 아빠한테 반하면 죽일 거예요.”

“네가 진심으로 하는 말은 오타의 꼬리가 곤두서니까 알 수 있어. 역시 너는 위험해.”

“위험하지 않아요.”

“……어쨌든 밥.”

“네. 식당은 손님이 보시는 방향을 기준으로 왼쪽에 있어요.”

브랜이 희미하게 웃었다.

청초하고, 덧없고, 아름다운 소녀.

인상도 체구도 어린 티가 났지만 분위기는 어딘가 어른스러웠다.

그러나 가능한 멀리서 바라보기로 하자.

그렇게 결심하며 오타는 식당으로 발을 내디뎠다.

○

"오, 호 씨와도 사이가 좋아진 모양이네요."

오타가 식사를 마칠 무렵 알렉도 '은여우 여관'에 돌아왔다.

아직 식당에 있었다.

4인용 테이블 석. 알렉은 앉지 않고 옆에 섰다.

오타의 정면에는 현재 이 여관의 유일한 숙박객이 있었다.

'호'라는 이름의 소녀였다. 드라이어드라는 종족인 모양이다.

그녀는 바로 얼마 전 알렉의 수행을 마쳤다고 했다. ——말하자면 오늘부터 수행을 시작한 오타한테 선배가 되는 셈이다.

그건 그렇고 보기 드문 외모였다.

작은데도 어쩐지 고요한 강함이 느껴졌다.

갈색의 피부를 저도 모르게 문질러 보고 싶어지는 신비로운 매력이 있었다.

생각해 보면 숫자가 적은 종족이라 오타는 드라이어드를 보는 게 처음이었다.

어린아이 같은 체격. 나무껍질을 연상케 하는 갈색 피부. 더불어 희고, 숱이 많고, 긴 머리카락.

느슨해 보이는 천 하나로 만든 옷을 입은 탓도 있어서 작은 몸이 더욱 작게 보였다.

그러나 이 나라의 기준으로 보면 성인이라고 한다.

……그런 것도 식사 중 대화로 알게 되었다.

오타는 호를 살폈다.

그녀가 알렉의 말에 대응했다.

"사이좋다고 할 정도는 아니야. 이제 막 대화를 나눈 정도지."

"오호."

"……뭐야."

"아니, 그런데 오타 씨를 좀 빌릴 수 있을까?"

"딱히 내 것도 아니잖아. 오타한테 물어."

"……너는 낯가림이 있는 줄 알았는데 의외로 다른 사람과 친해지는 게 특기구나."

"아까부터 대체 무슨 소리를 늘어놓는 거야."

"아니, 다행이다 싶어서. 그렇게 됐으니──."

알렉이 오타에게로 눈을 돌렸다.

뒤이어 평소와 같은 미소를 머금고 말했다.

"──잠시 이야기 좀 나눌 수 있을까요?"

"그래."

"그럼 이쪽으로."

"……여기서는 안 돼?"

"아, 크게 상관은 없지만 호와는 상관없는 이야기이고 대화 중에 다른 사람한테 알리고 싶지 않은 당신의 사정이 언급될지도 몰라요."

"오타한테는 다른 사람한테 알리고 싶지 않은 사정은 없어. ……
아, 그래도 원래 노예였다는 건 숨기는 게 좋다고 했지."

"오호라? 누구한테 그런 말을 들으셨나요?"

"브랜."

"……그렇군요. 뭐, 그러네요. 숨기는 게 좋을 때도 많아요. 저
로서는 나중에 들키기보다 처음부터 말해 두는 게 좋다고 생각하
지만요."

"……말하는 거랑 숨기는 거랑 어느 게 맞아?"

"결과적으로 좋았던 게 정답이라고 대답해 둘까요."

"……모르겠어."

"늘 맞는 답인 경우는 없다는 거죠. 얄궂게 들릴지도 모르지만
상황에 따르는 게 유일한 대답이겠네요. 그러니 실패를 겪으면서
배워 갈 수밖에 없죠."

"어려워."

"그러네요. 일단 최종적으로는 오타 씨가 편하신 대로 하는 게
제일 좋아요. 숨기는 게 특기라면 숨기면 되죠. 껄끄러우면 숨기
지 않는 게 좋아요."

"오타는 숨기는 게 껄끄러워."

"그럼 말하는 게 좋지 않을까요? 묻지 않았는데도 일부러 대답
할 필요는 없겠지만요."

"우우웅……. 어려워. 그래도 노력해."

"네. 그런데 이야기를 시작해도 될까요?"

"미안해. 오타는 이야기를 들어. 무슨 얘기야?"

"내일부터 할 수행에 대한 겁니다."

알렉이 그렇게 말하자── 호가 "켁." 하는 소리를 냈다.

오타와 알렉, 두 사람은 동시에 그녀를 바라보았다.

그러자 호가 민망한 듯이 시선을 피했다.

"……아니, 미안. 방해하지 않을게. 계속해."

알렉과 오타는 서로를 향해 시선을 돌렸다.

뒤이어 알렉이 설명을 시작했다.

"오늘 수행으로 튼튼함과 HP가 늘었어요. 본래라면 이후부터는 능력치 올리는 걸 메인으로 수행해야겠지만 오타 씨의 경우 사정이 사정이니만큼 우선 스킬을 배우는 게 어떨까 싶어요."

"오타가 이해할 수 있도록 말해 줘."

"스킬…… 특기…… 어, 음……."

"……."

"그렇군요. 필살기를 배워 보죠."

"필살기! 오타는 그런 거 의외로 좋아해!"

"마음에 드시는 것 같아서 다행이군요. 그럼 자세한 수행 내용인데…… 이번에는 분명한 목표가 있어요. '엔한테 이긴다' 였죠."

"맞아. 오타는 엔한테 이겨."

"엔 씨는 뛰어난 대검 사용자예요. 대형 무기를 사용하면서도 틈이 없지요."

"강해."

"네. 일반적인 기준을 훌쩍 넘게 강했지요. 분명 목숨을 건 수행을 실전에서 반복했겠죠. 타고난 재능이나 천운도 있었겠지만요."

"엔은 대단해."

"그렇군요. 그럼 오타 씨가 이기려면 어떻게 해야 할까요?"

"어떻게 해야 해?"

"……두 종류의 방법을 생각할 수 있어요. 하나는 공격을 반복하다가 엔 씨가 지칠 때 단숨에 벤다. 장기전으로 가는 방향이에요."

"엔이 지치는 건 상상할 수 없어."

"그렇군요. 그리고 장기전으로 대검을 받아내는 것도 제법 스트레스가 되니까요. 잘못하면 한순간에 죽을 수 있는 공격을 계속 피해 내는 건 정신적으로 힘들어요."

"그건 힘드네."

"그렇군요. 그리고 두 번째로는 단기 결전이에요. 전투가 시작되는 순간 엔 씨의 대검을 피해서 일격을 넣어 승부를 결정하는 방법이에요."

"엔의 검은 빨라."

"그렇군요. 그리고 일격으로 승부를 결정짓지 못했을 때 높은 확률로 패배가 돼요. 기습이나 다름없는 전법이니 두 번째는 없겠죠. 단 한 번밖에 도전할 수 없고, 더군다나 먹히지 않으면 패배로 이어지는 건 정신적으로 힘들어요."

"그럼 힘드네."

"그렇군요. 엔 씨는 강해요. 능력치만 따지면 당신도 그럭저럭이지만 전투 능력으로 따지면 당신은 엔 씨의 발끝에도 미치지 못해요. 그걸 일주일 만에 어떻게든 뒤집어야 하니 어느 쪽이든 힘든 수행이 될 거예요."

"그럼 오타는 어떡해야 해?"

"지금 말씀드린 두 가지 방법에는 모두 장단점이 있어요. 그걸 고려하면 당신은 어떻게 하고 싶으세요?"

"오타는 그런 거 싫어. 머리로 생각해도 잘 몰라. 이럴 때 오타는 항상 직관으로 선택해."

"그럼 직관에 맡기면?"

"양쪽 모두 하면 돼."

"그렇군요."

알렉과 오타가 서로를 바라보면서 고개를 끄덕였다.

뜻밖의 결론에 호는 쿠당탕하는 우렁찬 소리와 함께 자리에서 몸을 일으켰다.

"아니, 아니, 아니, 아니. ……당신들 이상하잖아. 어느 쪽을 골라도 힘들다고 하잖아. 왜 거기서 '둘 다'라는 결론이 되는 거야."

"하지만 호, 생각해 보자."

"그러니까 생각한 결론이 이상하다잖아."

"어떤 던전에 도전할 때 활을 가지고 갈지, 검을 가지고 갈지, 고민할 때가 있잖아."

"우리는 머리카락으로 싸우니까 그런 고민은 안 해."

"어쨌든 고민한다고 치자. 그럴 때 이런 생각이 들지 않아?"

"어떤 생각이 드는데?"

"'그래, 활과 검을 모두 가져가면 돼'."

"……모험가라는 건 보통 무기는 한 종류밖에 가져가지 못해.

몬스터를 보고 나서 사용할 무기를 고르고 있을 여유도 없고. 무기가 늘어나면 짐도 늘어나니까 보물을 갖고 돌아올 수도 없게 되고. 그리고 여차할 때 의지할 수 있는 건 손에 익은 무기니까."

"그렇지."

"그러니 둘 다 갖고 가는 건 말이 안 된다는 거야!"

"다시 말해서 두 가지 무기가 모두 손에 익는다면 여차할 때 적절하게 이용할 수 있다는 뜻도 되지."

"그래도 그, 손에 익을 때까지의 수행이 말도 안 되게 힘들잖아! 어이, 오타! 넌 괜찮아?!"

호가 소리쳤다.

오타가 고개를 갸웃했다.

"수행은 혹독한 게 당연. 가끔 죽는 정도가 아니면 수행이라고 하지 않아."

"알렉 씨의 수행은 항상 죽잖아!"

"죽어도 살아나니까, 안전."

"……그런 게 아니라……! 젠장, 너도 그쪽 인간이냐!"

"……?"

"알렉 씨 쪽 인간이었냐는 거다!"

"……오타는 확실히, 호 맞은편에 앉았어. 어느 쪽인가 하면 알렉한테 가까워."

"물리적인 거리를 따지는 게 아니야!"

"거리는 거리. 너와 오타가 가까운가 아닌가 하는 의미에 지나지 않아. 아니면 다른 의미가 있어?"

"……알겠다."

"오타는 뭐가 뭔지 모르겠어. 너는 무슨 말을 하고 싶어?"

"이제 상관하지 않을 테니까 이야기나 계속해."

"……그래?"

오타가 알렉에게 시선을 돌렸다.

알렉도 다시 오타를 보며 이야기를 이어나갔다.

"음, 그럼 양쪽 모두 배운다는 방향으로 수행을 진행할 텐데……
어느 쪽이든 작전에 중요한 건 '회피' 네요."

"공격을 피하는 건 특기야. 오타한테는 직관도 있고 제법 빠르
다고 생각해."

"네. 당신의 적성은 딱 그 부분이에요. 그러니 내일 수행에서는
회피력을 단련하고 자기를 객관시하는 능력을 길러 보죠. 스킬적
으로는 '간파' 라고 할 수 있을까요."

"알았어. 오타는 뭘 해?"

"하는 일 자체는 그렇게 어렵지 않아요. 그저 공격을 계속 피하
기만 하면 되니까요."

"쉬워."

"네. 수행에 사용할 던전은 '살의의 동굴' 이라고 불리는 곳이에
요. 이곳 던전의 난이도는 '출입 금지' 지요."

"출입 금지인데 들어가도 돼?"

"허가는 사전에 구했어요. 길드 마스터가 좋을 대로 하라는군
요."

"좋을 대로 해도 되는구나."

"네. 던전 설명을 할까요?"

"지금 들어도 잊을 것 같아."

"그럼 현지에서 설명을 할까요?"

"좋아."

오타가 고개를 끄덕였다.

이야기를 듣던 호가 "아니, 아니, 아니, 아니."라며 허둥지둥 끼어들었다.

"들어 두라니까. 내 말 믿어."

"그래도 어차피 할 일이야. 지금 들어도 나중에 들어도 변하는 건 없어. 그러면 잊지 않도록 나중에 듣는 게 좋아. 오타한테는 완벽한 이론. 내가 날 칭찬하고 싶을 정도야."

"······알았다. 내가 듣고 싶어. 그러니 물어봐 줘."

"호도 같은 수행을 해?"

"안 하는데······."

"그래도 오타는 누군가와 함께 뭔가를 하는 게 좋아. 괜찮다면 호도 할래?"

"너희는 상식이 결여되어 있으니까 따라가면 재밌긴 하겠지만 약간의 흥미를 위해서 마음이 파괴되는 건 사양하고 싶어······."

"호는 아직 작은데 어려운 말을 해."

"나도 어른이야."

"그랬어. ······어려워. 어린아이 같은 어른도 있어. 어른 같은 아이도 있어."

"어른 같은 아이?"

"브랜."

"아, 뭐, 확실히. 나이에 비해서 조숙하지. 낯가림이 살짝 있지만."

"위험인물로 완성되고 있어."

"……위험인물?"

"……비밀이었어. 오타는 아무것도 몰라. 아무 말도 하지 않아."

"신경이 쓰이는데…….."

"그런데 호는 수행에 흥미가 있어?"

"……미리 말을 들어 두는 게 널 위한 일이라고 생각하는데…… 각오를 다질 시간도 필요하잖아."

"각오는 있어."

"나도 말이야. 실제로 수행 내용을 듣기 전까지는 항상 그렇게 생각했어."

"……잘 모르겠어. 결국 호는 오타의 수행에 흥미가 있어?"

"……뭐라고 해야 할지, 너는 보고 있으면 위태위태해서 내버려 둘 수가 없네…… 아, 정말, 그래. 그런 걸로 치고 뭘 수행하는지 들어 둬."

"알았어, 알렉, 호가 알려 달래."

오타가 알렉을 바라보았다.

그는 옅은 미소를 머금고 고개를 끄덕였다.

"'살의의 동굴'은, 그 이름 그대로 살의가 높은 함정이 복수 설치된 던전이에요."

"함정 회피는 특기."

"네. 당신은 레벨 40 언저리의 능력치로 레벨 80의 던전에 도전하고 최상층까지 도달한 분이세요. 함정 회피나 탐색에 대한 적성은 상당해요."

"그렇겠지. 오타의 자랑이야. 위험한 일이 있으면 꼬리가 곤두서. 브랜하고 이야기할 때처럼."

"……왜 우리 딸과 대화 중에 꼬리가 곤두서는 걸까요?"

"그 녀석은 위험해."

"아…… 잘은 모르겠지만. 음, 일단 당신이 함정 회피가 특기라는 점은 충분히 이해하고 있어요. 그래서 '출입 금지' 지정된 던전을 골랐지요."

"알았어."

"수행 장소는 '살의의 동굴' 안에서도 가장 함정 밀도가 높은 광장이에요. 그 광장은 들어서는 순간 사방팔방에서 화살이 쏟아져 들어오죠."

"그런 함정은 드물지도 않아."

"그렇지요. 그런데 이 광장의 화살 트랩은 회피가 불가능하다고 해요."

"……노력해도 안 돼?"

"그렇군요. 제 동체 시력으로 확인해 본 결과 그 광장은 어디에서 있더라도 동시에 모든 방향에서 화살이 날아와요. 기적적으로 회피했더라도 30초 동안 고속, 고밀도의 화살이 쏟아지니 회피하는 건 불가능할 거예요."

"대단해."

"네. 함정이 발동하는 광경은 압권이기도 했지요. 파리하게 빛나는 흰색 빛줄기가 사방팔방에서 호우와 같은 소리를 내면서 쏟아져 내리는데…… 환상적인 아름다움이 느껴지기도 했어요."

"파리하게 빛나는 흰색 빗줄기?"

"그래요. 물리적인 화살이 아니라 마법 화살이에요. 광장에 모험가가 발을 들이면 그걸 인지하고 발생하는 마법이라고 말씀드릴 수 있을까요? 그러니 사실은 마력 흡착률을 극한까지 낮춘 장비라면 아무런 상처도 없이 빠져나갈 수도 있어요."

"대책은 있어?"

"이론상으로는요. 현실적으로는 어려워요. 그 화살을 무효화할 수 있을 만큼 마력 흡착률이 낮은 장비라면 이 세계에는 제가 사용하는 망토 정도겠네요."

"대단한 장비."

"스승한테 물려받은 물건이지만요. 일단은 스승이 무심코 마법을 사용하지 않도록 구속구로 활용했다는 모양이에요. 실제로 그걸 두르고 마법을 쓰는 건 꽤 힘들어요."

"무심코 마법을 써?"

"마법은 여러모로 화려해서 암살에는 어울리지 않으니까요."

"암살해?"

"아, 죄송해요. 화제가 어긋나는 게 제 나쁜 버릇이에요. ……본론으로 돌아갈까요?"

"맞아. 호가 수행 이야기를 알고 싶어 해."

"그럼 호를 위해 본론으로 돌아갈까요. 수행 내용은 그 광장에서 화살을 회피하는 거예요. 모든 걸 회피하고 나면 수행은 끝나요."

──아니, 그건 이상해.

옆에서 이야기를 듣던 호는 반박하지 않을 수 없었다.

"아니, 불가능하다고 했잖아?! 그 광장의 화살 트랩은 회피가 불가능하다고, 당신이 조금 전에 말했는데?!"

"아, 실례. 길드 마스터는 회피가 불가능하다고 판단한 모양이라고 말하는 게 올바른 표현일지도. 말하자면 이 던전이 '출입 금지'가 된 이유를 설명하는 부분이지. 설명이 모자랐던 건 정말 미안해."

"길드 마스터의 판단이 옳다니까! 그, 할망구, 그렇게 보여도 던전을 보는 눈은 확실하다고?!"

"그러고 보니, 호. 지금 네 일은 '특수 구조물 던전 전문 조사원'이었지."

"……왜 그렇게 갑자기. 엄청 기분 나쁜 예감이 드는데."

"사방팔방에서 화살이 30초 간격으로 쏟아지는 던전은 머리카락을 다루는 방법을 익히는 데에도 도움이 될 것 같지 않아?"

"싫어, 싫어, 싫어."

"오타 씨도 누군가와 함께하고 싶은 모양이고 내일 수행은 같이 해 볼까. 내일부터 얼마간 일정도 없을 텐데?"

"수행, 끝났는걸…… 수행은, 이제, 끝났는걸……."

"수행에 끝은 없어. 삶 그 자체가 수행 같은 거니까."

"그런 인생은 싫어……!"

"그럼 내일, 오타 씨와 함께 수행하는 걸로 결정인가?"

알렉이 웃었다.

호가 울 것 같은 눈으로 오타를 바라보았다.

그녀는 바들바들 몸을 떨면서 곤혹스러운 눈으로 오타를 바라보았다.

──오타는 문득 그리운 기억이 떠올랐다.

그것은 검투 노예 시절, 시합에 나가야 하는 걸 두려워하는 어린 노예── 그 아이가 떨면서 두려워하며 당장에라도 눈물을 흘릴 것 같은 얼굴을 했을 때, 자신은 뭐라고 말했지?

오타는 떠올렸다.

그리고 호에게 그때처럼 말했다.

"괜찮아. 오타랑 함께야."

그녀의 말은 도움이 되지 못했고.

호는 "싫어어!"라고 소리쳤다.

○

"돌아갈 수 있어…… 돌아갈 수 있어…… 돌아갈 수…… 수행…… 또 수행……?"

호가 알아들을 수 없는 말을 중얼대고 있었다.

오타는 그녀의 손을 붙들고 지금까지 머물렀던 수행장을 바라보았다.

아침이었다.

산중을 비추는 아침 햇살이 주변을 희게 물들이고 있었다.

조금 전까지 머물렀던 '살의의 동굴'은 왕도 북부의 산맥 지대에 있는 던전이었다.

　험악한 산들 속에 의태하듯이 입을 벌린 종유굴. 내부는 희미하게 푸른빛을 내고 있었고 한 걸음이라도 잘못 디디면 서늘한 공기에 정신이 홀렸다.

　──알렉의 말에 따르면 이곳에서의 수행은 나흘 동안 이어졌다고 한다.

　희푸른 빛을 내는 화살은 눈으로 보고 피할 수 없었다.

　패턴을 기억하고 피하는 것도 불가능했다. ──언제나 화살의 궤적이 바뀌는 것이다.

　그래서 '직관력'과 '느낀 그대로 몸을 움직이는 능력'을 몸에 익힐 필요가 있었고, 그 능력을 습득하는 데에 나흘이 걸린 것이다.

　오타는 혹독한 수행에 익숙했다……. 그러나 그런 그녀도 잠도 자지 않은 채 쉼 없이 나흘을 버티면서 한순간이라도 긴장을 풀면 죽음을 맞이하게 되는 상황에 끝없이 노출되는 건 아무래도 버티기 힘들었다.

　녹초가 되었다. ──그러나 오타는 수행을 돌아보며 웃었다.

　"오타가 노력할 수 있었던 건 호 덕분이야."

　그녀의 머리를 다정하게 쓰다듬었다.

　호는 반응하지 않았다. 어딘가 먼 곳을 바라보면서 손가락을 빨고 있었다.

　대신에 세이브 포인트를 없앤 알렉이 물었다.

　"호 덕분인가요?"

"그래. 호가 어린아이 같아서 한심한 모습을 보이면 안 되겠다 싶었거든. 노예 시절에도 연하인 아이 앞에서는 한심한 모습을 보이지 않도록 노력했어."

"그렇군요. 일단 호는 보기보다는 나이가 있지만…… 수행 중에는 어쩐지 어린아이가 되니까요."

"극한 상태에서는 거짓말을 하지 못해. 아마도 평소에 호는 억지로 난폭하게 굴어."

"불량한 모습을 동경할 나이니까요."

"……그래서 극한 상태에서도 항상 오타를 신경 써주는 엔은 정말로 다정해."

"……그렇군요."

"얼른 만나고 싶어. 만나서 옛날처럼 함께 놀고 싶어."

"……."

"알렉, 왜 그래?"

"무심코 입을 놀리려 하는 게 제 나쁜 버릇이에요. ……어쨌든 당신은 엔 씨한테 이겨야만 해요. 승부는 이제 내일 밤이군요."

"그래? 오타는 계산이 싫어. 응, 엔이랑 만난 날 저녁, 절벽에서 떨어지기를 하고…… 그다음 날 아침, 이 수행장에 왔어. 그리고……."

"나흘 밤낮을 동굴에 틀어박혀 계셨지요. 그래서 엔 씨와 약속을 했던 기일은 내일 밤이 되는군요."

"……안 늦을까?"

"지금 시점에서는 계산대로예요. 오히려 당신이 조금도 피폐해지는 기색이 없어서 놀랄 정도인데요."

"오타는 피곤해. 하지만 호 앞이니까 노력했어. 누군가랑 함께 있으면 노력할 수 있어. 특히 어린아이 앞이면 힘내야 한다는 기분이 들어."

"그렇군요."

"작은 어린아이를 돌보는 건 오타의 일이었어. 오타는 약하지만 아이 돌보기는 잘했으니까."

"엔 씨는? 당신은 그녀를 따르는 모양이라 저는 엔 씨가 노예들을 돌보는 역할을 맡고 있지 않았을까 싶었는데요."

"……중간까지는, 확실히 그랬어. 그런데……."

"……대답하기 껄끄러운 일인가요?"

"조금. 그래도 알렉은 괜찮아. ……엔 밑에, 또 한 사람, 오타랑 같은 나이의 노예가 있었어. 그 녀석은 흉포한 몬스터와 싸우다가 죽었어."

"……그렇군요."

"그 이후로 엔은 아이들을 잘 돌보지 않게 되었어. 대신에 누구보다도 수행해서 누구보다도 많이 검투에 나갔어. ……아마도 돈을 모으고 싶었을 거야."

"독기가 서린 느낌이었지요."

"아마 그럴 거야. ……그 시절 엔은 다정했지만 무서웠어. 굉장히 필사적이었고…… 마치 죽어도 상관없는 것 같아서…… 그렇게 번 돈으로 오타를 해방해 줬어."

"엔 씨, 자신을 구하려고 돈을 모았던 건 아닌 거군요."

"아마도 그래. 처음부터 엔은 자신을 위해서 노력했던 건 아닌 것 같아. 모두 오타나 오타보다도 어린아이들을 위해 노력해 왔다고 생각해."

"그래서 지금 그 상태인가요. 정말 세상일은 마음대로 안 된다 싶네요."

알렉이 쓴웃음을 지었다.

오타는 그의 말이 어떤 비유처럼 느껴졌다. ……누군가의 말을 빌려온 것만 같은.

오타가 고개를 갸웃하자 알렉이 뭔가가 생각났다는 듯이 입을 열었다.

"그러고 보니 엔 씨를 어떻게 하실 생각인가요?"

"……어떻게 하다니?"

"이미 확정된 사실을 말씀드리면 그녀는 살인범이에요."

"…….."

"사정을 따지면 동정할 법한 구석이 많겠지만 헌병에 끌려가 법에 따라 재판을 받는 건 피할 수 없어요. 감싸고 싶은 마음은 있겠지만…… 헌병은 우수해요. 벌써 발트로메오 씨 살해 범인이 엔 씨라는 사실을 짐작하고 행적을 뒤쫓고 있죠."

"어우웅……."

"지금 당장 붙들리게 될지도 몰라요."

"……그렇구나."

"네. 일단 탐색이 힘들게 하고는 있지만 이쪽도 일단 법을 어길 생각은 없으니 언젠가 엔 씨는 체포되겠죠. 그런 걸 생각해서 엔 씨도 일주일이라는 기간을 상정했겠지만."

"······곤란해. 만약에 체포되면······."

"노예에서 해방될 수 없게 되겠지요. '자신을 구매할 수 있는 자금이 있을 것', '범죄 이력이 없을 것', '성인일 것'. 그중 '범죄 이력이 없을 것'이 노예 해방의 조건이니까요. 그리고 '범죄 이력'은 '체포 이력'이나 마찬가지. 노예의 각인이 자동으로 범죄를 탐지하는 건 아니니까요."

"······어떻게, 안 될까?"

"당신의 목적은 결국 '엔 씨를 노예에서 해방시키는 것'인가요?"

"······거기까지는 생각하지 못했어. 하지만 오타가 엔한테 입은 은혜를 갚으려면 엔을 해방시키는 게 가장 좋다고 생각해."

"그러나 그건 어렵게 되었어요."

"······곤란해."

"상황을 정리해 볼까요."

"부탁해."

"당신은 '엔 씨의 진짜 속내를 알고 싶다'. 엔 씨는 '아무것도 말해 줄 생각이 없다'. 그래서 당신은 엔 씨한테서 이야기를 듣기 위해서 그녀와의 승부에 이겨야 한다. ······뭐, 얘기를 들어 본 결과 사실 범죄 같은 건 저지르지 않았다는 진상이 기다리고 있다면 그게 가장 좋겠지요."

"그렇게 되면 좋겠다고 생각해."

"제 입장에서는 뭐라 말씀드리기 어렵지만 발트로메오 씨 살해 부분만큼은 사실이겠죠."

"……그런 느낌은 들어. 그렇지만 다른 노예를 죽인 건 분명 거짓말. 엔이 그럴 리가 없어."

"……일단은 생각해 보세요. 진상을 들은 뒤에 당신이 엔 씨를 어떻게 하고 싶은지. 지금은 우선해야 할 일을 해 볼까요?"

"?"

"수행 말이에요. 내일 밤, 결전을 위해서요."

"그랬지."

오타가 고개를 끄덕였다.

알렉은 그림자 한 점 없는 미소를 띠고 말을 이었다.

"조금 전까지 수행으로 '간파'를 습득하셨어요. 본래 뛰어난 직관력을 더더욱 단련해서 예지에 가까운 정밀도로 공격을 예측할 수 있죠. 또한, 예측대로 자신의 몸을 움직일 수 있는 완벽한 이미지를 습득했다는 뜻이에요."

"잘 모르겠어. 그러고 보니 필살기는 배웠나?"

"'간파'가 필살기입니다."

"……간파하는 걸로 어떻게 상대를 쓰러트려?"

"일단은 알기 쉽도록 필살기라는 표현을 썼을 뿐이지, 스킬이 항상 공격 능력인 건 아니라서요."

"……?"

"알겠습니다. 그럼 이렇게 생각해 볼까요? ──상대의 필살기를 피하기 위한 필살기를 오늘 배운 거예요."

"우우웅…… 그렇군."

"……그래서, 오늘부터 승부의 때까지 수행은 오타 씨의 이미지 속에 있는 '필살기'를 배워 보죠."

"정말로?"

"비유적인 표현이었습니다. 잊어 주세요. ……이번에 하시게 될 수행은 정말로 쉬워요. '공격을 피하고 일격을 넣는다'. 이거 면 됩니다."

"누구의 공격을 피해? 몬스터?"

"그건, 저──."

알렉의 말이 끊어졌다.

그는 "실례."라고 말하고 허리 뒤에서 무언가를 꺼냈다.

그것은 길고 가는 마석이었다.

손바닥 정도 크기의 검은 돌로, 희미하게 빛을 내며 요동치고 있는 걸 확인할 수 있었다.

알렉은 그 마석을 귀에 가져갔다.

"여보세요? ……알겠습니다. 금방 갈게요."

흡사 누군가와 대화를 하는 듯한 발언이었다.

마석은 알렉의 말을 듣고 역할을 끝냈다는 듯이 투명하게 변해 갔다.

수명이 다한 것이었다. 내부에 담겨 있는 마법이 빠져나가면 마석은 투명해진다.

그러나 겨우 몇 초 만에 수명을 다하는 마석을 오타는 본 적이 없었다.

어떤 강력한 마법이 담겨 있었을까?

알렉이 마석을 손으로 부쉈다.

뒤이어 오타를 향해 말을 이어갔다.

"……죄송해요. 제가 지금부터 하게 될 수행을 함께하는 건 어려울 것 같아요."

"그래? 그럼 오타는 어떡해?"

"딸을 붙여드리죠. 당신의 수행은 이제부터 브랜이 맡을 거예요. 아, 세이브 포인트를 여관에 불러놓을 테니 걱정은 하지 않아도 돼요."

"브랜이라. 오타는 그 녀석, 조금 껄끄러워."

"일단 나쁜 아이는 아니니까요."

"나쁜 아이라고 생각해……."

"수행 내용을 다시 설명하면 브랜이 당신에게 '맞으면 죽는' 공격을 할 거예요. 당신은 그걸 피하고 브랜에게 유효타를 넣어 주세요. 못하면 다음 공격으로 당신이 죽게 될 겁니다."

"네 딸을 진심으로 때려도 돼?"

"세이브했으니까요. 그리고 브랜에게 어지간한 공격은 통하지 않아요. 그 애의 육탄전 능력은 상당하니까요. 노와의 마법도 제법이고. ……혈통의 힘일까요."

"혈통? 노예인데?"

"많은 사정이 있어서요. 보세요, '카구야의 예언서'를 기억하세요?"

"기억해. 예언서도 뭣도 아닌 거야."

"맞아요. 그 카구야나 카구야의 자매인 어느 인물의 직계 손녀일 가능성이 높아요."

"그렇구나."

"네. 뭐, 신빙성으로 따지면 '인간의 왕가가 용사 알렉산더의 자손이다' 정도쯤이기는 하지만요."

"……?"

"왕가는 알렉산더의 자손으로 알려졌지요."

"그건 오타도 알아. 옛날에 동화에서 들었어."

"그렇지만 여러 방면으로 조사해 보면 아무래도 수상한 점이 있어요. 다시 말해서 공식 발표와 사실이 다를지도 모른다는 거예요."

"왕가는 거짓말쟁이야?"

"으음, 어떻게 설명해야 좋을지."

"알렉, 곤란해?"

"그렇군요. ……아, 이렇게 할까요. 거기에 호가 있지요."

"있어."

"호는 보통 자신을 어른이라고 말하지만 제가 보기에는 한참 어리고 당신이 보기에도 어린아이처럼 보이잖아요? 그렇지만 호가 거짓말을 하고 있는 건 아니에요. 본인은 자신을 어른이라고 믿고 있으니까요."

"……알아."

"그런 거죠."

"……어린아이지만 어른인 척을 한다는 뜻이야?"

"네. '알렉산더의 손자가 아닐지도 모르지만 손자인 척한다', '손자라고 본인은 믿고 있지만 다른 사람이 보기에는 정말인지 알 수 없다'. 그런 뜻이에요."

"그렇군. 어쩐지 알겠어."

"이해하셨나요. ……돌아갈 때는 호와 둘만 가셔도 괜찮을까요?"

"괜찮아. 오타는 길을 기억하는 게 특기."

"그럼 저는 여기서 이만. 수행 내용은 브랜에게 전해 두겠습니다. 그리고 세이브 포인트를 소환해 놓을 테니 휴식을 취한 뒤에 수행을 시작해 주세요."

알렉은 그렇게 말하고 곧장 걸어서 자리를 떠났다.

걷고 있는 걸로만 보였지만 눈을 깜빡이는 동안에 그의 모습은 벌써 사라져 있었다.

무척 서두르고 있는 모양이다. 지나치게 오래 붙들어 두었을지도 모른다고 오타는 반성했다.

오타는 손을 잡은 호를 바라보았다.

그녀는 조금 전부터 얌전했다. 손가락을 빨면서 "꽃."이라고 중얼거릴 뿐이었다.

……어쨌든, 언제까지고 이곳에 머물 수는 없었다.

오타는 호에게 말했다.

"호, 돌아가자."

"……돌아가."

호가 고개를 끄덕였다.

그것을 확인하고 오타는 '은 여우 여관'으로 향하는 길을 걷기 시작했다.

○

"오타 씨, 그럼 지금부터 하게 될 수행은 제가 진행할게요⋯⋯."

여전히 졸음이 묻어나오는 얼굴로, 브랜이 그렇게 말했다.

'은 여우 여관', 1층 식당이었다.

시간은 지금 저녁일까.

오늘 아침, 알렉의 수행을 마치고 돌아와 눈을 붙였다.

그리고 지금 일어난 오타는, 저녁 같기도 하고 오늘 처음으로 먹는 밥이라는 의미로는 아침 같기도 한 식사를 마친 참이었다.

테이블 석에는 오타 말고도 호가 있었다.

그녀도 지금 막 일어난 참인지 졸음이 가득한 눈을 문지르고 있었다.

브랜은 테이블 옆에 서 있었다.

공교롭게도 알렉이 '간파' 수행을 설명할 때 서 있던 자리와 같은 지점이었다.

오타는 딱딱한 빵을 찢어 먹으면서 브랜에게 고개를 끄덕였다.

"알렉이 말했어."

"네. 제가 때려서 죽여드릴 테니까 죽지 말아 주세요."

"알았어."

오타가 다시 고개를 끄덕였다.

그 모습을 바라보던 호가 체념한 듯 눈을 가늘게 떴다.

"⋯⋯영문을 모르겠는데, 너희 대화는 끔찍하다."

"끔찍해?"

"아니, 아무리 말해도 어차피 모를 테니까 신경 쓰지 마."

"알았어. 오타는 신경 쓰지 않아."

"……그렇게까지 선뜻 흥미를 잃으면 그건 그것대로……."

"?"

"아니, 됐어. 됐는데……."

호가 오물오물 입을 움직였다.

식사 중이니 어금니에 뭐가 끼었을지도 모른다.

오타는 브랜에게 시선을 돌리고 물었다.

"알렉은 확실히 브랜한테 공격하라고 했어."

"그렇지요."

"괜찮아? 오타는 브랜 정도의 아이를 공격하는 데에 무척 거부감이 들어."

"아빠의 말을 의심하지 말아 주세요."

"……오늘도 위험하네, 너. 봐 봐, 오타의 꼬리가 곤두섰어."

"어쨌든 괜찮아요. 진심으로 하지 않으면 저한테 공격은 통하지 않을 테니까요."

"그렇구나. 알렉 같아. 알렉은 칼날이 소용없었어. 대검조차 팔로 막았어."

"아빠는 강하니까요. ……공격했다는 사실은 마음에 안 들지만 수행이니 어쩔 수 없죠."

"수행이 아닐 때."

"……."

"대단해. 오타는 발끝에서 귀 끝까지 찌릿했어."

"……뭐, 상관없어요. 오타 씨는 손님이니까요."

"오타가 손님이 아니었다면 어떻게 됐는데……."

"에헤헤."

브랜이 꽃처럼 웃었다.

오타한테는 그 청초한 미소가 커다란 입을 벌린 흉포한 몬스터의 얼굴로 보였다.

"……너를 어린아이라고 생각해서는 안 돼. 오타는 이해했어."

"이해하셨나요? 그럼, 식사를 마치면 수행을 시작할게요."

"어디서 해?"

"뒤뜰에서 할 거예요. 음, 아빠가 '유효타가 나올 때까지 계속하도록'이라고 했으니…… 언제 끝날지는 몰라요."

"알았어."

그렇게 수행 전 간단한 설명이 마무리되었다.

……라고 오타는 생각했지만.

호가 입꼬리에서 경련을 일으키면서 말했다.

"잠깐, 잠깐, 잠깐!"

"……왜 그래? 이번에도 호도 같이 수행해?"

"싫어, 싫어…… 아니, 그게 아니라. 뒤뜰에는 저녁에 목욕탕이 생기잖아."

"그러네. 오타도 첫날에 들어갔어. 그건 좋은 거야."

"그런데 너희, 뒤뜰에서 언제 끝날지 모르고 죽을 수도 있는 수행을 한다고 했지?"

"그래."

"그렇게 되면 나는 목욕탕에서 너희가 수행하는 걸 보게 돼."

"그렇군. 호는 똑똑해."

"이 정도로 똑똑하다는 취급을 받으면 그건 그거대로 바보 취급 당하는 기분이 드는데…… 어쨌든, 그렇게 된다는 건 알겠지?"

"알아. ……그래도 잘 모르겠어. 뭐가 문제야?"

"사람이 계속 죽어 나가는 모습을 보면서 목욕 같은 걸 할 수는 없잖아!"

"……?"

"어이, 어이, 왜 이해가 안 된다는 듯한 표정을 짓는 거야. 이해 못 해?"

"기다려 줘."

"내가 기다려 달라고 하고 싶어……. 대체 뭐야……. 왜 이 여관 에서는 내가 비상식적인 거야……?"

"알았어. 오타는 호를 기다려. 얼마나?"

"……됐어, 이제. 뭐야. 넌 대체 뭘 기다려 달라는 거야."

"생각해 볼 테니 기다려 줘. ……호는 오타와 브랜의 수행을 보 면서 목욕탕에 들어갈 수 없다는 뜻이야?"

"그렇게 말했잖아."

"……그럼 안 보이면 들어갈 수 있어?"

"좋아, 알았어."

"오타는 전혀 모르겠어."

"나, 오타 다음으로 오는 손님이 제대로 된 사람이면 엄청나게 사이가 좋아질 것 같아. 지금, 굉장히, 평범한 대화를 하고 싶어."

"이야기하고 싶어? 오타가 해 줄 수 있어."

"평범한 이야기가 하고 싶으니 사양할게."

"그래. 오타는 사양한다는 말의 의미를 알아. 브랜하고는 다르게."

"……어쨌든 목욕 시간은 어떻게든 해 달라고 말하고 싶었어."

"브랜. 호는 이렇게 말했어."

오타가 브랜에게 시선을 돌렸다.

브랜은 졸음이 가득한 얼굴로 살짝 고개를 갸웃했다.

"그렇군요……. 하지만 멀리 나가려 해도 세이브 포인트가 여관이니까……. 아빠가 돌아올 때까지는 다른 데 갈 수도 없고."

"다시 말해서 오타가 목욕할 때까지 수행을 끝내면 되는 거야?"

"그러네요. 그게 제일이에요."

"아, 그렇지. 또 하나, 좋은 방법이 생각났어."

"뭔가요?"

"호도 수행을 같이하면 돼."

완전히 예상을 벗어난 전개였다──.

호는 반사적으로 "뭐?"라고 말했다.

"기다려, 기다려, 기다려! 왜 그렇게 되는데. 왜 그렇게 되는지 영문을 모르겠네."

"그래? 오타의 입장에서는 머리를 썼다고 내가 나를 칭찬하고 싶어."

"……어쨌든 내용을 좀 말해 봐. 이야기는 그다음에 할 테니까."

"그래? 우선 오타는 수행을 그만둘 수 없어. 엔을 쓰러트려야 해."

"뭐, 그 부분은 됐어. 나도 폐가 되니까 수행을 그만두라는 소리는 하지 않아. 수행하는 것 자체는 조금도 반대하지 않는다고."

"그리고 왜인지 모르지만 호는 수행을 보면서 목욕할 수 없어."

"……왜인지 좀 알아라……."

"……어려워. 그래도 알았어. 생각해 볼게."

"아니, 됐어. 그보다는 이야기를 계속해……."

"알았어. ……오타는 생각했어. 호가 목욕할 수 없는 건 미안하다고 생각해. 그래도 수행은 그만둘 수 없고 장소를 변경할 수도 없어. 그러니 오타랑 함께 수행하면 돼. 수행 후에 목욕하면 돼."

"아니, 그냥 내가 양보할게…… 참을 테니까…… 오늘은 통에 물을 담아서 몸을 씻기만 할 테니까……."

"그렇게 둘 수는 없어."

"수행하게 되는 거보다는 나아!"

"왜? 수행하면 강해져. 이득이야. 몸을 씻기만 하는 목욕은 이곳 목욕탕에 비하면 기분 좋지 않아. 손해야. 호는 손해 보고 싶어?"

"설마 오타의 입에서 이해를 따지는 말이 튀어나올 줄은 몰랐어."

"이번만큼은 머리를 썼어. 오타는 한 계단 성장한 기분이 들어. 노력했어."

"머리 쓸 때를…… 아니, 내가 같이 수행을 해 봐야 결국 목욕할 수 없다는 문제는 해결 안 되잖아."

"호 앞에 있으면 오타는 노력해. 그러니 얼른 수행이 끝날지도 몰라."

"……."

"그런 거야."

"뭐, 거기까지 들어도 뭔 소리냐는 느낌인데…….아, 그렇지. 브랜."

호가 브랜을 불렀다.

브랜이 졸음이 섞인 얼굴로 고개를 갸웃했다.

"왜 그러세요?"

"생각해 보면 알렉 씨의 명령은 오타의 수행밖에 없잖아? 그렇다는 건 날 위한 수행은 없다는 뜻이지. 오늘 아침 끝난 '살의의 동굴'에서의 수행도 오타는 '회피하는 것'이 목적이었지만 나는 '머리카락으로 모든 화살을 받아내기'가 목표였고. 알렉 씨는 효과가 없는 수행은 하지 않아. 그러니 이번에 나는 수행을 하지 않아. 그렇지?"

"아, 사실은요."

"좋아. 이 이야기는 끝. 난 잠시 밖에 나갔다 올게."

"기다려 주세요."

브랜이 일어나려는 호의 어깨에 손을 얹었다.

반쯤 떠올랐던 호의 허리가 다시 의자에 붙었다.

저항하지 못하는 모양이었다. 대단한 힘으로 누르고 있는 것이리라.

그러나 호는 여전히 날뛰었다.

눈물을 머금고, 소리를 지르면서 머리카락을 붕붕 휘둘렀다.

"싫어, 싫어, 싫어, 싫어! 안 기다려! 나갈 거야! 밖에 나갈 거야!"

"아빠가 이런 일이 생길지 모른다고 호 씨에게 알맞은 수행을 일러 주셨어요."

"없어어! 그런 거 없는걸!"

"그래도 오타 씨가 호 씨랑 함께하겠다고 하면 수행을 해 주라고, 아빠가."

"왜 그렇게 지독한 짓을 해……? 알렉 씨는 호가 싫어?"

"그럴 리는 없을 텐데요……. 저를 더 좋아한다는 생각은 하는데……."

"그런 건 아무래도 상관없어! 싫어! 수행 싫어!"

"이럴 때 아빠라면 분명 이렇게 말할 거예요. '생각해 보죠.'라고."

"그 말을 시작하면 상식이나 현실이 모두 엉망진창이 되니까 싫어……."

"하지만 생각해 보세요. 반대로 수행을 하지 않을 이유가 있나요?"

"힘드니까."

"그렇군요. 다시 말하면 수행을 하지 않을 이유는 없다는 뜻이네요."

"아니, 힘들다고 말했잖아?! 말이 통하는 사람을 좀 데려와 줘! 요미 씨! 요미 씨는 없어?!"

"엄마는 시장에 장을 보러 나갔어요. 그 요리, 제가 만들었거든요."

"아, 그래? 그래서 오늘은 빵이 딱딱했구나."

"음, 열심히 해 보기는 했는데…… 맛없는 걸 대접하고 말았네요."

"아니, 요미 씨의 요리가 지나치게 뛰어난 거야. 평범한 가게에서 먹는 맛인데……."

"그래요? 감사해요."

"오우, 그럼 식사도 끝났으니 밖에 나갈게."

"어머나, 어머나 진정하세요. 지금부터 호 씨의 예정은 '수행'이에요."

"사람의 마음이 있다면 용서해 줘."

"수행의 괴로움은 저도 잘 알고 있어요. 어린 시절부터 위험하더라도 대응할 수 있도록 아빠가 줄곧 수행을 해 주셨으니까요."

"그렇지?"

"네. 호 씨의 마음은 잘 알아요."

"그래?"

"그래도 아빠가 수행을 시켜 주라고 했으니 수행을 시키겠어요."

"오타! 뭔가 말해 봐!"

"괜찮아. 오타도 있어."

"그게 아니야!"

바람을 들어주고 싶었지만 방향이 잘못되었던 모양이다.

오타는 고개를 갸웃했다. ──그것 말고는 달리 할 말이 떠오르지 않았던 것이다.

호는 또다시 무슨 말을 하려는 얼굴을 했다.

그러나 시간이 흐를수록 눈에서 빛이 사라지고 시선이 바닥을 향했다.

그리고 마침내——.

"알았어……. 해. 할게……. 수행……."

지치고 작은 목소리로 말했다.

뺨을 타고 흐르는 한줄기 눈물의 의미를, 오타는 이해할 수 없었다.

○

사태는 급전개를 맞이하게 된 듯했다.

적어도 오타한테는 그렇게 느껴졌다.

"조금 서두를 필요가 생겼어요."

어딘가로 사라졌던 알렉이 돌아온 순간 곧장 그렇게 말했다.

시간은 벌써 저녁이었다.

해가 저물 때까지는 오랜 시간이 남지 않았다.

오타는 조금 전에 막 수행을 마친 참이라 이제부터는 진짜 결전을 얼마 안 남기고 휴식을 취할 생각이었다.

알렉은 던전에서 만났을 때와 같은 옷을 입고 있었다.

은색 모피 망토. 그리고 불길한 무늬가 있는 가면.

설명할 틈도 아깝다는 듯이 알렉에게 이끌려 오타는 어떤 장소로 향하게 되었다.

그것은——1번가였다.

더 많은 사람의 이해를 돕자면 부촌(富村)이라 말하는 게 좋을지 모르겠다.

거리에서 가장 왕성에 가까운 주택가. 말하자면 귀족까지는 아니지만 나름대로 출신이나 지위, 그리고 귀족에 능가하는 재력을 가진 사람들이 기꺼이 가는 일급 주택지로——.

발트로메오의 본거지가 있었던 장소이기도 했다.

다시 말하면 검투장이 있는 거리였다.

평소에는 고요한 주택가로 고급스러운 차림을 한 사람들이 지나가는, 부유한 인상을 주는 장소.

그러나—— 지금, 일번가는 노성과 비명으로 가득했다.

나란히 선 오타와 알렉 주변을 앞에서부터 달려온 사람들이 지나쳐 갔다.

오타는 몇몇 사람에게 부딪쳤지만 오히려 "걸리적거리잖아!"라는 호통을 들었다.

격류와 같은 인파.

그 안에서 알렉은 요새처럼 흔들리지 않고, 부딪히는 일도 없이 서 있었다.

"이래서 서두를 필요가 있었지요."

오타와 그의 눈앞에는 '일번가 시민 홀'이라고 불리는 건물이 있었다.

돌로 지어진 사각 건물이었다.

부지 면적은 상당했지만 가옥은 평탄했고 2층 높이의 주변 건물보다 낮은 탓에 어딘가 눌린 듯한 인상이 있었다.

색색의 벽돌로 만들어진 아름다운 건물.

알렉의 말에 따르면—— 이 건물은 이 주변에 사는 시민이, 어떤 행사를 치를 때 이용되는 시설이라고 한다.

일번가에 살면서 신청만 하면 누구든 자유롭게 이용할 수 있다.

제멋대로 침입하는 사람이 없도록, 평소부터 경비병이 눈을 빛내고 있어서 안전성도 갖추고 있었다.

시민의 휴식처. 성인도 어른도 노인도 이용할 수 있는 평화의 상징 같은 시설.

……다만, 오타는 이 건물의 평화적이지 않은 용도를 알고 있었다.

그것도—— 뼈저리게.

"투기장."

오타는 그 건물을 그렇게 불렀다.

……그랬다. 발트로메오에게 이끌려 몇 번을 다녔는지 몰랐다.

이곳 지하에는 검투사를 싸우게 하는 장소가 있었다.

다른 의미로, 추억이 깊은 장소였다.

나쁜 추억이 많았다. 오타는 약했기에 늘 지기만 했다.

그래도 죽지 않았던 건 도망치는 것만큼은 잘했던 덕이다.

그리고 이곳에서 싸우는 엔은 멋있었다.

……추억이 잔뜩 있는 장소다.

그 장소가, 지금——.

"불타고 있어."

붉은 광경이 눈앞을 태우고 있었다.

화염 기둥은 하늘 높게 솟구치면서 하늘의 노을과 뒤섞이고 있었다.

구름이 흐른다. 바람을 타고 올라간 불꽃이 작은 입자가 되어서 튀어오르다 사라졌다.

쿠광 하는 커다란 소리. 지붕 일부가 찌그러지면서 내려앉았다. ……분명 불타오르면서 무너진 것이리라.

"저는 이 불을 끌 수 없어요."

알렉이 그렇게 말했다.

고개를 갸웃하는 오타에게 그가 말을 이었다.

"저는 엔 씨와 나눈 약속이 있으니까요."

"엔이랑?"

"네. 당신이 수행하는 동안, 엔 씨와 만나고 있었어요."

"그렇구나."

"그녀는 검투장을 부수고 싶어 했어요."

"……."

"그래서 불을 놓은 거죠. 그리고 저는 보고도 못 본 척했지요. ……이런 짓을 해도 의미가 없다는 건 그녀도 알고 있을 텐데요."

"의미, 없어?"

"건물이 사라져도 조직은 남을 테니까요. 그리고 조직을 무너트리기에 엔 씨는 너무나 약해요."

"엔은 강해."

"그렇지요. 하지만 전란도 없는 지금 같은 세계에서 어떠한 집단을 무너트리는 건 완력만으로는 불가능해요."

"······잘 모르겠어."

"기억해 두세요. ······언젠가 당신한테 필요하게 될 지식이니까요."

"노력해. ······저기, 알렉, 엔은 몸이 안 좋아?"

"······숨기는 건 무리겠네요. 네. 건강이 좋지 않을 거예요. 생각해 보면 아마 어떤 상태인지도 알 수 있을 거라고 생각해요."

"······발트로메오를 죽였기 때문이야? 노예가 주인을 상처 입히면 엄청나게 아파. 숨도 못 쉴 만큼."

오타가 왼쪽 손목을 보았다.

지금은 거기에 아무것도 없지만 예전에는 거기에 노예의 문양이 새겨져 있었다.

마법의 각인.

주인에게 저항하는 걸 방지하기 위해서, 악의에 반응해서 온몸에 고통을 주는 징벌 도구였다.

"그래서 알렉은 엔의 편이 되었어? 엔이 너무, 아파서?"

"그렇군요······. 어떻게 설명해야 할지 어렵네요."

"들을래."

"이 세계에는 태어날 때부터 노예가 되는 사람이 있는가 하면 처벌로 노예로 강등되는 사람도 있어요. 제 입장에서 보자면 이상하게만 보여요. ······뭐, 노예 제도 자체가 장점이 있으면 단점도 있어요. 의욕이 없는 백수라도 일할 수밖에 없는 상황에 내몰리게 되어서 사회 복귀가 가능해지는 경우도 있는 반면, 이렇게 남몰래 노예한테 지독한 처우를 하는 녀석도 있지요. 시비를 가리는 건 저한테 너무나 어려운 문제여서 판단할 수가 없군요."

"알렉한테도 어려워?"

"그래요. 따지고 보면 세상에 간단한 일이 없지요. ……저는 스승한테 태어나는 순간 인생이 결정되는 사람이 없도록 해 달라는 부탁을 받았어요. 그렇지만 그 말을 지키려면 왕족도 귀족도 없이, 모두가 평등해져야만 해요."

"……잘은 모르겠지만 그건, 어쩐지, 대단해."

"제 스승도 거기까지 생각해서 했던 말은 아니겠죠. 하지만 받아들이기에 따라서는 그렇게도 해석할 수도 있지요. 제가 아닌 다른 사람이었다면 그렇게 극단적으로 내달릴 가능성도 없지 않았을 거예요."

"어려워."

"그래요. 어려워요. 말을 받아들이는 방법도, 제도를 바라보는 방법도 무척 어려워요. 누군가에게 대답을 들어 보고 싶어요. 그렇지만 알려주는 사람은 없어요. 무엇보다, '누군가의 대답'은 결코 '정답'이 될 수 없어요."

"……머리가 이상해질 것 같아."

"네. 지나치게 많은 생각을 하게 되면 아무래도 멈춰 버리게 되죠. 머리도, 행동도. 그래서 이럴 때 저는 명확한 판단 기준을 하나 정하고 있어요."

"어떤?"

"공감할 수 있는가, 아닌가예요."

"……."

"자, 엔 씨의 행동은 방화죠. 물론 위법하고 수많은 사람에게 폐를 끼치는 나쁜 행동이에요. 더군다나 그렇게까지 의미 있는 행동도 아니에요. 검투장 하나를 불태우는 정도로 검투 행위를 즐기는 녀석들 자체가 사라지거나 하지는 않겠죠."

"……."

"어떻게 생각해도 잘못되었어요. ……하지만 저는 그녀의 열의를 지지해요. 수많은 사람이 그녀의 행위를 막아야 한다고 생각하겠지만, 저는 공감할 수 있는 올바름이 분명히 존재하니 그녀의 편이 되겠다고 생각했어요."

"같이 불을 놓았어?"

"설마요. ……뭐, 편을 든다고는 말했지만 유감스럽게도 제 몸은 지키고 있어요. 제가 한 일은 그녀가 더는 사람을 죽이지 않도록 이 부근에 사는 주민들의 피난을 어느 정도 돕거나, 헌병이나 소방단의 도착을 늦추거나 그런 정도였지요. 가능한 돌이킬 수 없는 행동을 하지 않도록 노력했지만 이번에는 달리 할 수 있는 일이 없었어요."

"……."

"지금부터 당신이 엔 씨와 승부하려고 든다면 불타오르는 저 경기장에 들어가는 수밖에 없겠지요. 내부는 분명 무척 뜨거울 거예요. 지하니까요. 평범한 사람이라면 불타 죽을 수밖에 없는 온도겠지요. ——그런 상황에서 엔 씨는 제게 당신에게 전하고자 하는 말을 남겼어요."

"……뭔데?"

" '네가 약속했던 시간, 약속했던 장소에 오지 않는다면 내 승리야. 어차피 나는 말할 수도 없게 되었을 테니까.' "

"……."

"그럼, 생각해 보세요. ——진실을 알 가치가 있을까요? 이렇게까지 해서 엔 씨가 숨기려고 하는 진실을, 당신은 그래도 여전히 밝히고 싶은가요?"

오타는 타오르는 경기장을 바라보았다.

——하늘이 어두웠다. 붉게 피어오르는 불기둥은, 자취를 감춘 저녁노을의 잔재처럼 보였다.

커다란 불기둥. ……어쩜 이렇게 슬프게 빛날 수 있을까.

언젠가 사라질 운명에 놓인 채 그래도 여전히 밤을 비추고 있었다.

이 빛은—— 안에서 기다리는 엔의 소리 없는 비명처럼 보이기도 했다.

"……오타는, 가."

"그것이 당신의 의사인가요?"

"진실을 밝혀야 할지, 아닐지 같은 어려운 건 오타는 몰라."

"……."

"그래도 내버려 두면 엔은 죽어. 그렇다면 오타가 가서 구해."

"그렇지만 그녀가 바라는 게 '죽음'일지도 모르는데요?"

"그런 거 몰라. 엔이 죽고 싶다면 오타는 방해해. 그래서 엔이 곧란하다면 앞으로도 오타가 엔을 계속 곤란하게 해. 그 대신—— 엔도 오타를 곤란하게 하면 돼. 오타는 엔이라면 곤란해져도 좋아."

"……좋아요. 당신의 결의, 확실하게 들었습니다. 그럼 세이브 포인트를——."

"필요 없어. 엔은 목숨을 걸었어. 그렇다면 나도 목숨을 걸어."

"그렇군요. ……안쪽에도 불길이 번질 거예요. 당신이나 엔 씨라도 오래 버티지는 못할 거고요. 승부가 난다면 곧장 구하러 가겠지만—— 그때까지는 방해하지 않을 거고, 할 수 없어요. 그러니 마음 놓고 결판을 내 주세요."

"알겠어."

"조심하세요."

오타는 알렉의 배웅을 받으며 타오르는 투기장으로 향했다.

흔들리는 불꽃이 시선 끝에서 타올랐다.

○

"……답답한 아이네. 이런 상황에서 또 여기까지 오다니."

쓴웃음.

엔의 얼굴에 가장 먼저 떠오른 표정은 그것이었다.

내부는 너무나도 뜨거웠다. 눈앞의 풍경이 붉게 메말라 가는 게 전해졌다.

사발 모양의 격투장.

이곳저곳에서 불꽃과 연기가 피어오르고 있었다.

관객석, 천장, 노예 출입구. 불타지 않은 곳을 찾기가 어려웠다.

엔은 투기 공간 중앙에 서 있었다.

흙이 덮인 장소. ……이곳은 다양한 노예의 피로 물들어 있었다.

그녀의 아름다움에 시선을 빼앗겼다.

가죽에 징을 박은, 중요한 부분만 숨긴 노출도 높은 갑옷.

옅은 붉은색 머리카락이 열기로 인해 흔들리고 있었다.

흰 피부는 더운 공기로 인해 옅은 분홍빛으로 물들었다.

여성스러운 모습은—— 전사보다는 오히려 무희처럼 보였다.

그러나 그 이미지는, 그녀의 바로 옆에 꽂혀 있는 대검이 부정했다. ……저 거대한 금속 덩어리를, 가는 몸의 그녀가 자유자재로 휘두르는 것이다.

"올 줄이야. 그 사람한테 말을 남겼을 텐데."

엔의 눈매가 날카로워졌다.

호응하듯 주변의 불꽃이 기세를 더했다.

흡사 투기장을 불태우는 불꽃의 주인 같았다.

……아니, 아닐 것이다. 이 공간을 불태우는 불꽃은 그녀 그 자체였다. 건물을 집요하게 사르며 때때로 폭발하는 듯한 소리가 들려왔다. 그 붉은 불빛은 그녀의 분노와 괴로움을 구현한 것만 같았다.

"엔, 오타는 너를 막아."

"……말귀를 못 알아듣는 아이네. 왜 불행을 자처하는 거니?"

"불행할 리가 없잖아. 엔이 살아 있는 게 오타의 행복이야."

"……."

"그러니 전부 말해 줘. 오타는 이해 못 해도 전부 들을 거야. 괴로운 것도, 슬픈 것도, 오늘로 끝이야. 죽고 싶은 엔을, 오타가 곤란하게 할 거야. 그러니 엔의 아픔으로 오타를 곤란하게 해도 좋아."

"……상처."

"?"

"네가 나한테 입힌 상처 하나마다 진실을 하나 말해 줄게. ……나를 죽이지 않고 이기는 건 네게 지나치게 불리하니까. 그 정도는 양보해 주겠어."

"……알았어."

"그래도 상처 하나라도 만들게 허락할 생각은――."

기습.

엔이 불꽃 그 자체라면 오타는 연기 그 자체였다.

움직이는 것과 동시에 곧장 최고 속도에 도달했다. 아무리 빠르더라도 가속에 시간이 걸린다면 쉽게 포착되기 마련. 그러나 한순간에 최고 속도에 도달할 수 있다면 그 모습은, 마주한 사람의 시야를 흐릴 수 있게 된다.

연기처럼―― 소리도 없이, 그림자까지도 흐릿해진 오타가 엔과의 거리를 좁혔다.

"――이, 녀석!"

엔이 전투태세를 취하는 게 살짝 늦었다.

그녀의 무기는 대검이었다. 한껏 휘두를 때의 속도나 거리 싸움에서는 탁월했지만 안쪽으로 적의 침입을 허용하면 대응이 어렵다.

……물론 간격에 파고드는 정도로 공략할 수 있는 존재였다면

엔은 지금껏 살아 있지 못했을 것이다.

강렬한 일격이 완전히 간격 안으로 들어온 오타를 덮쳤다.

무릎이었다. 대검 사용자의 기술은 거대한 무기가 아니었다. 거대한 무기를 활용하면서도 자세를 무너트리지 않는 강인한 신체였다.

오타의 몸이 날아갔다.

하지만 피해를 입은 것은 아니었다. 어디까지나 충격을 줄이고자 몸을 뒤로 날린 것뿐이었으니까.

그러나 그 탓에 거리가 다시 벌어졌다. 한 번 좁혔던 간격이 다시 벌어지고——.

엔이 대검을 고쳐 쥐었다.

오타의 눈에는 성벽처럼 보이기까지 했다. 견고한 금속 덩어리가 두 사람 사이에 우뚝 섰다.

그러나—— 오타도, 아무런 대응도 없이 무릎 차기로 날아갔던 건 아니었다.

엔이 웃었다.

무릎으로 차올렸던 오른쪽 허벅지에 피가 맺혀 있었다.

오타의 단검이 남긴 상처였다.

"……제법인데. 설마, 느닷없이 상처를 입힐 줄은 몰랐어."

"약속."

"……그렇구나. 우리와 함께 있었던 여섯 노예 이야기를 해 줄게. 에타, 트레, 펨, 티오, 슈게, 오티."

"……그래. 왜, 없어? 죽었다는 게, 진짜야?"

"죽은 건 진짜야. ……처음은 티오였지. 내가 죽인 거나── 다름없어."

"그럼 엔이 죽이지 않았구나."

"직접 손을 댔다는 의미로는 말이지. ……그래도 내가 죽인 거나 다름없어. 티오는 병에 걸렸어. 그래서 약이 필요했지. 그렇지만 발트로메오는 치료를 시켜 주지 않았어."

"……그래서 발트로메오를 죽인 거야?"

"그때까지는 참았어."

"그럼, 왜……."

"상처 하나로는 여기까지야."

"그렇다면 또 하나, 상처를 낼 거야."

오타의 형체가 흐려졌다.

정지 상태에서 급가속──할 뿐만 아니라 기척까지도 사라졌다.

그것은 브랜과의 수행으로 몸에 익힌, 상대의 간격으로 미끄러지는 방법이었다.

전투 중에 한순간 상대의 시야에서 자신을 숨기는 기능.

다만, 두 번째는 통하지 않는다. 엔은 대검을 휘둘러 오타의 진로를 막아냈다.

──그러나 그걸로는 충분하지 않았다.

오타가 수행으로 익힌 건 기척을 흐리는 근접전만이 아니었다.

간파. 엔이 전투 경험으로 상대의 궤도를 읽는다면 오타는 직관에 따라 적의 공격을 읽어 냈다.

크게 위에서부터 떨어지는 대검. 흙이 깔린 지면을 두드리자 흙

연기가 피어올랐다.

그런 검 위를 오타가 내달렸다.

그리고 숙이고 있던 엔의 머리에 발을 꽂았다.

무릎으로 차인 것에 대해 복수라도 하는 양——단검이 아닌, 발을 활용한 공격.

디딤판이 된 대검이 곧장 크게 솟구쳤다.

오타가 뛰어올랐다.

그리고 다시 처음의 위치로 돌아갔다.

엔은 왼손으로 뺨을 문지르고 쓴웃음을 지었다.

"······상처는, 상처네."

"다음 이야기."

"······티오의 치료는 못 했어. 발트로메오는 병을 이기지 못할 약한 개체는 검투에 써먹을 수 없다고 생각한 모양이야. 그래서 방치했어."

"······."

"그것뿐이라면 그나마 다행이었지. ······그래도 녀석은 병에 걸린 티오를 경기에 내보냈어. 맹수와 죽을 때까지 싸우게 하는 구경거리로 말이야."

"······."

"살아 있을 가치가 없지? 그런 녀석은 죽는 게 당연해."

"······그래서 죽였어?"

"아니. 아직, 참았어. 그렇잖아. 다른 아이들도 있으니까. ······발트로메오는 최악이었지만 그 녀석은 노예들의 생활을 보장하고 있어. 그래서 나는 참았어. 지키지 못했던 아이가 늘어났지만 아직 지켜야 할 아이가 많았어. 그래서 여기서 내가 모든 걸 물거품으로 만들 수는 없었어."

"⋯⋯."

"하지만 그런 녀석은 좀 더 빨리 죽였으면 좋았을 텐데."

"⋯⋯무슨 뜻이야?"

"듣고 싶으면 상처를 만들어 봐. 아직 늦지 않았어. 더는 들어도 견딜 수 없을 거야."

"⋯⋯그래도 오타는, 다, 알 거야."

"내가 알려 주고 싶지 않더라도?"

"⋯⋯엔의 아픔을, 모두 나눠 받겠어. 그게 오타의 결심이야."

"바보 같은 아이네. ⋯⋯좋아. 하지만 여기까지야."

"⋯⋯해 보지 않으면 몰라."

"그럼── 해 보렴!"

엔의 발치에서 흙이 터져 나갔다.

투기장을 불태우는 불꽃이 기세를 더했다.

눈앞으로 닥친 대검.

오타는 직관에 따라 몸을 피했다.

그러나 한 차례 피한 정도로는 해결이 되지 않았다.

꼬리에 꼬리를 물고── 흡사, 나뭇가지라도 휘두르는 것처럼 경쾌하게 거대한 금속 덩어리가 원을 그렸다.

이어지는 검격.

타오르는 투기장처럼 백열하는 승부.

크게 떨어지는 대검을 오타의 완력으로 받아내는 건 불가능했다. 그래서 떨어지기 전에, 거듭 단검으로 두드리면서 대검의 궤도를 바꾸었다.

한참 전부터 들숨에 뜨거운 열기가 뒤섞였다.

불꽃과 연기가 주변을 채웠다.

——흡사 작열하는 우리나 마찬가지였다.

끼익, 끼익하는 소리와 함께 뭔가가 무너지는 소리. 진동. 지면까지도 빙글빙글 흔들렸다.

그러나—— 두 사람의 눈은 오로지 서로의 모습만을 비추고 있었다.

한 번, 두 번, 세 번, 네 번. 대검이 크게 떨어질 때마다 세 배가 되는 숫자로, 단검이 대검을 두드렸다.

타오르며 무너지는 세계에서 두 사람이 선 곳만이 고요했다.

흡사 다른 세계였다. 이곳만이 주변과는 다르게 느껴졌다. 공기도, 온도도, 시간의 흐름까지도.

눈으로는 좇을 수 없다. 느끼는 그대로 단검을 휘둘렀다. 직관만으로는 꿰뚫어 볼 수 없었다. 마음에 새겨진 그녀의 모습에서 다음 동작을 예측했다.

미래를 위해 과거를 보고 있었다.

……그래서일까.

——문득.

그리운 기억이 머릿속에 되살아났다.

○

이제는 과거의 일이다.

오타와 같은 나이의 소녀가 있었다.

지금은 없는 소녀.

오타는 그 아이가 죽었을 때 울고 싶었다.

괴로웠다.

슬펐다.

거리에는 자신과 같은 나이인데도 목숨을 건 싸움 따윈 모르는 아이가 있었다. 뭐가 다를까. 어째서 저 아이들은 노예가 아닌데 자신들은 노예일까.

뭔가 잘못한 건 없었다. 다만, 분명 운이 나빴다. 누군가를 원망하려는 마음도 없었다. 그저 운명을 원망했을 터였다.

운이 나쁜 아이가 죽어 갔다.

그 당연하기 짝이 없는 안타까움에 오타는 울고 싶었다.

그러나 자신보다 먼저 우는 엔을 보았다. 내색하지 않으려는 듯, 남몰래 누군가에게 기대지도 않고, 홀로 우는 그녀를 보고 말았다.

약았다고 생각했다.

엔처럼 강한 사람이 먼저 울어 버리면 너무 놀라서 자신은 울 수도 없다.

그러나 덕분에 정신이 들었다.

──엔도 울고 싶었구나.

무척 강한 그녀에게도 한 사람 몫의 연약함이 있었다. 어른스러운 그녀에게도 아이 같은 부분이 있었다.

그래서── 노예에서 해방되었던 날 오타는 생각했다.

강함으로 연약함을 덮어 감추고 성인의 가면을 써야만 했던 엔.

그런 그녀를──.

"이번에는 오타가 엔을 구하고 싶어."

──품었던 결의를 상기했다.

약했던 탓에 입 밖에 낼 수 없었던 당찬 바람.

오타의 바람을 떨치려는 듯── 엔은 오타를 향해 강하게 대검을 휘둘렀다.

"나는 너한테 도움을 받을 만큼 약하지 않아!"

오타는 두 개의 단검으로 그 공격을 받아 냈다.

너무나도 무겁다. ──검도, 마음도.

받아 낼 수 있을 리가 없다고 생각했던 중압감이었다.

몸이 찌부러질 것만 같았다.

그래도── 오타는 받아냈다.

"엔은 강해."

"……그래. 나는 강해. 그러니 모두 떠맡기렴. 너는 네 인생을 살아. 아픈 것도 힘든 것도, 모두 내가 지고 갈 테니까. ……너까지 괴로운 꼴을 볼 필요는 없으니까."

"하지만 이젠 오타도 강해."

"…….."

"엔이 따라오지 못할 정도로 빨라졌어. 엔을 상처 입힐 만큼 날카로워졌어. ……엔을 막을 수 있을 만큼 강해졌어."

"……바보 같은, 소리."

"오타는 바보야. 그래도 이 마음을 바보 취급할 순 없어."

엔의 대검을 받아쳤다.

무거운 검.

커다란 검.

설마 받아칠 줄은 몰랐는지 엔은 경악으로 눈을 크게 떴다.

자세가 무너졌다.

마음에, 틈이 생겨났다.

오타가 그 사이로 미끄러져 들어갔다.

"이제, 엔도 오타한테 기대면 돼."

대검에 일격을 넣었다.

──대검이 엔의 손에서 떨어져 날아갔다.

무기를 잃고 무방비 상태가 되어 버린 엔.

가까스로 만들어 낸, 치명적인 한순간의 틈.

엔과의 좁은 거리를 좁혀서──.

"오타는 강해졌으니까."

──엔을 안았다.

단검은 지면에 내버렸다.

그저, 강하게, 꽉 안았다.

죽일 수 있는 타이밍에 죽이지 않는다. 상처 입힐 수 있는 타이밍에 상처 입히지 않는다. ──그것이 오타의 선택이었다.

엔은 얼마간 굳어 있었다.

시선 끝에는 오타가 떨어트린 단검이 있었다.

자신을 안은 오타의 몸을 떨쳐 내고 자세를 낮춘 채 단검을 주워서 반격──.

그러한 동작을 머릿속에 그리다── 한숨을 쉬고 양팔을 떨어트렸다.

"……바보. 왜, 나 같은 걸 위해서 강해진 거야. 너한테는 좀 더 평범한 인생도 있었을 텐데."

"모두, 들을 거야. 그리고 살게 할 거야."

오타는 엔을 품에 안고 그녀를 정면에서 바라보았다.

엔은 얼마간 침묵했다.

그러나 체념한 듯이 입을 열었다.

"……티오가 죽었을 때 참가해야만 했던 경기가 제법 인기였다나 봐. 발트로메오는 말이지, 지금의 벌이가 길게 가지 못할 거라고 생각했던 것 같아. 노예를 정리할 기회를 엿보고 있었어."

"……."

"발트로메오는 노예를 정리하는 동시에 벌이가 되는 경기를 반복했어. 노예가 없어질 때까지. 말하자면── 시기가 나빴어."

"……."

"그리고 검투 노예상을 접을 때까지의 벌이는 모두 내 경기로 충당하려 했던 모양이야."

"……그건."

"내가 너무나 많은 경기에 나간 탓이야. 다른 아이들이 조금이라도 싸우지 않을 수 있도록, 자신을 단련해서 무리하면서 많은 경기에 나가서…… 그런 탓에 얻은 인기와 실력이, 다른 노예를

필요 없게 만들었어."

"⋯⋯."

"내가 다른 아이들을 죽였어. 다른 아이들을 위한 일이라고 생각했는데, 모두 반대였던 거야. ⋯⋯왜 우리는 이런 걸까. 태어날 때부터 불행이 결정되어서 죽을 때까지 불행이 예약되어 있어. 자신을 구할 수 있는 건 자신뿐인데도 내 손으로는 날 구할 수 없어."

"⋯⋯."

"왜, 왜일까. 나는 이제 노력할 수 없어. 노력해 봤자 어차피 물거품이 되니까. 왜, 이렇게⋯⋯."

연약한 모습을 보였다.

오타는 기쁘게 생각했다.

엔이 약한 모습을 숨기지 않고 드러냈다. ──그것은 분명 오타의 강함을 인정했기 때문일 것이다.

그것만으로도 지금껏 해 온 모든 일이 보상받은 기분이었다.

"참지 마. 울어도 괜찮아. 엔의 약한 부분은 오타가 받아 줄게."

"⋯⋯."

"그러니까──."

기우뚱.

말을 하던 중에 오타의 몸이 기울었다.

한계였다.

끝나고 보니 오타는 상처 하나 없었다. 승부는 시종일관 우세했다──.

──그럴 리가 없다.

단 한 번의 일격을 받은 걸로 상황이 뒤집혔던 것이다.

매순간 수명을 불태울 만큼 집중해야만 했다.

더욱이 운동량도 달랐다. 완력이 뒤떨어지는 오타는 그만큼 엔보다 많은 움직임을 취해야 했다.

더불어 환경.

들이마신 공기는 벌써 무척 뜨거웠다. 연기도, 시야를 가득 메울 정도였다. ——제대로 호흡조차 불가능했다.

그런 상황에서도 어떻게든 긴장감으로 의식을 이어 왔던 것이다.

그러나 승부는 끝나고 오타는 비원을 달성했다.

중요한 일전을 마친 사람이라면 누구나가 당연히 느끼는 느슨함. ——질책할 수는 없었다. 그러나 그 탓에 이미 한계를 맞이했던 오타는 당연하게도 정신을 잃었다.

"오타?!"

엔은 허둥지둥 그녀의 무게를 지탱하려 했다.

그러나 무리였다. 오타의 가벼운 몸조차 엔은 받아 낼 수가 없었다.

주인을 다치게 해서 겪는 고통.

그리고 지나치게 강했던 오타와의 전투.

열기에 휘감긴 격투장의 공기는 숨을 쉬는 것만으로도 아픔을 느낄 만큼 고열을 띠고 있었다.

연기는 시야뿐 아니라 몸 안까지 침투해 있었다.

"……바보."

엔이 오타를 품에 안았다.

……분명 두 사람 모두 한계였을 것이다.

"나 같은 건 내버려 두면 됐을 텐데. ……너까지 죽어 버리면 내 인생이 뭘 위해서 존재했는지 알 수 없게 되어 버리잖아."

불꽃의 기세가 더해졌다. 주변은 연기로 가득했다.

엔은 조용히 눈을 감았다. 오타를 강하게 안은 채.

──건물이 불타 무너지는 소리가 들렸다.

어딘가 먼 세계의 일처럼 느껴졌다.

그녀는 뒤늦게 깨달았다. ──자신의 인생에는 의미가 있었다.

모든 게 물거품이 되었다고 생각했다. 자신 때문에 많은 아이들이 죽게 되었다고── 그러나 적어도 오타 한 사람은 구할 수 있었다.

마지막 순간에, 그 사실을 깨달은 것만으로도 웃으며 죽을 수 있었다. 그랬을 터였는데.

"마지막까지, 이럴 줄이야."

팔 안에 머문 뜨거운 마음.

이렇게 그녀의 인생은 무엇 하나 남기지 못한 채 막을──.

"끝난 모양이네요."

쿠쾅! 귓가를 두드리는 굉음.

지하 공간에 폭풍이 날아들었다.

바람은 불꽃과 연기를 몰아내며 소용돌이를 일으켰고, 불에 타 떨어지려던 천장까지도 날려 버렸다.

엔은 혼란에 빠졌다. 무슨 일이 벌어지는지—— 대답을 요구하는 눈으로 어느 틈엔가 그 자리에 나타난 은색 모피 망토를 걸친 남자를 바라보았다.

"마중을 나왔어요. 세상에, 직접 싸우는 여러분만큼은 아니지만 저도 나름대로 무척 조마조마했지요."

"……알렉, 씨."

"두 사람 다 상태가 좋지 않네요. 그래도 무사해서 다행이에요."

"……여전히, 영문 모를 소리만 해."

"뭐, 죽지만 않으면 어떻게든 되니까요. 특히, 원인이 분명한 상처라면 더더욱."

"……그래도 내 고통은 사라지지 않아. 주인을 상처 입힌 노예의 말로는 잘 알고 있어."

"감탄이 절로 나오는 정신력이네요. 저는 그 고통을 반나절도 견디지 못하고 반광란에 빠졌었는데요."

"……전직 노예였어?"

"사정이 있어서 잠시 노예 같은 일도 했었죠. ……뭐, 그보다 당신의 아픔은 제가 없애 드릴 수 있어요."

"……그 방법은 들었지만 무슨 소리인지 모르겠다고 했잖아."

"그러니까 기존 주인이 죽어서 지금은 국가가 당신의 임시 주인이 되었어요. 그렇다면 여왕 폐하와 직접 교섭을 해서 제가 나라에서 당신을 구매하고, 임시가 아니라 정식 주인이 되면 '주인을 상처 입힌 고통'이 사라지는 거죠. 저는 당신에게 상처를 입은 적이 없으니까요."

"……그러니까 여왕 폐하와 직접 교섭 같은 걸 할 수 있을 리가 없잖아."

"할 수 있어요. 아는 사이니까요."

"……당신, 뭐 하는 사람이야?"

"그건 당신이 결정해 주세요. ……오타 씨한테 지니 어때요? 그 래도 여전히 죽음을 원하시나요? 죽음을 원하지 않는다면── 저는 당신의 주인이에요."

"……."

엔이 품 안의 오타를 바라보았다.

괴로워 보였던 얼굴이 평안해져 있었다. ……호흡도, 하고 있다.

그 환경에서 싸웠던 중상이 이렇게 짧은 시간에 나았을 리는 없 다. 그가 어떤 수를 썼을 거라고 엔은 생각했다. ……반사적으로 미소가 흘러나왔다.

"……난 말이지, 뭐든지 혼자 해결해야 한다고 생각했었어. 그 렇잖아. 난 강하니까."

"……."

"그래도 할 수 없는 게 너무나 많았어. 이렇게 쓰러진 오타를 치 료하는 것도── 오타를 자유롭게 해 주는 것도, 나한테는 불가 능했어."

"……."

"소망해도 되는 걸까? 내가 못 했고, 내게는 불가능했던 일을 당 신한테 부탁해도 되는 거야?"

"그게 당신의 소망이라면요."

"……고마워. 어깨의 짐을 내려놓았어. 이런 기분은 처음이야. 굉장히── 행복하구나. 다른 사람한테 기대는 건."

"당신은 어떻게 하시겠어요? 당신의 바람은 여전한가요? 지금도 여전히 죽는 것 말고는 길이 없다고 그렇게 생각하고 계신가요?"

"이 아이는 벌써 내 손을 떠났어."

"……"

"……사실은 이제 지긋지긋했을 뿐이야. 하는 일마다 전부 잘 안됐어. 난 이 아이를 생각하면 할수록 이 아이를 불행하게 만들어. ……이 아이를 위해서라고 생각했지만, 사실은 다른 사람을 위해서 노력하는 데에 지쳤는지도 몰라."

"……"

"하지만 이제 나도 내 인생을 걸어도 괜찮아. ……오타한테 기대도 돼. 이 아이가 온 힘을 다해서 내게 알려 줬어."

"그런가요."

"……응. 그러니까, 조금은 더 살아 보려고 해. 모두 물거품이었다고 생각했던 내 인생에 이 아이가 있는 것만으로도 가치가 있었다는 걸 알았으니까."

"그래요. 당장에라도 당신을 제 노예로 삼도록 하죠. 일단 살인과 방화 관련으로는 재판을 받아야겠지만."

"고마워. ……그리고 죄인의 주인으로 만들어서 미안해."

"상관없어요. ……죗값을 다 치르고 갈 곳이 없으면 '은 여우단'이라는 클랜을 소개할게요. 그곳에는 당신과 비슷한 처지의 사람이 많으니까요."

"……아하하."

"왜 그러시죠?"

"바보 같아. ……세상의 불행을 모두 짊어지고 있는 듯한 기분이었는데. 그렇구나. 나만이 아니었구나. ──세상은 넓구나."

알렉이 뚫은 천장을 통해 하늘을 올려보았다.

……활활 타올랐던 불꽃은 찾아볼 수 없었다.

홀로 밤을 밝히던 불빛이 결국 밤하늘 속으로 녹아 사라졌다.

○

"오타 씨, 정리할게요."

노크 소리가 들려왔다.

방에서 얕은 잠을 자던 오타가 조용히 눈을 떴다.

──시간이 흘렀다.

호와 오타밖에 없던 숙박객이 늘고 줄기도 했다.

소피가 왔다. 콜리가 왔다. 로렛타가 왔다. 모리가 왔다.

투라가 오고, 돌아갔다. 소피가 돌아갔다. 콜리가 돌아갔다.

모두 목적을 달성했을 것이다.

오타도 목적을 달성했다.

──그러나 아직 해야만 하는 일이 있었다.

검투를 벌이는 자들이 검투를 그만두게 하는 것.

아직 이뤄 주지 못한 엔의 바람이 남아 있었다.

오타가 몸을 일으켰다.

익숙한 잠자리가 된 침대.

주변을 둘러보았다. 눈에 익은 방. '은여우 여관'의 객실이었다.

……무척 그리운 꿈을 꾼 기분이 들었다.

오타는 눈꼬리에 매달린 눈물을 닦으면서 몸을 일으켰다.

방문이 열렸다.

그곳에 은색 모피 망토를 두르고 가면을 쓴 알렉이 있었다.

"좋은 아침이에요. 시간은 벌써 밤이지만요."

"……오타는 알렉이 아니야. 어제는 늦은 밤부터 낮까지 '임시 입단' 일을 했어. 밤까지 자는 건 당연해."

"조금 더 단련하면 일주일 동안 몇 초의 수면으로도 활동할 수 있게 될 텐데요."

"노력할게."

"네. 노력해 주세요. 그리고 슬슬 정리되겠네요."

"……검투가, 없어지는 거야?"

"여러분이 강제로 참가했던 검투는요. ……작은 조직이 아직 몇 군데 있는 모양이에요. 뭐, 그쪽도 시간문제겠지요."

"……우리한테 검투를 시켰던 무리는, 분명."

"'일번가 자치 위원회'. 이른바 지역 주민회였지요."

"……어쩐지 나쁜 녀석들 같지 않아."

"그래서 들키지 않을 수 있었죠."

"……."

"지역 자치회가 평범하게 개최하는 이벤트 중에 검투 대회가 있었다는 건 놀랄 만한 일이었어요. ……저로서는 상상도 못 한 일이었고요. 어린아이나 노인, 그리고 아무것도 모르는 평범한 사람도 사용할 수 있는 장소에서 노예끼리 서로를 죽이게 하다니, 이상한 일이잖아요."

"……최근 오타는 알렉이 상식을 언급해도 괜찮을까 싶어질 때가 있어."

"저는 지극히 상식적이니까요."

"……오타도 그렇게 생각했어. 하지만 모리랑 호가."

"음, 뭔가 오해가 있는 모양이네요."

"……이 이야기는 비밀이었던 것 같아."

"그래요? 별로 비밀로 할 만한 일은 아니라고 생각하는데요."

"……그래서."

"아, 실례. 정리에 대해 이야기하고 있었죠."

알렉이 쓴웃음을 지었다.

그리고 본론을 꺼냈다.

"지금껏 지역 주민회의 중심인물로 보이는 한 명 한 명에게 부탁을 드렸지요. ……슬슬 우두머리 차례네요. 정치력과 경제력의 싹을 뽑아서 증거를 모아 증언자를 확보하고 온갖 뒷조사를 벌여서 두 번 다시 노예를 싸우게 하는 경기를 즐길 수 없게 할 준비를 마쳤어요. ──남은 건 본인의 반성을 촉구하는 것뿐이에요."

"……."

"'잿빛' 개인, '여우' 개인, '섬광' 개인과 관련된 일은 제가 반성할 수 있도록 도움을 드렸지만── '부당하게 혹사당했던 노예의 보호'는 우리 모두의 도움이 필요해요. 거기까지는 이해하셨나요?"

"알아."

"좋아요. ⋯⋯그리고, 이번 검투 대회 주최 그룹의 우두머리, 실베스트로 씨를 설득하러 가는 건 당신의 임무예요. 우리 조직에 정식으로 소속된 당신의 입단 후 첫 임무이기도 하죠."

"⋯⋯."

오타가 복잡한 얼굴로 고개를 끄덕였다.

알렉이 진지한 얼굴을 하고 있었다.

그리고 말을 이었다.

"그 전에 최종 확인을 할게요. 당신이 소속되려고 하는 건 '은 여우단'의 정보부예요. 정보부는 특수한 부서죠. 수수하고, 힘들고, 강함과 높은 은밀성이 필요해요. 부서의 성격은 '은 여우단'의 전신인 '섬광의 잿빛 여우단'에 가깝다고 할 수 있죠. 다시 말하면 범죄자 클랜이에요. 범죄 행위는 하지 않겠지만요."

"⋯⋯그건 전에 들었어."

"당신이 우리 클랜에 소속되고 싶다면 평범하게 제작이나 장사 쪽에서 활동할 수도 있어요. 아니, 오히려 제가 당신과 엔 씨에게 추천한 건 그쪽이었죠. ⋯⋯지금이라면 아직 늦지 않았어요. 잘 생각해서 당신이 수긍할 수 있는 선택을 해 주세요."

"알렉은 항상 그랬어."

"⋯⋯?"

"수긍할 수 있도록 하라고, 종종 말했어."

"⋯⋯그럴지도 모르겠네요. 인간으로 살아 보니 수긍한다는 게 사소해 보여도 의외로 어렵다는 걸 깨닫게 돼요. 대부분의 경우, 이상과 현실 사이에서 타협을 보고 수긍한 척하면서 살아갈 수밖에 없고, 그게 안 되면 사회 부적응자로 손가락질을 받게 되겠죠."

"……."

"그렇기에 더더욱 당신들은 고민하고, 답을 낸 뒤에 앞으로 나아 갔으면 했어요. 사회가 당신들을 배려해 주지 않는다면 제가 배려 하고 싶었으니까요. ……그리고 '은여우 여관' 정보부는 그 이념 으로 움직이는 부서예요. 다시 말해서, 누군가를 수긍하게 하고자 지루한 임무와 더러운 역할을 떠맡게 되는 일도 적지 않아요."

"아마 얼마 전까지는 지금 들은 말을 이해하지 못했을 거야."

"……."

"그래도 지금은 제대로, 이해해. 다 이해하고 오타는 정보부에 들어가. ……알렉이나 엔은…… 정보부한테 도움을 받았어. 그 런 만큼 오타도 모두를 돕고 싶어. 그리고 노예들을 구하고 싶다 고 생각해."

"……그렇군요."

"그래서 오타의 마음은 변하지 않아. 오타는 정보부에 들어가."

"좋아요. ……그럼 이걸 수여할게요."

알렉이 한 손을 옆으로 내밀었다.

그러자 그곳에, 조심스럽게 어떤 물건이 바쳐졌다.

바쳤다. ──누군가가, 알렉에게?

오타가 알렉의 옆을 바라보았다.

그곳에는 가면을 쓴 탓에 얼굴을 확인할 수 없지만 금발의 여성으로 보이는 인물이 있었다.

　……어느 틈에 방에 들어왔을까. 오타는 알렉 옆에 무릎을 꿇은 금발 인물의 존재를 지금껏 깨닫지 못했다.

　그렇게 바쳐진 물건은―― 가면과 망토였다.

　알렉이 두른 것과 같은 물건이다.

　불길한 느낌이 드는 그림이 그려진 여우 가면. 그리고 은색 모피 망토.

　"가면은 의외로 가볍게 나눠 주고 있지만 망토는 정보부에만 배 포하고 있어요. 제복이라고 할 수 있지요."

　"……."

　"그걸 몸에 두른 순간부터 당신은 우리의 동료가 됩니다. ―― 자, 그럼."

　알렉이 망토와 가면을 내밀었다.

　오타는 누구에게 지시를 들은 게 아닌데도 자연스럽게 무릎을 꿇고 그것을 받아 들었다.

　망토와 가면을 몸에 두르고 몸을 일으켰다.

　……옆에 큰 거울이 있었다.

　그곳에 은색 망토와 여우 가면을 갖춘 자신의 모습이 비쳤다.

　아직은 어울리지 않았다.

　그러나 언젠가는 분명, 이 모습이 낯설지 않게 되는 날이 올 것이 다.

　알렉에게로 시선을 돌렸다.

　그는 언제부턴가, 양손에 하나씩 황금 잔을 들고 있었다.

"드세요."

그가 내민 잔을 받아 들었다.

붉은 액체가 찰랑찰랑 안을 채웠다.

향기를 맡았다. ……포도주라고 생각했지만 아무래도 술은 아닌 듯했다.

"임무 전이라서 술은 피했어요."

"……그렇구나."

"그럼 길게 끌어도 좋은 건 없으니 입단 의식을 마무리할까요. 할 일도 남아 있고. ──지금부터 당신을 우리 '은여우단' 정보부 멤버로 인정합니다. 새로운 가족에게 건배."

"……건배."

잔을 마주쳤다.

그리고 잔에 담긴 액체를 단숨에 비웠다.

알코올은 아니지만 묘하게 몸이 뜨거워지는 걸 깨달았다.

긴장감. 흥분. 그리고 말로 표현하기 어려운 감정.

모든 게 한데 뒤섞여 마음은 혼란스럽기만 했다.

오타는 깊은 한숨을 토해 냈다.

알렉이 그 모습을 보면서 오랜만에 옅은 미소를 머금었다.

"그럼 가 볼까요? 아주 살짝, 세계를 바꿔 보죠."

알렉이 등을 돌리고 걷기 시작했다.

오타가 뒤를 따랐다.

새로운 한 걸음이었다.

이곳에 이르기까지 많은 일이 있었다.

그러나 드디어── 약하고 누군가의 도움을 기다릴 수밖에 없었던 소녀는 누군가를 구할 수 있을 만큼의 힘을 손에 넣었다.

……이것은 분명 그런 이야기.

정보부에 있는 사람들에게는 그다지 특별할 것도 없는 평범한 이야기라고, 오타는 생각했다.

○

"어서 와, 알렉. 오늘은 고생 많았네."

침대에서 요미의 배웅을 받으며 알렉이 방으로 돌아왔다.

'은 여우 여관' 종업원 침실.

커다란 침대가 하나 놓인 살풍경한 방이었다.

노와와 브랜은 자리에 없었다.

최근에는 밤마다 식기를 닦거나 청소를 자청해서 하게 되었다.

좋은 경향이라고 생각하는 한편, 둥지를 떠날 날이 가깝게 느껴져 쓸쓸하기도 했다.

어찌 되었든── 알렉은 그녀의 배웅에 대답했다.

"다녀왔어, 요미. ……그래도 또 한 걸음 진보했어. 태어나면서부터 인생이 결정되었던 사람이 줄어든 거야. 그리고──."

알렉이 두꺼운 책을 손에 들었다.

'카구야의 서'……. 오타와 만난 날 획득한 물건이었다.

벌써 오랜 시간이 흘렀다.

알렉도 할 일이 많았지만 아직 다 읽지 못한 건 아니었다.

다시 읽고 있었다. 몇 번이나, 다른 자료와 비교하면서.

그 과정을 반복하는 동안 어떤 해답에 도달했다.

"……이쪽도 진전이 있었어."

"'카구야의 서'? ……진전이 있었다는 걸 보니 알았구나."

"그래. 카구야. 500년 전, 용사 알렉산더와 함께 몬스터로 가득했던 지상에 평온을 가져다주었다는 이른바 '용사 파티' 중 한명. 수인족 이동 왕국의, 초대 여왕의 예언서."

"……."

"그리고 지금 우리가 말하는 '섬광'."

"……역시 그 사람의 정체는 예언자 카구야였구나."

"비슷한 존재가 둘이라 고민했지만 아무래도 카구야가 틀림없을 거야. ……그래도 일단 뭐라고 할지……. 고대 문헌을 샅샅이 훑지 않으면 내 어머니의 이름을 알 수 없다니 참 성가신 이야기네."

"아하하하."

"그렇지만, 그 사람이 500년 전부터 살아 온 이유는 아직 몰라."

"예언자의 능력이 불사신이었던 것 아냐? 용사 파티였다고 알려진 사람은 모두 기묘한 능력을 갖고 있잖아? 대장장이 신 다비드가 가진 '골렘 제작'처럼……."

"그건 그렇지만 문헌에 따르면 카구야의 특수 능력은 '예언'이야. 불로불사는 오히려 용사 알렉산더의 몫이었지."

"……조사를 해 봐도 수수께끼는 줄어들 줄을 모르네."

"맞는 말이야. ……이런 것보다는 그 사람이 지금 쓰고 있는 일기가 필요해."

"왜?"

"그 사람은 자신의 아이와 그 아이의 아버지에 대한 기록을 갖고 있었어. 그걸 보면 네가 그 사람의 친딸인지 아닌지를 알 수 있을 거야."

"……아……그러고 보니 그런 게 있었어. 소매에 있던 거."

"지금도 몸에서 떼놓지 않고 갖고 다닐 가능성이 높아. ……선대 '잿빛'한테 바람기만 없었더라면 이런 고생을 하지 않아도 됐을 텐데 말이야."

"아빠는 여러 방면에서 '오는 사람을 막지 않는' 주의였으니까."

"……너는 옛날에는 의외로 선대를 싫어했으면서 최근에는 무척 옹호하고 나서는데."

"마음에 안 드는 구석도 있었어. 하지만 좋아하는 부분도 있었으니까. 그리고 추억은 미화되기 마련이잖아."

"……저번에 보여 준 회고록은 그렇게 미화되지 않은 것 같은데."

"미화했는데?"

"……그런가. 대부분 내가 본 그대로였으니까 미화되지 않았다 싶었는데."

"그건 알렉 안에서도 아빠가 미화되었다는 거야."

"그렇군. 그럴 수도 있겠어……. 곰곰이 곱씹어 보니 기억보다는 훨씬 경박한 아저씨였던 것 같아."

"……500년 전의 기억은 어떻게 보일까?"

"……."

"미화될까? 아니면 풍화되는 걸까."

"……글쎄. 모든 건 그 사람을 붙들어 보면 알 수 있겠지. 그리고 그때가 가까워."

알렉이 주먹을 쥐었다.

요미가 고개를 갸웃했다.

"……그쪽도 뭔가 알아낸 게 있어?"

"응. 드디어 그림자를 찾아냈어. 세계가 새카맣게 물드는 중에 단 한 곳, 물들지 않은 곳이 보였어."

"어떤 얼굴을 하고 만날 거야?"

"……그게 고민이야. 가장 큰 문제지. 어떤 태도로 그 사람과 접촉하면 좋을지 모르겠어. 추궁을 해야 할지, 화를 내야 할지, 아니면……."

"아마도 막상 만나고 나면 어떻게 해야 할지 어렴풋이 알 수 있을 거야."

"그럴까?"

"응. 원하던 게 보인다고 해야 할지, 자신이 어떻게 해야 좋을지를 이해할 수 있다고 해야 할지……."

"경험으로 하는 말?"

"'여우' 때."

"……그렇군."

"나는 아빠의 뒤를 따르게 하는 게 맞다고 생각했어. ……그러니, 분명 알 수 있을 거야. 알렉도. 그때가 되면 말이야."

"자신이 없는데. ……나한테도 직관이 있다면 좋겠어."

"오타 씨? 그 사람의 직관은 '스킬'이 아니야? 전투 쪽 스킬이라면 뭐든지 배워 버리잖아?"

"스킬이 아니야. ……적어도 스킬난에는 '직관'이라는 게 없어. 재능이라고 해야 할지. ……굳이 따진다면 설정이라고 할 수 있을까?"

"그래?"

"……뭐, 어쨌든. 너를 믿을게. 그때가 온다면 자연히 어떻게 해야 좋을지 알 수 있겠지. 네 말은 대체로 맞아떨어지니까."

"응. 그러니 수행도 좀 더 느슨하게."

"……느슨하잖아."

"알렉, 잠깐 여기 좀 와 봐."

"왜 그래?"

"됐으니, 얼른."

요미가 손을 흔들었다.

알렉이 고개를 갸웃하면서 요미의 말에 따랐다.

그녀가 누운 침대 옆에 앉았다. ……그러자 요미가 알렉의 머리를 콩콩 두드렸다.

"……뭐야?"

"딱딱한 머리를 부드럽게 풀어 볼까 해서."

"내 머리는 스테이크용 고기가 아닌데."

"에잇, 에잇, 에잇."

"그만해."

"에헤헤."

요미가 몸을 내밀어서 알렉의 머리를 품에 안았다.

알렉이 난감한 얼굴을 했다.

"지금의 넌 어린애 같네……."

"브랜이랑 노와가 없으니까."

"……그러고 보니 침실에 둘이 없는 건 오랜만이네."

"응. ……있잖아, 가끔은 둘이서 어딘가 가 볼까?"

"그래. 지금은 아직 힘들겠지만."

"꼭 멀리가 아니더라도. ……장을 보러 가거나."

"그렇군. 그 정도라면 가볍게 할 수 있을 것 같아."

"추억이 언젠가 미화된다면 번쩍번쩍 빛날 만한 추억을 만들자."

"……그래."

"기억이 언젠가 풍화된다면 '기억은 안 나지만 재밌었지' 라고 말할 수 있는 매일을 보내자."

"……그래."

"응."

요미가 알렉의 머리를 꽉 안았다.

알렉은 저항하지 않고 그녀에게 몸을 맡긴 채 침묵을 지켰다.

눈을 감았다. 귀에 닿는 소리는 거의 없었다.

시간까지도 멈춘 듯한 고요 속에서——.

그저, 귀에 닿는 요미의 심장 소리만이 시간의 흐름을 알려 주고 있었다.

후기

오랜만에 뵙습니다. 이 책을 구매해 주셔서 정말 감사합니다.

이번 후기는 4페이지나 되는 분량을 받게 되어 어떤 말이든 자유롭게 남길 수 있게 되었습니다. 이 정도라면 점포 특전 숏 스토리가 두 개 들어가는 페이지 수입니다.

페이지를 얻었으니 이번에는 로렛타에 관해 이야기하려 합니다.

사실 작가는 이런 분량 안에 뭘 할 수 있을까 고심하고 또 고심하고 고민한 끝에, 1권과 2권에서는 본문 4페이지에 뭘 했는지를 조사했습니다.

그러자 양쪽 모두 로렛타가 누군가에게 질문을 하고 있더군요.

1권에는 알렉에게 '이곳은 죽지 않는 여관인가?' 라는 질문을 하고, 2권에는 호에게 '당신이 여관에 처음 왔을 때는 어떤 느낌이었어?' 라는 질문을 하고 있었지요. (등장하는 건 호의 대사뿐입니다.)

다시 말해서 작가에게 4페이지라고 하면 로렛타입니다.

그리하여 로렛타라는 캐릭터에 관해 이야기를 해 보고자 합니다.

먼저, 서론부터.

이 작품은 주인공 알렉의 시점에서 서술하지 않는 형식으로 진행됩니다. 단 한 페이지도 없는 건 아니지만 기본적으로 그는 중심 화자가 아닙니다.

그러나 처음부터 그런 형식을 생각했던 건 아니었어요.

실제로, 지금 쓰고 있는 '세이브&로드가 되는 여관'은 두 가지 버전이 있습니다.

버전 1은 작가에게만 존재하고 그곳에서 알렉 씨가 모험가를 은퇴하고 여관을 하면서 출장을 나가 왕도에서 생겨나는 문제를 해결하고 있습니다. 다른 버전에서는 세이브&로드를 구사해서 불사 군단을 이끌며 대규모 전쟁을 하고 있습니다.

둘 모두 알렉 시점에서 이야기가 진행되었고 지금만큼 이상한 사람은 아니었지요. 오히려 공감할 수 있는 주인공을 목표로 했습니다.

그러나 작가한테는 아무래도 '공감할 수 있는 주인공'과 '사람을 재생 가능 상품처럼 다루는 인물'이 함께 묶일 수 없다고 느껴져 어중간한 인물이 되기 일쑤였습니다.

그런 알렉 씨가 지금과 같은 모습으로 완성된 데에는 로렛타의 역할이 컸습니다.

처음에는 그녀를 중심 화자로 삼을 생각이 없었어요.

그러나 현재 버전을 쓰면서 어쩐지 히로인 등장이 늦다 싶어져서, 히로인이 등장하는 장면부터 써 보자는 생각으로 적어 내려가다 보니 그녀의 시점에서 서술하게 되었습니다.

그리고 그녀는 이상한 일에 대해 이상하다고 말할 수 있는 사람이었어요.

목숨을 재활용하는 걸 받아들이는 사람이 이상하지 않을 리가 없었기에 그런 사람에게 이상하다고 말할 수 있는 캐릭터는 처음부터 필요했던 거죠.

로렛타가 작가에게 그런 사실을 알려 주었습니다.

만약 로렛타가 없었더라면 이 작품은 지금과 같은 형태가 아니었을 테니, 어떤 의미로는 그녀가 이 작품을 이 작품답게 만들어 준 가장 큰 공로자라고 할 수 있겠네요.

이 이야기는 여기서 끝.

아직 페이지가 남아 있으니 여담을 남깁니다.

지금 이 작품은 '챕터마다 히로인이 바뀌는', '하렘물이 아닌데도 히로인만이 계속해서 늘어나는 형식'을 취하고 있지만 1장의 퇴고를 마칠 무렵에는 로렛타가 시점 인물 겸 히로인으로 이어질 예정이었습니다.

그러나 1권을 읽으신 분들은 아시겠지만 2장 히로인은 로렛타가 아닙니다.

이렇게 된 이유는 명확하지 않습니다.

왜 느닷없이 수기 같은 걸 쓰기 시작했을까요?

이유를 찾고 있습니다. 발견하신 분은 제보해 주세요.

그럼, 감사 인사를 시작하겠습니다.

앞에서 말씀드린 바와 같이 이 작품은 이상한 인물을 외부에서 관찰하는 이야기입니다.

더군다나 '이상한 사람'은 사실 알렉만이 아니죠. 로렛타와 모린, 그리고 다른 히로인도 알렉의 기행 탓에 눈에 띄지는 않지만 대체로 모두 이상한 사람이 되어 가는 형국입니다.

이렇게 이상한 이야기가 서적화되고 벌써 3권을 맞이했다는 사실에 경악하는 동시에 발굴해 주신 편집자님께 깊은 감사의 말씀을 전합니다.

언제나 아름다운 일러스트를 그려 주신 카토 이츠와 님, 즐겁게 읽어 주시는 것 같아서 안도와 함께 언제나 감사합니다. 특히 이번 엔 씨의 디자인이 무척 마음에 들었습니다. 상상했지만 미처 상상하지 못했던, 반드시 들어갔어야 할 점까지 살린 일러스트를 그려 주신 카토 이츠와 님께 큰 도움을 받았습니다. 감사합니다.

편집자님과 일러스트레이터님만이 아니라 이 책에는 많은 분들이 도움을 주셨습니다.

업무적으로 도움을 주신 많은 분, 이 책을 읽어 주신 독자 여러분, 웹 연재판에서 읽어 주신 많은 형님, 누님, 그 외에도 다양한 형태로 이 책에 도움을 주신 많은 분께 많은 감사를 드립니다.

드디어 메인 히로인이 등장한 본 작품을 즐겁게 읽어 주세요.

세이브&로드가 되는 여관 3

2022년 06월 15일 제1판 인쇄
2022년 06월 20일 제1판 발행

지음 이나리 류
일러스트 카토 이츠와

발행 영상출판미디어(주)
등록번호 제 2002-000003호
주소 21315 인천광역시 부평구 부평대로 283 A동 702호
전화 032-505-2973(代) | FAX 032-505-2982

ISBN 979-11-380-0379-7
ISBN 979-11-380-1114-3 (세트)

구매 시 파손된 도서는 구매처에서 교환하실 수 있습니다.
기타 불편사항, 문의사항이 있으신 독자님께서는 노블엔진 홈페이지
[http://novelengine.com] 에서 Q&A 게시판을 이용해 주시기 바랍니다.

녹왕의 방패와 한겨울의 나라

1~2

방패로 환생한 내가 눈을 뜬 곳은
일 년 내내 눈이 내리는 어느 왕국의 보물 창고.
하지만 휘황찬란한 보물이 즐비한 가운데,
나는 '지저분한 방패' 소리만 듣고 아무도 거들떠보지 않았다.
그러한 나에게 손을 내밀어 준 사람은 나처럼 고독했던 마음씨 착한 어린 왕자.
'나와 함께 살아가 줘.' 라는 부탁에 나는 응했다. ——"내가 평생 지켜줄게"
하지만 내게는 어떤 비밀이 숨겨져 있는 것 같은데——?!

푸니짱 지음 / 히하라 요우 일러스트

유미엘라 도르크네스, 백작가의 딸. 레벨 99.
히든 보스가 될 수도 있지만 마왕은 아닙니다(단호).

악역영애 레벨 99
~히든 보스는 맞지만 마왕은 아니에요~
1~4

RPG 스타일 여성향 게임에서 엔딩 후에 엄청 강하게
재등장하는 히든 보스, 악역영애 유미엘라로 전생했다?!
그것도 모자라 초반부터 레벨업에 몰두해 입학 시점에서 레벨 99를 찍고 말았다!!
평화로운 일상은 바이바이~ 사람들은 무서워하고, 주인공 일행들은
아예 부활한 마왕이라고 의심하는데……?!

아무튼 내가 최강이니 아무래도 좋은 마이 페이스 전생 스토리!

Satori Tanabata, Tea
KADOKAWA CORPORATION

타나바타 사토리 지음 / Tea 일러스트

ROSY

꼬마 현자님, Lv.1부터 이세계에서 열심히 삽니다!
1~2

내 이름은 쿠쵸 유리, 열아홉 살!
VRMMO 〈엘리시아 온라인〉을 플레이 중, 겨우겨우 염원했던 현자로 전직했어!
그런데 전직 퀘스트를 마치고 '진정한 엘리시아로 가겠습니까?'라는 선택지가 떠서
얼떨결에 승락했더니, 게임 속 세계로 들어왔어!
그런데 외모는 아바타와 똑같은 어린아이(8세)?! 게다가 레벨은 1이라고?
흐에에에엥~ 대체 어쩌다가 이렇게 된 거야아아아!
정신까지 어려진 꼬마 현자님, 이세계에서 어떻게든 잘 살아 보겠습니다!

아야토 유메 지음 / 타케하나 노트 일러스트

영상출판
미디어㈜

슬라임을 잡으면서 300년, 모르는 사이에 레벨MAX가 되었습니다.
1~7

아이자와 아즈사, 사인, 과로사.
여신님의 도움으로 불로불사의 마녀로 사는 두 번째 삶에선
슬라임만 잡으면서 느긋하게 지냈는데── 300년 후, 레벨99가 되었습니다?!
소문은 금방 퍼져 결투를 요청하는 드래곤,
급기야 나를 엄마라고 부르는 딸까지 찾아오는데요──.

슬라임만 잡는 이색 이세계 최강&슬로 라이프!
마음이 훈훈해지는 고원의 집으로 오세요!

만화 : 시바 유스케 / 원작 : 모리타 키세츠